Marie Darrieussecq

Das Meer von unten

Aus dem Französischen von
Patricia Klobusiczky

Marie Darrieussecq

Das Meer von unten

Roman

Aus dem Französischen
von Patricia Klobusiczky

Kofinanziert von der
Europäischen Union

Kofinanziert von der Europäischen Union. Die geäußerten Ansichten und Meinungen sind jedoch ausschließlich die der Autorin und spiegeln nicht unbedingt die der Europäischen Union wider. Weder die Europäische Union noch die Bewilligungsbehörde können für diese verantwortlich gemacht werden.

Die Originalausgabe erschien unter dem Titel *La Mer à l'envers*

Erste Auflage

Übersetzung: Patricia Klobusiczky
Lektorat: Christian Ruzicska
Korrektorat: Christian Ruzicska
www.secession-verlag.com

Gestaltung: Eva Mutter, Barcelona
Satz: Marco Stölk, Berlin
Herstellung: Daniel Klotz, Berlin
Druck und buchbinderische Verarbeitung: Friedrich Pustet, Regensburg
Papier Innenteil: 100 g/m² Werkdruck holzfrei
Papier Überzug: 120 g/m² F-Color mikro
Papier Vor- und Nachsatz: 120 g/m² F-Color glatt
Printed in Germany
ISBN 978-3-96639-084-2

Für Paul

We can be heroes, just for one day ...

David Bowie

Ihre Mutter hat sie zu dieser Kreuzfahrt überredet. Damit sie Abstand gewinnt. Damit sie nachdenken kann, über ihre Ehe, ihren Beruf, den bevorstehenden Umzug. Damit sie mal allein mit den Kindern verreist. Frische Luft atmet. Sich in neue Gewässer wagt. Das Mittelmeer. Für eine Tochter des Atlantiks. So still. So klein. Die Küsten liegen nah beieinander. Es wirkt so, als würde Afrika seinen Schädel voll gegen Europa rammen, was möglicherweise den Tatsachen entspricht. Ein tektonisches Meer, das sich irgendwann schließen wird.

Momentan ist das Meer noch groß genug, um Kreuzfahrten zu ermöglichen. Aber alles andere als riesig. Sie staunt über die Geschwindigkeit dieses gewaltigen Schiffs. Unter dem Speisesaal schlagen die Propeller viel weißen Schaum auf. Das Kielwasser spult sich ab wie ein Band. Urplötzlich ragt der Stromboli aus dem Wasser: ein roter Lichtschein an der Spitze eines schwarzen Dreiecks. Und die Wolke darüber ist keine Wolke, sondern Rauch. Es gibt Vulkane in der realen Welt. Es gibt echte Lava, die aus den Tiefen der Erde emporschießt. Und das alles gar nicht so weit weg von ihrem Zuhause.

»Du vernachlässigst, was du in der Hand hast.« Das bekommt sie von ihrem Mann zu hören. Lange hat sie so getan, als existiere es nicht. Es hatte sogar etwas Schmutziges an sich. Und dann kam es zu dieser Kreuzfahrt. Zu diesem Moment, der nur eine Sekunde währte. Eine Sekunde, die sie in der Hand gehabt, die sie gehalten hatte, dieses Stück Zeit, das immer noch pulsiert.

Younès, in ihren Augen der Held der Geschichte, war Zeuge. Und sie empfindet sich ihrerseits als Zeugin von Younès.

I

Lautes Beifallsgeschrei,
ein Sturm von Zurufen erfolgte.

Jules Verne,
Von der Erde zum Mond

In jener Nacht hatte sie etwas geweckt. Ein *Tapp Tapp*, die Motoren klangen anders als sonst. Die Kabine trieb im Blauen dahin. Die Kinder schliefen. Von ihrer Koje aus konnte sie die Bewegungen des Schiffs kaum einordnen. Sie war mittendrin – an Bord –, da könnte sie gleich versuchen, die Erdrotation nachzuvollziehen. Sie und ihre beiden Kinder machten unter Hunderttausenden von Tonnen höchstens einen Doppelzentner lebender Materie aus. Ihre Kabine befand sich im fünften Stock dieser zwölf Stockwerke hohen, dreihundert Meter langen und viertausend Menschen schweren Masse.

Sie hörte Schreie. Hilferufe, Kommandos? Oder ein Klappern der Ankerkette? Wie spät mochte es sein, drei Uhr morgens. Vor dem Bullauge war nichts zu erkennen als die Meeresoberfläche, runzlig, opak, verschlossen. Der Himmel schwarz. Die *deLuxe*-Kabine (also untere Preisklasse) hatte keinen Balkon (die Kategorien *Prestige*- und *Nirvana* waren zu kostspielig für ihre Mutter, die ihnen diese Kreuzfahrt zu Weihnachten geschenkt hatte), und ohne Balkon ließ sich tatsächlich nicht das Geringste erkennen.

Sie zupfte die Daunendecke der Kleinen zurecht, hielt kurz inne. Die Kabine war dunkel und gemütlich, aber der plötzlich auftretende Lärm zog die Wände zusammen. Sie öffnete die Tür zum Gang. Ein Passagier der Kategorie *Komfort* (in der Schiffsmitte, ohne Bullauge) stand vor seiner offenen Tür und blickte sie an. Sie trug einen anständigen Schlafanzug und dazu eine lange Strickjacke, die sie sich eben übergeworfen hatte. Er war mit einer Bundfaltenhose und einem Hawaiihemd bekleidet. Von oben hörte man Rufe auf Italienisch, das Geräusch von hastigen Schritten. Ihr Gegenüber steuerte die Aufzüge an. Sie zögerte – die Kinder –, aber als das *Ding* des Aufzugs ertönte, folgte sie ihm.

Sie fuhren schweigend hinunter, von Hintergrundmusik beschallt. Wäre es nicht schlauer gewesen, nach oben zu fahren, zur Kommandobrücke? Oder spielte sich das Geschehen ganz unten ab, in den Fracht- und Maschinenräumen? Das Schiff schien sich in das Meer hineinzubohren, mit jedem *Tapp* etwas tiefer, fragend, als suchte es nach einer Durchfahrt.

Als die Tür aufging, wurden sie von Zigarettenrauch und ohrenbetäubender Musik empfangen. Das Dekor bestand aus Pyramiden und Pharaonen, die Lampen hatten die Form von Sarkophagen. Auf den Barhockern thronten junge Mädchen in Goldlamé. Alte Männer lachten und redeten in europäischen Sprachen. Der *Komfort*-Typ betrat die Cognac-Bar. Sie verweilte unschlüssig an der Nahtstelle zwischen zwei Klangblasen: drei schwarze Jazzmusiker in Weiß und Rot beziehungsweise eine italienische Sängerin mit blonden Locken und ihr Klavierbegleiter auf einer Drehbühne.

Mit angehaltenem Atem durchquerte sie das verrauchte Casino. In welche Richtung ging sie überhaupt? Backbord war für Raucher und Steuerbord für Nichtraucher. Oder umgekehrt, sie konnte es sich einfach nicht merken. Das Casino lag unterhalb der Wasserlinie. Die Spieler klebten wie Algen an den Tischen zusammen. Sie hatte Lust auf ein Glas Champagner oder einen der Cocktails, die die Goldlamé-Mädchen schlürften. Ein uraltes Ehepaar brüllte sich auf Spanisch an, während eine unwesentlich jüngere Frau die beiden an den Händen packte, damit sie sich nicht prügelten, *que lucha la vida*, rief die Frau wen auch immer als Zeugen auf, sie vielleicht, die sich seitwärts vorbeibewegte. Sie hätte gern ein Besatzungsmitglied ausfindig gemacht, einen dieser Uniformierten, die sich ihren Weg durch Schwärme von Passagieren bahnen. Sie ging durch ein Selbstbedienungsrestaurant, Pizzen, Hamburger und Fritten, der Geruch, vermischt mit dem Duft von Tabak, diversen Parfums und noch etwas anderem, diesem kaum merklichen Beben, verursachte ihr leichte Übelkeit. Ihre Mutter hatte ihr das All-Inclusive-ohne-Alkohol geschenkt. Kaum war sie diesem Schlauch entwichen, geriet sie in den nächsten, eine Videospielhalle diesmal, voller Jugendlicher, die nicht schlafen gegangen waren. Danach folgten verwaiste Gänge, geschlossene Boutiquen, ein ägyptisches Dekor in Lila und Rosa und die imposante Treppe aus falschem Marmor, die zur Disco Sheherazade führte. Trotz der Musik war ein Stimmengewirr zu vernehmen, doch sobald man versuchte, einzelne Laute zu verstehen, war nichts mehr zu unterscheiden.

Sie zögerte. Am Fuß der Treppe schwankte ein Haufen betrunkener Rentner. Sie stellte sich ihren kleinen Körper vor, wie er aufrecht im hohlen Bauch des Schiffes stand, und darunter das unermessliche, gleichgültige Meer. Die Passagiere der *Titanic* hatten ja auch eine gewisse Zeit gebraucht, um die Zeichen zu deuten. Diese Reise war zu Weihnachten im Sonderangebot gewesen, vielleicht, weil eines der Kreuzfahrtschiffe ein paar Jahre zuvor gesunken war, zweiunddreißig Tote. Auch eine Kreuzfahrt barg Risiken.

*

No pasa nada, niente, nothing, der Offizier mit Schiffermütze lächelte, alles in Ordnung, *tutto bene*. Sie kam sich etwas dümmlich, aber ganz reizend vor, in ihrer hautengen Wollkluft. Der Pool war geschlossen, doch beleuchtet. Der Springbrunnen in Sirenengestalt war bei offenem Mund angehalten. Das Beben wurde zur Gewissheit, sobald man das Wasser betrachtete: Das Viereck zog Kreise, das Schiff kam nicht vom Fleck. Sie schnappte sich eine Decke von einem der Liegestühle und betrat die Schleuse zur oberen Brücke. Wind drang ein, sie wickelte sich die Decke um den Kopf. Dann erschien die Milchstraße über ihr. Sie war eine Astronautin, bereit für die Schwerelosigkeit.

*

In der Ferne ein Ufer. Italien? Malta? Griechenland? Libyen hoffentlich nicht. Sie hatte sich im Internet kundig gemacht: Aufgrund einer jährlichen »Konvergenz« von wenigen Millimetern wird das Mittelmeer künftig irgendwann einem Fluss ähneln. Dann kann man es zu Fuß durchqueren (nur dass es keine Menschen mehr geben wird, wenn wir so weitermachen). Griechenland wird sich unter Afrika schieben, der Peloponnes fallen wie ein dicker Tropfen. Athen und Alexandria werden eins sein, denkt sie, versunken oder verschüttet.

Kreuzfahrten laden zum Träumen ein (wenn man nicht die ganze Zeit im Casino hockt). Man ist leicht benommen, wie eingelullt. Rose suchte unter dem großen Schornstein Schutz vor dem Wind. Lichter wogten am tiefschwarzen Horizont. Und wieder klang es so, als klapperte die Ankerkette – ob ein Schiff dieser Größe einfach so Anker werfen konnte, egal wo? Wie kalt das Meer wirkte, zu dieser Jahreszeit, da schreckten die Gedanken zurück. Jemand rannte in gelber Öljacke auf sie zu, die schweren Sohlen ließen die Brücke scheppern. »Was ist …?«, fragte sie, aber der Mann lief mit rauschendem Walkie-Talkie an ihr vorbei. Auf der Brücke wurde es wieder still. Sie sah ihren Schatten auf den Weihnachtslichterketten, eine dicke Luftblase als Kopf auf einem Körper aus dünnem

Draht. Es war bitterkalt. Ob Astronauten sich beim Anblick der Erdkrümmung als Alleinherrscher über die Welt fühlen?

Nun denn. Sie kehrte in ihre Kabine zurück. Die Kinder schliefen. Sie zog eine Jeans an, ihre Daunenjacke und Turnschuhe. Sie vergewisserte sich, dass das Mobiltelefon ihres Sohnes eingeschaltet war. 4:02 Uhr. Sie holte die Schwimmwesten aus dem Schrank, die kleine für ihre Tochter, die große für ihren Sohn, und legte sie auf ihre Kojen. Wie zwei dicke neonfarbene Federbetten. Sie hatte ihr Zuhause vor Augen, mit ihnen und ihrem Mann, dem Vater der beiden. Dieses vertraute Gefühl, die Enge in der Brust. Sie machte ein Foto, ohne Blitz, von ihren wunderschönen Kindern, die übereinander lagen und vor dem goldenen Hintergrund der deLuxe-Kabine schliefen.

Im zwölften und letzten Stock konnte man sich zum Bug begeben, mit Aussicht auf beide Seiten. Dafür musste man die Bahn der Rollerskater durchqueren, den Kinderspielplatz und am anderen Pool entlanggehen, dem Freibad, das nachts mit einem Netz bedeckt war. Allmählich fand sie sich zurecht. Und jetzt brauchte sie sich nur von den Lauten leiten zu lassen. Stimmen, Rufe, eindeutig, auch Schluchzer? Das Schiff stand still über dem schwarzen Abgrund. Sie beugte sich vor. Auf jeder Kreuzfahrt ein Selbstmord. Die Schiffe fuhren mit viertausend los und kehrten mit wie vielen zurück? In der Ferne – wie fern genau? – leuchtete einigermaßen stabil ein gelber Punkt. Sie lief eine Gangway hinunter, noch eine: Sackgasse. Passierte wieder eine Schleuse, diesmal von außen nach innen, breiter beheizter Gang, die Kategorie *Prestige*, großer Abstand zwischen den Türen, sie stieg über die Tabletts des *room service* hinweg, die auf dem Teppichboden abgestellt waren, stieß auf eine andere Schleuse und betrat erneut einen schmalen, windigen Gang. Ein Rätsel in 3D.

Unten, weit unter ihr, wurde ein Beiboot ins Wasser gelassen. *Ratatata* machten die Seile. Das Beiboot wurde kleiner, immer kleiner, das Meer von oben, wie beim Blick aus einem Gebäude. Stille. Die Geräusche überzogen die Nacht mit roten Streifen. Ein Offizier und zwei Matrosen glitten im Beiboot an der Schiffswand hinab, zu ihren Füßen lag ein großer Haufen Schwimmwesten. Das Meer sprudelte, als lösten sich Brausetabletten darin auf, viel Schaum und Geschrei. Und sie konnte ein anderes Schiff erkennen, viel kleiner zwar, aber immer noch groß. Sie hielt die Hand über ihre Augen, um sie vor den Lichterketten abzuschirmen, und sie gewöhnten sich allmählich an die Dunkelheit, verknüpften Geräusche und Bewegungen, und da begriff sie, dass hier Menschen gerettet wurden.

An der Reling standen noch andere Passagiere und versuchten, etwas zu erkennen. Franzosen aus Montauban, denen sie regelmäßig im deLuxe-Restaurant begegnete. Sie grüßten sie, offensichtlich betrunken. Die beiden Frauen, junge Frauen, traten in ihren Stöckelschuhen von einem Bein aufs andere, das dauert ja noch ewig, spekulierte die eine. Ein Mann rief dem anderen zu: »Du bist doch auch Zahnarzt, verdammt, genau wie ich«, ein Satz, der aus unerfindlichen Gründen beide zum Lachen brachte. Ein weiteres Paar lief in Trainingsanzug und Turnschuhen auf sie zu, trieben die zu dieser nachtschlafenden Zeit etwa Sport? Sie sprachen keine der ihr bekannten Sprachen – Skandinavier vielleicht? Rose erklärte ihnen in ihrem Schulenglisch, dass im Meer dort unten Menschen waren. Und nach und nach sammelten sich immer mehr Passagiere, als verbreitete sich unter ihnen irgendein Zauberwort. Wie spät mochte es sein, etwa halb fünf. Das Beiboot hatte das Wasser erreicht und stieß gegen die Schiffsflanke, der Motor startete einwandfrei unter den Blicken der Passagiere, die über die Reling hingen, der Offizier stand am Bug und die beiden Matrosen hinter ihm, alle drei sehr aufrecht, wie auf einem Gemälde. Weitere Rettungsboote wurden abgeseilt. Sie überlegte, ob sie ihre Kinder dafür wecken sollte. Ein Besatzungsmitglied erschien, »Ladies and gentlemen, please go back to your cabins«. Die Boote entfernten sich nach und nach, das Geräusch ihrer Motoren vermengte sich. Die Stimmen schienen über das Wasser zu laufen. In vielen verschiedenen Sprachen wurde gefragt, was hier los sei, dabei lag es auf der Hand, warum werden nicht die Bullen gerufen? Das ist ein Fall für die Meerespolizei. Diese Leute spinnen, sie haben Kinder dabei. Man kann sie doch nicht ertrinken lassen. Letzteres hatte eine der Französinnen gesagt, und Rose überkam eine Welle der Zuneigung für ihre rechtschaffene Landsfrau. Ein Offizier bestand auf Englisch und Italienisch darauf, dass alle von der Brücke gingen. Den betrunkenen Zahnärzten aus Frankreich war kalt und auch ein wenig schlecht, das Schiff übertrug sein leichtes Auf und Ab, diese wiederholte Andeutung eines Sinkens auf die Körper. Kommt, wir genehmigen uns noch einen, sagte einer der Zahnärzte. Rose blieb mit der rechtschaffenen Französin zurück, während die andere den Männern hinterhertorkelte.

Man konnte nicht das Geringste erkennen. Kein Mond, die Sterne zu verstreut, und das Schiff beleuchtete nur sich selbst, als riesige Birne aller Scheinwerfer und Lichterketten. Sobald man sich auf das Meer konzentrierte, erschien es wie in einem elektrischen Gegenlicht. Zu sehen war nur der Tumult in der Ferne, der die Meeresoberfläche weiß färbte, und das Schwanken der neonfarbenen Beiboote. Diese knallgelben Flecken hafteten an der Netzhaut und verdeckten, was Rose wahrnehmen wollte, zwangen sie, die Augen zu schließen und wieder zu öffnen, und die eingeprägten Leuchtpunkte tanzten, vervielfachten sich zu einem grell gleißenden Weihnachten. *Please, prego signoras, passeggeri debbano tornare nelle cabine* ... Von der anderen Französin bestärkt, hockte sie sich zu ihr. Der Offizier herrschte eine andere Gruppe an und breitete die Arme aus, als wollte er sie einpferchen. Ganz unten auf der ersten Brücke liefen Matrosen geschäftig hin und her, oder Deckshelfer, nie wusste sie, wie man sie unterscheiden sollte, alle trugen die Farben der Kreuzfahrtlinie. Einer sprach durch ein Megaphon, in welcher Sprache. Die Silben hüpften wie Bälle auf dem Wasser auf und ab. Nahm man die runden gelben Beiboote hinzu, sah es aus wie ein gigantischer Tennisplatz, aber auf kabbeliger See. Andere Schiffermützen tauchten auf, um sie in ihre Kabinen zurückzuscheuchen. Sie schlüpften durch eine Schleuse, das lila-goldene Interieur roch nach Würstchen und Shalimar, die geballte Hitze im Schiff beförderte sie, einem Rülpser gleich, zur anderen Flanke, *blup*, schon waren sie wieder draußen, vollgetankt mit Kalorien und von der Musik beschwingt, unfassbar neugierig und kurz vor dem Kentern.

*

Während der Zeit, die sie benötigten, um wieder das ganze Schiff zu umrunden – wobei sie die Abkürzung entlang des Pools wählten, wo Rose und die rechtschaffene Französin haufenweise Decken einsammelten, sodass sie, beladen mit den Farben der Kreuzfahrtlinie, schließlich an der unteren Brücke anlangten, wo sich alles abspielte, wo das Meer ganz nah war und trotzdem unter ihnen, wo die Passagiere gruppenweise Evakuierungsübungen durchgeführt hatten und wo es nun richtig zur Sache ging –, hatte sich einiges getan, wie sie nach ihrem Rundgang feststellten: Das in Seenot geratene Schiff war jetzt deutlich zu sehen, eine Art Fischkutter mit winziger Kajüte, der über und über mit Menschen beladen war, die sich sogar auf dem Dach der Kajüte zusammendrängten und alle dasselbe schrien. Allen Bemühungen der Besatzung zum Trotz hatten sich viele Kreuzfahrtgäste eingefunden. Irgendwo im Schiffsinneren sang ein schlecht abgestimmter Chor *Happy Birthday*. Brach hier der Morgen an oder ein Vulkan aus? Aber es war doch mitten im Winter, und richtig hell konnte es gerade nur in Australien sein.

Und dort, im Meer, war das etwa ein Schwimmer? Konnte man in dieser Lage schwimmen? Oder hatte da jemand unterirdisch gekrault, unter der Erdkruste, durch gewaltige Massen von Lava und Lehm hindurch, und war dann aufs Geratewohl und völlig verstört hier hervorgekommen? Er war tot. Sie waren gerade dabei, hier, direkt unter ihnen, einen toten Mann zu bergen.

Ein Toter, mir nichts, dir nichts, einfach so. Im Beiboot unternahmen einige Besatzungsleute den Versuch, ihn wiederzubeleben, aber sie glaubten nicht recht daran, das sah man, kein lebendiger Mensch hätte den Kopf so gehalten. Reflexhaft streckte sie die Hand nach ihnen aus, wollte auch etwas tun, aber. Sie legte den Stapel von Decken neben sich ab. Sie waren für die Frierenden bestimmt, für die Lebenden. Die rechtschaffene Französin und Rose schwiegen. Jemandem gerade erst begegnet zu sein und dann gemeinsam einen Toten zu sehen, so eine unerwartete Nähe. Ihre Hände brannten vor gebändigtem Tatendrang. Mit Ausnahme ihrer Großmutter in der dörflichen Trauerhalle hatte sie noch nie einen toten Menschen gesehen. Ein Bild kam ihr in den Sinn, sie selbst gefangen in der Zeit, am Boden eines Trichters, im Taumel der Sekunden, ein Strudel, vom Sternenhimmel aus gesehen, mit dieser Frau, die ihr nichts bedeutete, und diesem Toten. Und sie wusste, dass dieser Moment am frühen Morgen des 24. Dezembers ihr und jener Frau, die ihr nichts bedeutete, ein Leben lang in Erinnerung bleiben würde.

*

Ruhe bewahren. Nur keine Hektik. Sie ermahnte sich im Tonfall der Besatzungsleute. Musste vom geistigen Hyperraum wieder hinunter auf die Brücke. Den Weg zurück finden. Der kleine Fischkutter stieß jetzt an das große Kreuzfahrtschiff. Es machte *ponk.* Die rechtschaffene Französin beugte sich über die Reling und rief irgendwas, was mischte die sich ein. Auf dem Kutter in Seenot ließen sich nun kleinere Gestalten erkennen. Babys, die im Arm gehalten wurden. Das riesige Schiff vibrierte dumpf, es schüttelte sich wie ein massiges Tier, das wartet. Die Besatzungsleute hielten die Schiffbrüchigen davon ab, kopflos an Bord zu klettern, die Brücken befanden sich nicht auf gleicher Höhe, Frauen und Kinder zuerst, wie im Film. Es dauerte eine Weile, bis Rose aufging, dass diese Menschen zunächst in die Beiboote steigen sollten, die man dann an der Schiffsflanke hochziehen würde, als eine Art Lift. Die Matrosen brachten Ketten an, wie auf einer Baustelle, wenn die Kranführer sich auf schwere Lasten vorbereiten. Alles spannte sich an. Das erste ovale Beiboot wurde langsam breiter, mit runden Köpfen angefüllt. Eine Kette wurde jedoch schneller hochgezogen als die andere, man hörte Schreie, das Beiboot geriet in Schräglage, ehe es mit einem Ruck wieder in die Waagrechte kam, fast wäre es gekippt. Was für ein Manöver! Nach und nach wurde das Oval immer größer, passierte das fensterlose Küchendeck, während tief unten das Meer auf und ab wogte, bis es schließlich auf die allererste Brücke gehievt wurde, dieses Beiboot voller Kapuzen, Mützen und tropfnasser Schöpfe. Sie kamen.

Ein Mann richtete sich auf, er hielt ein winziges Kind, das erste Kind, es wurde von Arm zu Arm weitergereicht, die Matrosen sorgten für einen sicheren Umstieg, einer nahm das Kind entgegen, gab es an einen anderen weiter, und der drückte es der Französin in den Arm, die sich immer noch mit Rufen bemerkbar machte. Als wäre es ihr Kind, als hätte sie darauf gewartet und nähme es nun in Empfang. Sie beugte sich über das Kind, sprach mit ihm, deckte es zu, wobei ihr Abendkleid prompt vom triefenden Köpfchen nass wurde. Dann kamen aber mehr Kinder, und noch mehr, kaum größer, doch sie liefen allein, und mit einem Mal wurde Rose vom Geschehen überwältigt, all diese klatschnassen, kältestarren, lebenden Kinder, dem Meer entrissen, das hier gleichbedeutend war mit Tod. Die Besatzung brüllte, etwas setzte sich in Bewegung, man gab den Platz frei. Die Krisengefährtin aus Montauban zog mit einer ganzen Gruppe los – jetzt erst begriff Rose, was sie gerufen hatte: *doctor, I'm a doctor.* Andere Passagiere scharten sich auf der Brücke zusammen, verschwammen zu einem entgeisterten weißen Gesicht. Alles drängte sich, die Schiffbrüchigen, die reihenweise hochgezogen wurden, und die Passagiere, die aus Schaulust hinuntergingen, schienen aus unterschiedlichem Material beschaffen zu sein, die einen nass, die anderen trocken. Jetzt waren die Geretteten Frauen, alle blutjung und schlotternd vor Kälte. Rose wollte die Decken holen und sie ringsum verteilen, aber da schoss Licht aus dem Boden, eine goldene Explosion, man breitete Notfalldecken aus, ihre weiten Falten schmiegten sich an die Konturen der Neuankömmlinge, die sich raschelnd auf den Boden setzten oder sinken ließen. Aber die Besatzungsleute in ihrem Ölzeug halfen ihnen auf und führten sie weg, man hörte immer wieder *thank you* und *merci*, ein erschöpftes Schluchzen und Murmeln. Dann kamen die Männer, besser gesagt Jungen im Stadium zwischen Kind und Mann. Eine schwarze Hand packte sie am Ärmel und tippte mit den Fingerspitzen ihre Handfläche an, und da passierte es, diese Erschütterung, *bäng*, diese Schockwelle, die der Zeit ein Stückchen zu entreißen schien. Aber jetzt, in diesem Augenblick, hat sie keine Zeit, darüber nachzudenken, sie sieht zwei Augen und eine Bitte: Wasser.

Es ist die internationale Sprache der Hand, die als Schale zum Mund geführt wird. Vor lauter Panik fallen ihr viel zu viele Möglichkeiten ein, das ganze Schiff fließt über vor Mineralwasser mit und ohne Kohlensäure, Tee, Kaffee, Limo, Saft, Bier, Schnaps, plus die verschiedenen Getränke in ihrer Kabine und sogar die Wasserhähne im Bad, aber das würde zu lange dauern, besser, er folgt der Besatzung. Er ist sehr jung, mit nassen Locken und einer großen, leicht verbeulten Stirn. Er ähnelt ihrem Sohn. Sie denkt: Sollte ich ein Kind adoptieren, dann ihn. Das kommt angeblich vor, bei Adoptionen, dass man auf Anhieb diese Zugehörigkeit verspürt. Oder ähnelt einfach jeder Junge, der sie um Wasser bittet, ihrem Sohn? Sie rückt von ihm ab. Dort drüben gibt es Wasser, dort, wo man sie alle hinbringt, ist es warm, werden sie etwas zu essen bekommen. Sie weist ihm den Weg: dort drüben. Er soll den anderen folgen.

Und sie drehte sich zum Meer – da kam etwas. Wieder ein Beiboot, aber darin waren nur zwei Männer. Zwei stehende Männer in blau-gelbem Ölzeug und ein nassglänzender Haufen – eine richtige Masse – wie viele Tote? Sie hielt nach ihrer Gefährtin Ausschau oder nach anderen Lebenden – wieder wurde sie geschubst, fast wäre sie auf jemanden getreten, der unter einer Decke lag, das ist der Tote, dachte sie, der erste Tote. Sie stieg über ihn hinweg.

Wohin brachte man sie? Es war das letzte Rettungsboot. Im Wasser trieben knallrote Kleckse, Westen, die das Meer zurückgab. Wo war eigentlich ihre Gefährtin, die *Ärztin*? Ob sie die Totenbarke gesehen hatte? Oder klammerte sie sich an die Kinder, denen noch etwas bevorstand, so etwas wie ein Leben? Barg sie ihren Kopf im Haar der Kinder? Rose folgte den Passagieren, wurde wieder in die geräumige, behagliche, klingende Geborgenheit des Schiffes aufgenommen. Und kehrte zum zweiten Mal in dieser Nacht in ihre Kabine zurück.

*

Die Kinder schliefen. Es war 6:12 Uhr. Sie räumte ihre Schwimmwesten weg. Setzte sich. Es war warm. Eine Dusche. Genau: eine Dusche.

Warum schreckt sie nicht hoch, warum erkennt sie nicht, was Sache ist. Allem Anschein nach ist sie schuldig, ja sie, Rose Goyenetche. Die keiner Fliege was zuleide tun würde. Ihr Name dürfte auf der Liste der Schuldigen doch ganz unten stehen, oder? Sie berührt ihre Handflächen, sucht nach dem, was in ihnen steckt, nach ihrer Kraft, aber das klappt nie, wenn sie allein ist. Das heiße Wasser fließt in Strömen, die Seife schäumt zwischen ihren Fingern, das heiße Wasser der Luxuswelt, der Dampf des kalten Wassers, das sich auf wundersame Weise in heißes verwandelt und durch den Abfluss ins Meer rinnt. Sie betrachtet die Vertiefung unter ihrem Brustbein. Es schlägt. Sie lebt. Sie hat den Leichenhaufen im Beiboot vor Augen und den durstigen Jungen und sie spürt den Stromstoß seiner Berührung und sie sieht ihren Mann. Da besteht nicht der geringste Zusammenhang. Zwischen Scheidung und Rettung. Ihrer Ehe und – ja was – der Migration. Zwischen den Lebenden und den Toten gibt es so viele Unterschiede wie zwischen dem wohlig warmen Schiffsinneren und der eiskalten Nussschale da draußen. Sie seift sich ein, schon schäumen die Bilder. Sie sieht junge Männer in durchgeweichter Kleidung, die an die Türen ihrer Kindheit klopfen, an die lackierten Türen in ihrem Dorf, und um Arbeit bitten, egal welche, für einen Euro die Stunde schneiden sie einem die Hecken, ernten das Obst, schrubben die Böden, wischen den Greisen den Hintern ab, lindern das Leid und reparieren, was kaputt ist, damals gab es noch keinen Euro.

Sie dreht den Hahn zu, tritt in die bedrückende Hitze des Bads hinaus. Dagegen wirkt die Kabine wie ein Konservenglas voll lauwarmer Luft, man kann sich leicht vorstellen, wie es sich plötzlich mit strudelndem Salzwasser füllt, während sie und ihre zwei knochenlosen Kinder darin herumwirbeln wie Wäsche in der Maschinentrommel. Wahrscheinlich wurden sie dorthin gebracht, wo die Philippinos, Peruaner und Indonesier schlafen, die das Schiff in Schuss halten, bei Tisch bedienen und die Kabinen saubermachen. Im Laderaum. Frachtraum. Man wird sie doch nicht zu den Passagieren stecken.

Ihr Sohn streckt die Hand nach seinem Telefon aus. Sein großer Lockenkopf hebt sich, um das Display anzusehen, blassblaues

Gesicht, sinkt dann wieder ins Kissen. Bullauge. Es wird und wird nicht hell. Der Kreis aus Meer und Himmel zerfällt in zwei Hälften, metallgrau und stahlblau. *M'ma*, sagt ihr Sohn. Sie setzt sich. Streichelt sein weiches Haar am Stirnansatz, er ist fünfzehn, er ist fünf. Sie ist dermaßen hier und jetzt, dass es ihr die Kehle zuschnürt, diese Liebe, die jeden Raum sprengt. Eine Liebe, die die ganze Welt umfasst. *Wo willst du hin?* Er schläft wieder ein.

6:33 Uhr. Noch eine halbe Stunde, bis das Frühstück serviert wird, aber es gibt viele Kaffeespender, bei denen man sich bedienen kann. Sie holt die Thermoskanne aus dem Rucksack für ihre gemeinsamen Ausflüge. Spült sie. Nimmt eine Jeans und einen Pulli ihres Sohns – nicht den aus Kaschmir, sondern den aus Wollgemisch. Außerdem eine Unterhose, ein T-Shirt, Socken. Beim Parka zögert sie, ihr Sohn wird ihn brauchen. Dann eben die Regenjacke. Nein. Den Parka. Er wird ihm ohnehin zu klein. Sie stopft das Ganze in den Rucksack. Fertig. Jetzt scheint ihr alles dringend zu sein.

*

Die Rettungsdecken bilden eine Art Sarkophag um die Neuankömmlinge, sie sind aufgereiht und eingepackt, quasi tragbar, und die Besatzung ist offenbar darum bemüht, sie so verräumen, dass sie möglichst wenig Platz einnehmen. Weitere Schiffsarbeiter tauchen auf, Brückenreiniger und andere Putzleute. Sie erkennt den peruanischen Kellner wieder, mit dem sie im Restaurant Spanisch spricht. Gerade werden die Schleusen geschlossen, wie viele gibt es pro Deck, kann man in diesem Schiff verschwinden wie eine Maus? Sie hat noch nasses Haar vom Duschen, das könnte ihr als Tarnung dienen, sie schnappt sich eine Rettungsdecke. Was macht sie hier eigentlich?

Nun war sie im Bereich unterhalb der Wasserlinie, unter dem Casino, wie tief ist dieses Schiff? Das Quartier der Schiffsarbeiter. In einem großen, hell beleuchteten und sehr dunstigen Saal saßen und lagen unzählige Menschen. Sie schlängelte sich hindurch, Pardon, Entschuldigung, eine dicke junge Frau in klatschnasser Jogginghose rückte keinen Millimeter beiseite, manche Jungen saßen, die Arme um ihre Knie geschlungen, andere lagen schlafend da, die schweren feuchten Hijabs einer Gruppe von Frauen schienen vom Boden emporzuschweben, um Babys zu wiegen, es war, als müsste sie eine neue Form von Höflichkeit oder Entschlossenheit entwickeln, um sich mit ihrem Körper zwischen diese Körper zu schieben, diese Stofffalten, nassen Haufen, Sweatshirts, Tuniken, Pullis, Schirmmützen, Trainingsanzüge, Hoodies. Alle rochen nach Meer und Schweröl und sehr intensiv nach Fisch, nachdem man sie triefend aus dem Maul des Ungeheuers gezogen hatte. Es roch auch nach den Tonnen von Pizza, die das Schiff so zuverlässig produzierte wie Kielwasser und die gerade ausgeteilt wurden. Im Saal regnete es, der Dunst fiel in Tropfen von der Decke herab. Er musterte sie. Sie erkannte ihn kaum wieder. Wie zwei Babys, die nach der Geburt vertauscht worden waren. Die gleiche gerade Nase, die gleiche Farbe, das gleiche gelockte Haar, das inzwischen aber fast trocken war, kürzer. Er wandte den Blick ab. Ein paar Pizzakrümel im Mundwinkel. Und die Stirn? Sie meinte sich an Beulen zu erinnern, wie bei Säuglingen nach einer Zangengeburt. Er war's. Der Junge, dem sie kein Wasser gegeben hatte. Er wartete, die Augen wie zwei Messerklingen, sie warteten alle (bis auf die Schlafenden am Boden), schweigend, das schienen sie zu beherrschen, das Warten (im Gegensatz zu ihr, dachte Rose). Sie warteten, ohne irgendetwas im Griff zu haben, nicht das Geringste, keines dieser lebenswichtigen Details, von denen eine Zukunft abhängt (auch das dachte Rose).

Sie reichte ihm die Thermoskanne und den Rucksack voller Kleidung. Er sagte etwas, das sie nicht verstand. Danke, wahrscheinlich. Immer noch mit gesenktem Blick und einer flüchtigen Kopfbewegung, die sie nicht deuten konnte – schüchtern, kühl, demütig, resigniert, nett, höflich, erschöpft? Es fehlten ihm zwei, drei Vorderzähne, doch sicher keine Milchzähne? Er hielt die Thermoskanne und rührte sich nicht. Was für ein Tollpatsch. Sie nahm die Kanne wieder an sich, goss Kaffee in den Verschlussbecher und drückte ihm den Becher in die Hand, spürte dabei zum zweiten Mal diese leichte Erschütterung, und er spürte sie auch. Er trank und murmelte wieder etwas. Als sie sah, wie er das Gesicht verzog, dachte sie, hätte ich doch Zucker reingetan, das bittere Gesöff hatte er wohl nur aus Höflichkeit getrunken. Er presste den Rucksack an seine Brust, ohne ihn zu öffnen. Sie bot die Thermoskanne reihum an, tut mir leid, sagte sie, ich habe keinen Zucker reingetan. Sorry. Die dicke Frau mit der nassen Jogginghose nahm die Kanne, die von einer Hand in die nächste verschwand, begleitet von einem Murmeln. Er hielt den Blick immer noch gesenkt, sie lächelte, weil ihr nichts Besseres einfiel, es wäre ihr lieber gewesen, dass er sie ansieht. Sie standen da wie zwei Trottel. Hinten im Saal prüfte ein Mann in weißem Kittel, der sichtlich überforderte Schiffsarzt, der sich sonst eher mit Gerontologie befasste, die Hände jedes einzelnen, eine nach der anderen, er selbst trug Latexhandschuhe, sie verstand warum, weil es ihr einmal bei einem kleinen Patienten untergekommen war: wegen der Krätze. Rund hundert Menschen, zweihundert Hände. Reflexhaft ballte sie ihre. In einer anderen Ecke war die Französin, die sich ebenfalls einen weißen Kittel übergeworfen hatte, das fehlte Rose, eine Art Uniform. Außerdem gab es zwei Besatzungsleute mit iPads, die die Namen registrierten, sie kamen auf Rose zu, die sie auf Anhieb als Passagierin erkannt hatten, trotzdem rief sie ihnen ihren Namen zu, »Rose Goyenetche,

Psychologin«, aber sie waren zu beschäftigt, der nächste bitte. Nicht wegen ihrer Hautfarbe fiel Rose aus dem Rahmen, unter den Schiffbrüchigen gab es einige helle Gesichter, sondern aufgrund der Gesamterscheinung, das war ihr klar, weil sie von Kopf bis Fuß so funkelnagelneu wirkte. Sie hingegen, die Schiffbrüchigen, hatten etwas Verbrauchtes an sich, als strebten ihre sitzenden, liegenden, hockenden oder sogar stehenden Gestalten, ihre Gesichter, Hände, Kleider, die Signale, die sie aussandten, die Tropfen, die sie fallen ließen, als strebte alles an ihnen voran und wurde dabei behindert, aufgehalten und restlos verschlissen.

Der nächste ist er. Er heißt Younès, sie hört zunächst Youssef, nein, Younès. Er gibt auch einen Familiennamen an, den sie nicht versteht. Die beiden Offiziere registrieren ihn und gehen zur dicken jungen Frau in Jogginghose über. Younès sagt etwas, das auf *Telefon* endet. Sie reicht ihm ihrs, aber nein, er zieht einen Plastikbeutel aus seiner Hosentasche, Ziploc, wasserdicht, bei ihr zu Hause stecken geriebene Möhren drin, in seinem ein Mobiltelefon. Ein altes Samsung mit rissigem Display, das sich nicht einschalten lässt oder doch – Younès zeigt ihr das Display, es liegt nicht am Akku –, aber nichts passiert. Unter dem Displayglas sind Tröpfchen zu sehen. Telefone kann sie nicht reparieren. Wieder reicht sie ihm ihrs, sie beugen sich beide über das Display, und weitere Köpfe, die dicke junge Frau in der Jogginghose und andere, es funktioniert, natürlich funktioniert ihr Mobiltelefon, 7:19 Uhr, aber es gibt kein Netz. Sie sind zu weit von der Küste entfernt. An Bord gibt es zwar WLAN, doch das hat sie nicht gebucht, zu teuer, sie geht ins Internetcafé. Das wird sie ihnen alles nicht erklären. Er brauche ein Telefon, sagt er, auf Französisch. Dabei sieht er ihr nicht in die Augen, er blickt ins Leere. Die dicke junge Frau in Jogginghose fällt ihnen mit Nachdruck ins Wort, in einer Sprache, die Rose nicht erkennt, auch wenn ein feuchtes Englisch darin anklingt. »Sie ist Nigeria«, sagt er in einem leicht verächtlichen Ton.

In Roses Klischeekasten findet sich im Fach *Nigeria* jedoch nichts. Ganz schön frech, wie er in seinem Zustand, nasse sechzig Kilogramm Körpergewicht, jemanden herabstuft, auf der triefenden Strickleiter aller Schiffbrüchigen. Und von ihr auch noch ein Telefon verlangt. Sie steht auf, weil sie einen Einfall hat. Sie redet mit ihm, genauso liebevoll und autoritär wie mit ihrem Sohn. Er solle sich nicht rühren, er solle warten (wie sollte er hier überhaupt weg). Sie duzt ihn, weil er – wie alt bist du? Sechzehn. Sie steigt über die Körper hinweg, wenigstens sind diese alle noch am Leben. Und dann hält sie jemand auf – ach, ihre Thermoskanne! Sie bekommt sie zurück. Die Kanne ist leer, was ihr eine ganz einfache Freude beschert.

Zum dritten Mal in dieser Nacht kehrt Rose in ihre Kabine zurück. 7:31 Uhr. Wäscht sich die Hände. Ihre Kinder schlafen noch. Diese Kabine, die sie immer wieder neu entdeckt, erscheint ihr insgesamt immer wieder ungeheuer komfortabel. Sie beugt sich über ihren Sohn. In Kissen und Daunendecke vergraben, im warmen Pyjama, den er trägt, weil sie es verlangt, das Haar golden, duftig, makellos. Über ihn, auf einer weißen Daunenwolke, Emma, seine Schwester. Das Telefon ihres Sohnes ragt halb unter dem Kopfkissen hervor. Sie nimmt es.

Fünf noch ungelesene Nachrichten. Was wäre am rücksichtvollsten? Alle notieren und ihm später ausrichten? Sie an ihre Nummer weiterleiten und ihm später zeigen? Oder gar nichts? Noch nie hat sie Nachrichten gelesen, die nicht für sie bestimmt waren. Darin setzt sie ihre ganze Ehre. Weder die ihres Mannes noch die ihres Sohnes oder von sonst jemandem. Obwohl sie alle PINs kennt, weil alle ständig etwas vergessen und sie zu Hause alles organisiert, die Flatrates, die Telefone, die Waschmaschinen, die Einkäufe, die Ferien, den Umzug: alles.

*

Sie gibt Younès das Telefon ihres Sohnes. Und auch das Ladegerät, sie hat ja Sinn fürs Praktische. Als sich ihre Hände berühren, erfolgt wie erwartet wieder der kleine Stromstoß. Sie lächelt ihm zu, sein Blick wird ernst, oder nein, eher konzentriert, sogar neugierig. Sie glaubt, dass er sie darauf ansprechen wird, auf diese Energie, die zwischen ihnen fließt, sie ist bereit, es ihm zu erklären, manchmal ist das peinlich, es passiert ihr auch bei anderen Leuten. Ach was, sie hat ihm doch gerade ein Telefon gereicht. Er nimmt es unter die Lupe. Die dicke junge Nigerianerin hat den Wollgemisch-Pulli ihres Sohnes angezogen. Das ist ärgerlich. Aber wenn das Mädchen ihn nun mal braucht, was soll's. Er ist ihr viel zu eng. Zwei Brüste wie Wassermelonen. Nicht der richtige Pulli. Younès hat die Rückseite geöffnet. Seine SIM-Karte passt nicht. Auf seiner Oberlippe leuchtet ein Klecks Tomatensoße, die sie ihm gern abwischen würde, sie beherrscht sich, ihr Sohn hasst es, wenn sie das macht.

Im hinteren Teil des Saals kam Bewegung auf, ein Raunen, einige waren aufgestanden, andere schliefen weiter – man gab ihnen Informationen oder Anweisungen, sie verstand nicht, was, aber alle, deren Augen offen waren, fixierten den gleichen Punkt. Und dieser Anblick – die einen stehend und angespannt, die anderen am Boden zusammengesunken – prägte sich ihrer Netzhaut so stark ein wie ein Gemälde. Mehrere Offiziere drängten zur Eile. Younès sah Rose an. Er dürfe das Telefon behalten, signalisierte sie ihm, ja, bestätigte sie. Er schlängelte sich durch die Menge. Er war groß, viel größer als ihr Sohn, aber sie verlor ihn im Gedränge aus den Augen.

Inzwischen war Stille eingetreten. Ein Mann hatte das Wort ergriffen. Auf Englisch. Es war der Kapitän. Am Vorabend hatte er mit ihrer Tochter posiert. Er war jung, aber wettergegerbt, blond, aber kräftig, mit hippem Bart, aber ganz und gar *Seebär*. Er hatte den Club der kleinen Schiffsjungen mit einem Besuch beehrt, und *klick* hatte der Schiffsfotograf *diesen Moment verewigt*. Doch der

Mann, der da in weißer Uniform redete, zog keine Schau mehr ab, er sprach von Rettung, medizinischer Versorgung und dem Schnellboot der italienischen Küstenwache. Lautes Beifallsgeschrei, ein Sturm von Zurufen erfolgte. »In Italien«, wiederholte der Kapitän. Die Stimmen wurden leiser, manche stießen Freudenrufe aus, andere weinten. Rose fragte sich, ob man die Toten in die Leichenhalle des Schiffes gebracht hatte. Welche Toten zu wem gehörten. Ob Younès jemanden verloren hatte. Ob man die Toten nachkommen ließ und wenn ja, bis wohin. Frauen und Kinder zuerst, *women and children first*. Sie fühlte sich berufen. Der bedeutungsschwangere Satz. Der verhängnisvolle Satz. Sie stand auf, vor ihren Augen tanzten schwarze Schwindelpunkte. Ihr fielen funkelnde Kügelchen ein, Quecksilbertropfen aus einem geplatzten Thermometer, die davonrollten, immer weiter weg, und die der Zufall auseinander- oder wieder zusammenführte. Rose hatte von diesem Engländer gehört, der versucht hatte, eine kleine Afghanin in seinem Auto zu verstecken, um sie zu ihrer Familie zu bringen. In einem Artikel stand, dass seine Frau ihn verlassen hatte, seit er im Lager von Calais lebte. Aber das Lager war mittlerweile aufgelöst, ob seine Frau ihn wieder aufgenommen hatte? Oder versteckte er sich weiterhin mit den anderen in den Dünen und Wäldchen? Sie fragte sich flüchtig, ob er trank, so wie ihr Ehemann. Was er für ein Ehemann war. Und der Kapitän. Was für ein Ehemann. Was für ein Leben führt man, als Kapitän, mit hohem Herzen, auf hoher See. Ob man zu Hause derselbe war wie auf dem Meer.

Alle waren sie aufgestanden, die Frauen, die Kinder und die Männer, die Eroberer und die Gebrochenen, und in dieser Bewegung erblickte Rose das Gemälde, *Das Floß der Medusa*, in dieser ansteigenden Menschenflut, sie alle fixierten einen Punkt in der Ferne – den Kapitän, die Hoffnung, und dahinter ein Gang, Europa.

Dann aber klingelte es überall im Saal, zwitscherte, pfiff, sang, schrillte und vibrierte, als fielen sämtliche Tropfen auf einmal von der Decke. Alle senkten den Kopf. Rechtecke aus blauem Licht beschienen alle Gesichter. Das Netz. Die Küste nahte. Alle auf dem Floß der Medusa prüften ihr Telefon. Für Rose gab es nur eine Textnachricht, von ihrem Mann: »Du fehlst mir«, 8:38 Uhr. Sie rief ihren Sohn an, und was hörte sie, hinten im Saal? »ACHTUNG DEINE MA IST DRAN, ALTER, DEINE MA.«

Der hirnrissige Klingelton, den ihr Sohn eingestellt hatte. Klar. Verwirrt brach sie den Anruf ab. Und entdeckte Younès. Über den anderen Köpfen, das blutjunge Gesicht vom Display angeleuchtet, seine breite Stirn – sie sah ihn. Er steckte das Telefon ein und blickte den Kapitän an. Er fuhr ins Blaue. Den härtesten Teil der Reise hatte er überstanden. Er machte sich auf in die Zukunft. Der Kapitän rief einen Befehl. Und falls auch er einen Ruf vernommen hatte, weil es in seiner Tasche vibrierte, ließ er sich nichts anmerken. Hier und jetzt steuerte er weiterhin das Schiff und die Welt.

*

Ihr Sohn hatte Matratze und Daunendecke auf den Boden geworfen und jedes seiner Kleidungsstücke umgestülpt. »Es wird schon wieder auftauchen.« Ihr Standardsatz, wenn Schmusedecken verlorengingen, Schlüssel und Brillen und der Fahrausweis und die Brieftasche und das Telefon. Der beruhigende, mütterliche, eheliche Satz. Der beschwörende Satz. Und immer (fast immer) tauchte es wieder auf. Er schnappte sich ihr Telefon, um seins anzurufen. Er hatte es mit dem seiner Schwester probiert, dem kleinen Nokia, aber es war nicht geladen. Nirgends ein Klingeln, weder in der Kabine noch im Bad. Dabei wusste Gabriel noch sehr genau, dass er sein Telefon nicht stummgeschaltet hatte. Um den Schein zu wahren, hob sie ein paar Kissen an. Sie brauchte dringend Kaffee. Emma greinte, sie habe Hunger.

Die Cafeteria war überfüllt und das Telefon immer noch weg. »Heute Nacht hatte ich es noch«, jammerte ihr Sohn. Sie versuchten es im Restaurant. Dort fanden sie einen Tisch, Glücksfall, nahe am Panoramafenster, und während sie einen Espresso trank und dazu Früchte und Mandeln knabberte (ihre eigenen fair gehandelten Bio-Mandeln, die sie kiloweise mit sich herumtrug, ihr Mann nannte sie scherzhaft *mein Eichhörnchen*), häufte sich Emma Croissants und Pancakes und Waffeln und Donuts und Nutella und Ahornsirup auf den Teller. Für ihre Kinder schnitt sie Bananen und schälte Äpfel, die sie nicht aßen, und so aß sie die. Ihr Sohn tippte genervt auf dem Telefon herum und versuchte unablässig, sich zu verbinden, was ohne WLAN natürlich aussichtslos war. Sie schimpfte mit ihm, weil ihr Display jetzt nutellaverschmiert war.

Ihr kam der Gedanke, dass sie so glücklich war wie seit Monaten nicht. Sogar rundum glücklich. Ihre Kinder waren wunderschön. Das Meer war eine blaue Pracht. Der Himmel auch. Und man sah nichts anderes. Ein Planet aus Wasser, der im Himmel kreiste.

Gabriel kehrte in die Kabine zurück, um alles noch einmal auf den Kopf zu stellen. Sie konnte sich eine ironische Bemerkung über sein Suchtverhalten nicht verkneifen, die er voller Wut konterte, er habe sich Notizen gemacht. Was für Notizen? Notizen halt. Sie ging mit Emma flanieren. Bis der Club der kleinen Schiffsjungen aufmachte, konnten sie sich Zeit lassen. Passagiere, alle im Greisenalter, verteilten sich schleppend wie arthritische Hummer über das ganze Schiff, gingen im Bademantel zur Sauna, im Badeanzug zu den Pools, in Sportkleidung zum Fitnessstudio, in Stadt-, Abend- oder Sonstwaskleidung ins Casino, wenn sie besonders früh dran waren. In der Einkaufspassage blieb sie vor dem Schaufenster des Fotografen stehen: Ihre Tochter und der Kapitän waren darin ausgestellt. 10 Euro. Die Kleine presste dieses Bild an ihr Herz, und sie musste es ihr wieder abnehmen: Im Kinderclub würde es beschädigt werden. Ich will nicht in den Club, sagte Emma. Du hast keine Wahl, sagte Rose, ich bin jetzt im Urlaub. Der Kapitän war auf dem Foto genauso schön wie in Wirklichkeit. Sie lieferte ihre schluchzende Tochter bei den Kleinen Schiffsjungen ab und setzte ihren Weg zum Verwaltungsbüro fort. Dort buchte sie einen Ausflug zum Parthenon, ein Muss, und ein Internet-Abo für die noch verbleibenden Tage. Das war sie ihrem Sohn schuldig, wenigstens das. Dann rief sie ihren Mann an. Danach würde sie sich endlich ausruhen.

Seine Stimme klang normal, gestresst, aber normal. 10 Uhr. Er war nüchtern. Auf dem Sprung zur x-ten Besichtigung in der Rue d'Aboukir. Und schon regte er sich wieder über seinen Chef und das ganze nichtsnutzige Team auf. »Du bekommst noch ein Burnout«, sagte sie. Außerdem hatte er eine horrende Rechnung für die Renovierung ihres Hauses in Clèves erhalten. Er hatte wirklich alle Hände voll zu tun, mit dieser Baustelle, ihrem bevorstehenden Umzug und den vielen unverkäuflichen Wohnungen, die sein Chef ihm unter den Vorwand unterjubelte, er sei nun mal der beste Makler. »Du bekommst ein Burn-out«, wiederholte sie. Aber er hörte sie nicht. Seit Monaten, seit Jahren schon. Ob er sie hören würde, wenn sie ihm sagte: »Ich verlasse dich«?

Sie machte es sich in einem Liegestuhl am Panoramafenster bequem. Hinter ihr plätscherte der Pool. Die Rechnung war fürs Bad, fürs Legen der kleinen Fliesen, die sie ausgesucht hatte, *wirklich* winzig kleine Fliesen. Sie hielt das Telefon ein Stück von ihrem Ohr entfernt. Passagiere in weißen Bademänteln betrachteten wie sie das Meer. Die Atmosphäre erinnerte an einen Kurort. »Gabriel kann sein Handy nicht finden«, sagte sie, um das Thema zu wechseln. Ihr Mann schluckte hörbar. Sie würden ihm doch nicht *schon wieder* ein neues kaufen. »Aber du weißt ja, wie sie sind. Lieber sterben als kein Handy haben. Lieber keinen Pimmel haben als kein Handy.« – »Wie wär's mit dem Fundbüro?«, schlug ihr Mann vor.

Sie stand auf, um sich Kaffee einzuschenken. Aus dem Hörer sprach ihr Mann. Sie fragte sich, was er tun würde, wenn sie ihn verließe. Sie würde ihm keine Gelegenheit mehr geben, so mit ihr zu reden, freundschaftlich, gewissermaßen. So sein Herz auszuschütten, um Mut zu fassen und eine Lösung zu finden. Zuhören, immer nur zuhören ... Nein, sie würde ihm nicht mehr ihr Ohr leihen. Der Kaffee war bitteres Wasser. Espresso war im All-inclusive-Tarif nicht inbegriffen. Wie konnte man sich auf hoher See treffen? An einem bestimmten Punkt, an der Kreuzung dieses oder jenes Längen- und Breitengrades? Oder bewegten die zwei Schiffe sich aufeinander zu? Welches war das schnellere? Inzwischen sprach ihr Mann direkt *aus* der Rue d'Aboukir, er erreichte gerade die Nr. 44; und sie konnte weit und breit kein Ufer sehen, nur das Blau, von einer Linie zerteilt, oben hell und unten dunkel, diese Schattierungen dürfte schon Odysseus bewundert haben.

Sie würde die Bar am Heck aufsuchen, das Kielwasser betrachten und sich einen Espresso gönnen. Wenigstens ein Ziel, dass sie sich jetzt setzen konnte. Die Bar nannte sich Miramar und war neogriechisch angehaucht. Mit quadratischen Friesen. Die Rue d'Aboukir Nr. 44 ließ sich partout nicht verkaufen, weil dort ein Mord verübt worden war, der viel Medienwirbel nach sich zog. Die Tür und die Fenster, hinter denen man die junge Veronika L. eingesperrt, vergewaltigt und getötet hatte, wurden im Fernsehen gezeigt. Eine zu Tode gemarterte Mieterin und eine stigmatisierte Wohnung. Niemand wollte sich der Sache annehmen, weder in der Zweigstelle noch in der Immobiliengesellschaft oder womöglich in ganz Paris. Ein wahres Blutbad. Die Eigentümer, ein spießiges altes Ehepaar, mussten alles von Grund auf renovieren lassen, natürlich auf eigene Kosten, in solchen Fällen ist keinerlei Unterstützung zu erwarten, ihr Mann hatte für sie das passende Unternehmen gefunden, da erschienen Typen wie Kosmonauten und rissen alles raus, was sich nicht reinigen ließ, reinigten alles, was sich nicht rausreißen ließ, danach sah die Wohnung aus wie eine aufgeweichte Brandstätte. *Ground Zero*. Das war ihr einziges Hab und Gut. Die Mieterin finanzierte ihnen den Ruhestand. Und dann wurde sie zerstückelt. Ihr Mann hatte für die beiden sogar einen Psychologen aufgetrieben, einen ihrer Kollegen. So, wie sie ihren Mann kannte, hatte er diese alten Leutchen *retten* wollen. An diesem Morgen hatte er einen Besichtigungstermin mit einem Ingenieur von Total Nigeria, einem dieser zahlungskräftigen Typen, die es immer eilig und für Vermischtes keine Zeit haben. Die ideale Zweitwohnung für einen Junggesellen im Auslandseinsatz. Mitten in Montorgueil, direkt unterm Dach.

Das Kielwasser war eine Pracht. Vollkommen gleichmäßig, prall wie zwei Lippen. Rose wartete am Panoramafenster, ans Meer gelehnt, und hielt ab und zu Ausschau nach dem Kellner, da war er, mit ihrem Espresso auf einem Tablett. Sie sprach ihrem Mann Mut zu, dem der nigerianische Ingenieur bereits vom Ende der Straße aus zuwinkte, und dachte an die Schiffbrüchigen, die etliche Decks tiefer warteten. Sie trank ihren hervorragenden italienischen Espresso. Auf ihrer geistigen Karte waren beide Schiffe, der Ozeandampfer und das Schnellboot, zwei blinkende Punkte, die sich überschnitten. Das Mittelmeer war eine Art Otter mit langer Schnauze, die sich auf Gibraltar richtete, mit den Balearen als Augen, Korsika und Sardinien als Ohren und Sizilien als Flosse. Darüber schwebte Veronika L. Darunter die Ertrunkenen.

Plötzlich kam ihr Sohn rein. Er schien zu telefonieren, mit gesenktem Kopf. Aber ja, er telefonierte, dieser Mistkerl, mit dem kleinen Nokia seiner Schwester, dabei hatte die Kleine nur eine begrenzte Flatrate, das würde teuer werden. Als er sie sah, hörte er auf. »Ich laufe das ganze Schiff ab und rufe währenddessen meine Nummer an«, erklärte er. »Irgendwann werde ich mein Telefon hören. Es klingelt ja, ich habe es nicht ausgeschaltet.«

Er war rot und außer Atem. »Was ist das für ein Klingelton, wenn deine Schwester anruft?« Offenbar war er froh, dass sie seine Nöte ernstnahm. »DEINE FETTE SISTA RUFT AN.« Er ahmte die näselnde Stimme des Klingeltons nach. Sie fragte sich, wie Younès mit einem Telefon zurechtkam, das ständig »DEINE FETTE SISTA RUFT AN« wiederholte. Hoffentlich hatte er es stummgeschaltet.

»Emma ist nicht fett«, sagte sie. »Das ist nicht wörtlich gemeint«, sagte ihr Sohn. Sie fragte ihn, ob er etwas trinken wolle. Eine Cola. Hektisch erzählte er von seinen Notizen, von diesem Text, an dem er schrieb, es wäre schlimm, wenn der verlorenginge ... Sie sagte ihm, sie habe jetzt den WLAN-Zugang hinzugebucht, man werde alle seine Daten wiederfinden, normalerweise gehe nichts verloren. Papa solle es nicht erfahren, aber beim nächsten Landgang würde sie sich umhören und ihm ein neues iPhone kaufen; in Griechenland seien sie nicht so teuer, und auf dem Schiff brauche man es nicht zu verzollen.

Im Panoramafenster erschien das Schnellboot der italienischen Küstenwache. Weiß und rot. Ihr Sohn hatte sich ihr Telefon geborgt und versuchte, sich mit dem WLAN zu verbinden, gab wie besessen die Zugangscodes ein. Auf einmal stand er auf und warf seine Cola um. »Da ist es.« Er zeigte auf den Gastraum, auf das Schiffsinnere. Sie nahm Servietten, um alles abzuwischen, ein Kellner eilte herbei, stellte eine neue Cola hin, ihr Sohn zeigte ihr auf dem Display, wo sein Telefon war – dort, hier, auf dem Schiff. Ein blauer Punkt pulsierte inmitten eines Linienrasters, ganz in der Nähe des roten Punktes, der ihren Standort anzeigte. Ihr Sohn zoomte rein und raus, die App schwankte etwas – der Punkt wirkte nur wenige Meter von ihnen entfernt, bewegte sich aber ruckartig hin und her; er war *unter ihnen*, dachte Rose, ihr Sohn ging stur voran, mit dem Display als Kompass. Warte, sagte sie. Warte auf mich. He, das ist *mein* Handy!

*

Das Schnellboot hatte angelegt. Eine beträchtliche Menge von Passagieren wohnte dem Manöver bei, dem Einsatz der Fender und dem Leinenwurf. Aber sie hatten alle keinen Zugang mehr zum unteren Deck. Dort waren die Migranten versammelt und sämtliche Schleusentüren gesperrt. Rose suchte unter den vielen Köpfen, die sie aus der Vogelperspektive sah, nach Younès. Die Kinder und einige Frauen bildeten ein Grüppchen für sich. Er war kein Kind mehr und noch kein Mann. Wo steckte er nur? Sie waren zu weit oben. Die Passagiere redeten alle gleichzeitig in ihren unzähligen Sprachen. Sie machten Filmaufnahmen mit ihren Handys, streckten den Arm zum Schnellboot aus, zogen ihn wieder zurück, eine Choreographie, die an rosa Flamingos erinnerte, schossen Selfies, verlängerten und verkürzten ihre Brennweite. Es wurde geraucht, getwittert, Kaffee getrunken. Hundertfünfzig Migranten aus Westafrika, außerdem ein Dutzend Sudanesen, ein paar Eriträer und aus unerfindlichen Gründen auch zwei Vietnamesen. Die Sonne brannte. Bald wäre es Mittag. Windstille. Außergewöhnlich schönes Wetter, wolkenloser Himmel: Das Mittelmeer an Weihnachten.

Die Meinungen gingen auseinander. Die gewaltige Kommentarblase dehnte sich aus wie Dampf, stieg einem in die Haare und verflüchtigte sich am blauen Himmel. Alles Elend dieser Welt, nein, aber wenigstens ein Teil. Sie könnten auch anders, man braucht sie nur anzusehen, sie sind alle schwarz, da ist kein Krieg, das ist nicht Syrien. Was wissen Sie schon, haben Sie nicht gehört, was in Eritrea los ist. Und die Grenzen, öffnen oder schließen. Innerlich spürte auch Rose diese hochschnellenden Hebel, klick klack, wie beim Flipper. Und wieder hatte sie ihr Heimatdorf vor Augen, Gott weiß, warum ihr diese Bilder in den Sinn kamen, fast schon Postkarten, der begrünte Platz, die Verkehrskreisel nach europäischer Norm, das Gasthaus vor dem *Frontón* und der Friedhof mit seinen runden Stelen und die Kirche aus dem 19. Jahrhundert und die Mediathek und die beiden Vor- und Grundschulen und der Parkplatz dazwischen und in der Mitte die rund hundertfünfzig Ausländer in Zelten. Oder. Oder es nähme jeder Dorfbewohner einen von ihnen auf. Dort im tiefen abgelegenen Südwesten, in den großen Häusern und leeren Feriendomizilen. Es war absolut einleuchtend, dass man den Planeten fairer teilen sollte, aber in Clèves? Ausgerechnet dort, wohin sie umziehen wollte, um zur Ruhe zu kommen? Sie blickte sich nach der rechtschaffenen Französin um, sah sie aber nicht.

Ihr Sohn stand mit verrenktem Hals da, seine Finger bohrten sich ins Display ihres Telefons, ja, dieses Telefon war ihrs. Sie strich ihm über den Rücken. Er sollte sich entspannen, sollte sehen, was ihn umgab. Das Meer. Und die Migranten. Die Menge. Den blauen Himmel. Die Welt. Er sollte ihr seine Meinung dazu sagen. Er sollte sich dazu eine Meinung bilden. Er sollte eine Lösung finden, sollte ihr sagen, was sie zu tun und was sie zu denken hatte.

Dabei stellte sie fest, dass er wieder einmal die Nummer seines verflixten verlorenen Gegenstands wählte, indem er einfach den Kontakt »Gabriel« drückte, und hatte Angst, dass es unten klingeln könnte, auf dem Deck der Geretteten, dass dieses grässliche »Deine Ma ist dran, Alter« ertönen würde. Aber man hörte nur das Schlagen der verbundenen Schiffe, das winzig scheinende Schnellboot schrammte gegen die gewaltige Wand des Dampfers, während das Meer schluckend und spuckend zwischen beiden hindurchbrach, mit gigantischem, gespenstischem Saugeffekt. Kein Mensch wollte da hineinfallen. Sie hielt ihren Sohn am Ärmel fest und hielt gleichzeitig Ausschau nach Younès, nirgendwo klingelte es, kein Satz drang nach oben, nur Befehle und Schreie und die Stille, die Stille beim Warten.

Sie stiegen ins Schnellboot. Unterstützt von der Besatzung und alle mit Schwimmwesten versehen. Es war gut organisiert. Aber man konnte kaum noch etwas erkennen. Über der Skaterbahn gab es eine kleine Sonnenterrasse mit – wie hießen die noch – Fernrohren oder Teleskopen.

Rose war nicht als einzige auf diese Idee gekommen. Sie wartete hinter einer Schlange von Passagieren, bis sie drankam. Und als sie ihre Augen an das - Binokular? - heftete, sagte ihr Sohn plötzlich: »Das ist ekelhaft. Total *voyeurisch.*« Sie richtete das Fernglas auf die vielen Köpfe, die der Reihe nach mühsam von einem Schiff aufs andere wechselten, vom großen aufs kleine, auf einer schmalen, gut gesicherten Gangway. Younès war nicht auszumachen. Und sie überlegte, woran sie das erinnerte. Dieser Art von Reibung, von Stau, ein Kopf wollte sich vor den anderen drängen. Dann verflüssigte sich alles wieder. Eine mikroskopische Ansicht von roten Blutkörperchen, die sich ihren Weg durch die Venen bahnten, die sich ballten, verbanden und trennten im Kampf um die Erhaltung der Lebenskraft. Vor ihren Augen blitzte der Tote auf, über den sie in der Nacht hinweggestiegen war. Und auch das Beiboot mit den zwei stehenden Matrosen. Sie hob den Kopf und der Himmel explodierte auf ihrer Netzhaut, ihre Pupillen zogen sich zusammen. Ihr Sohn sollte übernehmen, Ausschau halten, ihr Bescheid geben. Sie beide waren von Kriegen und Katastrophen verschont geblieben, zwei Glückspilze auf diesem Planeten. Die Zukunft ihres Sohnes wäre düsterer als ihre, davon war sie überzeugt. Aber nicht so düster wie die von Younès. Aller Wahrscheinlichkeit und allen Statistiken nach. Das Problem mit den Migranten war, dass sie so viele Ängste auslösten.

Das Schnellboot legte ab. Die Kreuzfahrtgäste riefen Auf Wiedersehen und gute Reise, mehrere Migranten winkten zurück. Es wirkte eher fröhlich. Das Schnellboot beschleunigte mit einem Ruck, während der Dampfer wieder durchstartete, oder wie das beim Schiff hieß, jedenfalls wurde die Vibration stärker, sie fuhren weiter. »Sie sind's!«, rief ihr Sohn. Auf der Ortungsapp rückte der blaue Punkt vom roten Punkt ab. Der kleine blaue pulsierende Punkt, der sein Telefon darstellte, *entwich* dem Dampfer. Und entfernte sich auf dem Meer, im leeren Linienraster.

»Mein Telefon!«, bekräftigte ihr Sohn. »Sie sind's! Die Typen da, auf dem anderen Schiff! Sie haben mein Telefon geklaut!« Sie wandte sich der Sonne zu. Herrlich, diese milde, leichte Brise auf dem von so vielen Wassern bedeckten Planeten. Zwanzig Grad am Morgen, mitten im Winter. Doch selbst diese Wärme löste eine weitere Angst aus, klimabedingt.

Sie steckte wieder einen Euro in das Fernglas, sah eine Weile dem Schnellboot nach, dann machte sie einen großen Schwenk über das Meer. In der Nähe befand sich noch ein kleines Boot, das die ganze Szene zu verfolgen schien. Auf dem Rumpf war ein Auge gemalt, wie man es in der Türkei sieht, oder in Ägypten, womöglich auch in Libyen, mit einer arabischen Inschrift. Das Auge blickte sie an. So ein Quatsch.

»Die machen sich mit meinem Telefon davon«, wiederholte ihr Sohn fassungslos. Er wollte, dass sie es verneinte, dass sie ihn beruhigte, wie ein Kind, das hören will: Der Wolf ist lieb, außerdem gibt es ihn gar nicht. Sie sah ihren Sohn durch das Fernglas an. Er war riesig und vollkommen unscharf: eine vibrierende, zweigeteilte rosa-gelbe Masse. Er wollte eine andere Version, ein Märchen oder die Wahrheit. Er war fünfzehn.

Aber sie mussten Emma im Club abholen, bald war es Zeit für das Mittagessen. Jetzt überlegte er, wie sie es angestellt hatten, wie sie in die Kabine eingedrungen waren, zu welchem Zeitpunkt sie – unsichtbar, heimtückisch, haltlos – seine Sachen durchwühlt, seine Privatsphäre durchbrochen, seine Habseligkeiten an sich genommen hatten, sogar das Ladegerät, denn das konnte er auch nicht finden.

So wusste sie wenigstens, dass Younès das Schnellboot tatsächlich bestiegen hatte.

*

Bei ihrem späten Mittagessen wählten sie die Option *Eskapade*, für Rose Seezungenfilet mit gemischtem Salat, für Emma Lasagne und für Gabriel ein Wiener Schnitzel, das er nicht anrührte. Schlimm, wie er sich wegen dieses Telefons quälte. Und sie fand es auch nicht schön, dass er die Migranten als Diebe beschimpfte, hörst du, es heißt übrigens Geflüchtete oder Exilierte. Lass mich doch in Frieden, sagte ihr Sohn. Wie, Frieden, hast du nicht gesehen, wie elend sie dran sind? Und warum nennt man sie nicht einfach Emigranten, wie früher, und gibt ihnen erst mal Zeit, überhaupt anzukommen? Rose regte sich auf, ihr Sohn ebenfalls, dass ich nicht lache, du Salonlinke – Was? Immerhin hatte er *cloud* sei Dank seine kostbaren Notizen zurückerlangt und auch sämtliche Kontakte. Aber wofür brauchst du diese Notizen, fragte seine Mutter und versuchte sich zu beruhigen. Wir machen schließlich eine Kreuzfahrt, wir machen Ferien.

Sie würden Katakolo mit Verspätung erreichen, ein Offizier ging von Tisch zu Tisch, um die Passagiere zu beschwichtigen, der Ausflug nach Olympia finde auf jeden Fall statt, in nur leicht gekürzter Form, wer wolle, könne sich den Preis erstatten lassen. Rose wäre es lieb gewesen, dass ihre Kinder Olympia besichtigten, sie würden es in der Schule durchnehmen, aber sie war so früh aufgestanden, alles viel zu anstrengend, außerdem würden sie sich morgen zum Parthenon aufmachen. Waren das Notizen für seine Hausaufgaben? Ein französisches Paar protestierte: heute Abend ist Weihnachten, wann sind wir zurück? Das hatte sie ganz vergessen. Emma hatte das nicht vergessen.

Emma hatte den Kellner um ein Blatt Papier gebeten und schrieb zum x-ten Mal an den Weihnachtsmann: lila Rollerskates (die, die man an Bord mieten konnte, waren für *Jungs*), einmal das Playmobil-Kreuzfahrtset samt Schiff und einmal das Piratenset, einen Webstuhl für Freundschaftsbänder ... man musste ihr alles vorbuchstabieren, sie war in der dritten Klasse. Du solltest deine Wünsche lieber zeichnen, sagte Rose. Gabriel rief den Kellner, um nach der Dessertkarte zu fragen – aber du hast dein Schnitzel nicht gegessen. Emma wollte wissen, wie man *My Sims Get Famous* schreibt. Mach eine Zeichnung!, schrie Rose. Aber es ist ein Nintendo-Spiel, jammerte Emma. Dann zeichnest du eben ein Viereck, sagte Gabriel und nahm ihr den Stift weg, um in den Brief an den Weihnachtsmann ein großes Viereck zu zeichnen, und Emma brach in Tränen aus und Rose tobte, dann bat sie den lächelnden Kellner um Entschuldigung, der ihr auf Spanisch sagte, daheim habe er auch so ein kleines Mädchen, genau so ein süßes kleines Mädchen, und während er zwei Gebäckröllchen in den Eisbecher der schniefenden Emma steckte, zeigte er ihnen auf seinem Telefon eine kleine Inka mit zwei schwarzen Zöpfen und einer Adlernase. Sie sah Emma kein bisschen ähnlich. Rose drückte Bewunderung aus. Gabriels unhöfliches Desinteresse war ihr unangenehm, aber vor lauter Müdigkeit schwirrte ihr der Kopf, sie stand auf, war seit vier Uhr früh auf den Beinen, sie trug Gabriel auf, seine Schwester in den Club zu bringen, und ging in ihre deLuxe-Kabine hinauf oder hinunter, sie wusste nicht mehr so recht.

*

Die Kabine hatte man saubergemacht. Was für ein Genuss, am helllichten Tag nackt zwischen die glatten, frischen Laken eines breiten Bettes zu schlüpfen. Sie warf einen Blick aus dem Bullauge. Da war keiner, klar. Ein Pariserischer Reflex. Und selbst wenn ein Schiff vorbeiführe, könnte wohl niemand unter den Hunderten von Fensteröffnungen ihre winzige Gestalt ausmachen. Ein schwimmendes Wohnhaus, hatte ihr Mann beim Durchblättern der Broschüre gesagt. Aber es war mehr als das. Es war eine Traumstadt, eine rollatorgeeignete Utopie. Für tausend Euro pro Woche buchen manche *Senioren* lieber Kreuzfahrten, als sich ins Altersheim zu begeben. Es gibt einen Arzt an Bord. Und einen Priester. Rose stellte sich die Greise vor, wie sie fernab der trubeligen Ufer trieben, auf See starben, in Luxusdampferwatte gepackt wie aufgespießte Schmetterlinge, auf einem versauerten Ozean, entlang überfluteter Küsten voller Klimaflüchtlinge. Nach ihrer Kreuzfahrt sollte das Schiff zu einer Weltreise auslaufen, genau dieses Schiff – da waren Gabriel und Emma ins Träumen geraten. Vier Monate lang, von Marseille über Dubai, die Malediven, Australien und Tahiti und Hawaii und Panama und die Antillen und und und. Es wären auch ein paar Kinder an Bord, mit Instruktoren. Dieses Wort hatte Rose ihnen erklären müssen.

Mit angezogenen Armen und Beinen kuschelte sie sich ein, eine Blase unter dem Laken. Ein kraftvoller Mechanismus trieb das ganze Schiff voran, es holte seine Verspätung auf, sie stellte sich die Propeller vor ... ein Erholungsheim auf Propellern ... Sie hatte schon einen ganzen Tag erlebt und ein ganzes Leben. Langsam kam ein Boot auf sie zu. Ein Mann steuerte es am hinteren Ende, stehend, am Horizont ragte ein Vulkan auf. Das Boot kam auf sie zu, für sie bestimmt ... Sie schreckte aus dem Schlaf. Wie spät? Sie streckte die Hand nach ihrem Telefon aus und dann fiel ihr ein, dass sie es ihrem Sohn geliehen hatte. Die Kabine schien bis unter die Decke mit einem seltsamen Fluid angefüllt zu sein. In ihren Beinen und Hüften spürte sie noch die Spreizung, von diesem Moment, als sie über die Leiche hinweggestiegen war. Heute Morgen war sie über einen Toten hinweggestiegen. Um nicht auf ihn draufzutreten. Allein der Gedanke daran. Die Berührung, der Gedanke an eine solche Berührung. Wieder hatte sie den Drang, zu ihrem Telefon zu greifen. Sie hätte ihren Mann anrufen können. Um wieder Fuß zu fassen auf der Welt. Auf festem Boden. Oder Solange, ihre beste Freundin, für einen Plausch. Was heute Nacht passiert war, das war nicht Teil ihres Lebens. Sie musste den Faden wieder aufnehmen, wieder anknüpfen. Reiß dich zusammen.

Vielleicht war es auch dieser merkwürdige Ferieneffekt. Sie war schon so lange nicht mehr in den Urlaub gefahren. Der Effekt des Verreisens. Kaum war das Schiff ausgelaufen, hatte sie nicht mehr an die Arbeit gedacht. Gar nicht mehr. Sehr wirksam, dieser Kreuzfahrteffekt. Wenn man es mit dem Meer aufnahm. Den Elementen trotzte. Sie drehte sich zum Bullauge. Sie lagen am Kai. Der Kai war verwaist. Die Sonne stand tief.

Gabriel war doch nicht etwa auf die Idee gekommen, allein an Land zu gehen? Dafür hätte er seine Bordkarte gebraucht, und die lag hier auf dem Tisch, wie die von Emma. Sie zog sich wieder an. Wo waren sie überhaupt? Der Akkustand auf dem Telefon der Kleinen betrug noch 1 %, wo war das Ladegerät? Bestimmt Griechenland. Katakolo, was sonst.

Der Weihnachtsmann war im Club. Emma, als Katze geschminkt, hatte Geschenke erhalten, die sie Rose der Reihe nach zeigte: die Schirmmütze mit dem Wappen der Kreuzfahrtgesellschaft, das Schiff mit dem Wappen der Kreuzfahrtgesellschaft als Schlüsselanhänger, das Plastikteil zur Erzeugung von Seifenblasen mit dem Wappen der Kreuzfahrtgesellschaft und eine Art Ballwerfer mit demselben Wappen. Hinter dem Bart des Weihnachtsmanns steckte Hamid, einer der Animateure, am Vorabend hatte er sie halbherzig angebaggert, sie borgte sich sein Telefon.

Gabriel steckte im Fitnessstudio. Er solle sich nicht rühren, sie sei gleich bei ihm. Papa hat dich mindestens zwanzigmal angerufen, sagte er. Katzen-Emma hatte einen großen roten Striemen quer über der Stirn. Der Weihnachtsmann erklärte Rose, man habe *Bambi* auf Italienisch vorgeführt, weil sich im Club ja überwiegend italienische Kinder aufhielten, nicht wahr, die anderen sprächen Englisch oder Deutsch, und für alle, die lesen könnten, gebe es englische Untertitel, kurzum, Emma, die einzige Französin, sei in Tränen ausgebrochen, ohne dass sich feststellen ließ, ob es am Tod von Bambis Mutter lag oder daran, dass sie kein Wort verstand (hier spürte Rose, wie das klebrige Händchen ihrer Tochter sich in ihrer Hand hin und her drehte, um zu signalisieren, aber nein, so war es nicht), jedenfalls habe ein italienisches Kind, besser gesagt zwei, Bruder und Schwester, Emma ein wenig gekratzt, weil sie so laut weinte und die beiden ihretwegen nichts hören konnten, nicht wahr. Sie haben mich eine dreckige Französin genannt, wandte Emma ein. Sprachbarrieren waren also durchaus überwindbar. Das Händchen in ihrer Hand wollte unablässig seine Version des Geschehens vorbringen, ein direkter Draht von Tochter zu Mutter, fordernd, drängend, wie anstrengend. Sie spendierte ihr ein Eis. So schwer war das nicht.

Auf dem Schiff war es ruhig. Sie mochte die Landgänge, wenn der Dampfer sich leerte. Barcelona hatte sie sich geschenkt. Rom ebenfalls, was konnte man in zehn Stunden, davon vier im Bus, dort schon machen? Die Stadtmauer von Valletta hatte sie immerhin von oben gesehen. Athen wäre aber ein Muss: Sie würden den Parthenon besichtigen. Morgen. Allein der Gedanke erschöpfte sie. Emma hingegen schien in Bestform zu sein, ihre Diät aus Speiseeis und Seeluft bekam ihr gut. Sie rannte durch die Flure – weit und breit kein Greis zu sehen. Renn, Emma, renn nur! Die Leere löste ihre euphorisierende Wirkung aus. Das Tappen ihrer kleinen Füße auf dem Teppichboden verhallte, Emma verschwand hinter der nächsten Ecke, der Flur schien verlassen, *buhu!*, da tauchte sie plötzlich auf. Und jedes Mal, wenn sie sich wieder fanden, hüpften sie vor Freude. Ihre Tochter lachte in ihren Armen vor Glückseligkeit, vor ungeheurer Glückseligkeit, so tief empfunden wie ihre Traurigkeit zwanzig Minuten zuvor. Voller Leben, sie waren alle am Leben. Gleich würde sie ihren Sohn sehen. Sie würde ihren Mann anrufen. Sie würde wieder darüber nachdenken, ihn zu verlassen, vielleicht, aber lebendig.

Gabriel rannte auf einem Laufband mit Blick auf Griechenland. Er war schön wie ein junger Gott. Ohne innezuhalten, gab er ihr das

Telefon zurück, der Akku war praktisch leer. Sie stellte fest, dass er die Chronik gelöscht hatte. Und bekam einen kleinen Schrecken, als sie sich vor Augen führte, wie viele Extra-Gebühren sie würde bezahlen müssen. Sie rief ihren Mann an, nun seien sie in Katakolo, in Griechenland ... Er erzählte ihr – mach schnell, mein Akku ist gleich leer – sie hörte das vertraute Klirren von Flasche und Glas – es war gerade mal 17 Uhr –, dass der Total-Ingenieur mit seiner Verlobten aus Nigeria aufgekreuzt sei, von wegen Junggeselle, ein umwerfendes Wesen, eine Art Prinzessin, eine Schönheit, gertenschlank, die Nägel rot, die Lippen rot, ein Kleid, so ein Kleid zum Binden, genau, ein Wickelkleid, sie hat sich verächtlich umgesehen, ich dachte, sie würde das Ganze platzen lassen, aber dann – *cash*, kein Darlehen oder dergleichen, womöglich kommt das Geld von ihr, Montag treffen wir uns beim Notar, von Veronika L. haben sie entweder nie etwas gehört oder es ist ihnen scheißegal. Aber mir geht es trotzdem noch gewaltig an die Nieren, fügte ihr Mann hinzu.

Sie stellte ihn sich vor, in seinem fensterlosen Büro, bei geschlossener Tür, solange er trank und mit seiner Frau telefonierte, um ihr zu sagen, diese Kreuzfahrt, schön und gut, aber komm bald wieder. Danach würde er die Flasche wegräumen und die Tür wieder öffnen, mit Blick auf seinen jähzornigen Chef und seine unfähigen Kollegen, und schließlich zur Gare Montparnasse eilen, mit dem Zug nach Clèves fahren, die Renovierung ihres dortigen Hauses beaufsichtigen ...

Emma wollte auch auf dem Laufband rennen, in Socken, nicht so schnell, Emma, bitte, nicht sooo schnell, Gabriel gab den fürsorglichen Bruder und legte lachend den Arm um sie. Vor dem Panoramafenster wogte Griechenland. Das leere Fitnessstudio im obersten Stockwerk beherrschte die Welt. Sämtliche Sportler an Bord waren jetzt bestimmt in Olympia. Der Fernseher sendete Nachrichten in Dauerschleife ohne Ton, was lautstark aus den Boxen drang, war Rihanna, auf der orangeroten Erde lagen verbogene

Blechstücke verstreut und Körperteile und darunter standen Sätze und Zahlen und tatsächlich das Wort Nigeria.

Sie überredete ihre Kinder, an Land zu gehen, um vor dem Weihnachtsschmaus ein wenig griechische Luft zu schnuppern. Und ein neues iPhone für ihren Sohn zu ergattern. Da ließ er sich nicht länger bitten. Sie checkten mit ihren Bordkarten aus und verließen das Schiff durch die Ausgangsschleuse. Sofort machte sich der feste Boden unter ihren Füßen bemerkbar. Sie gerieten ins Schlingern, es war die Erdkrankheit. Bei ihrem Anblick fingen ein Dutzend Musiker in Fustanella und Bommelschuhen an, schwungvoll Sirtaki zu spielen, während zwei Tänzerinnen sich frenetisch in der Kälte bewegten. Sie mussten lange im Schatten des Schiffs gehen, der Wind bohrte einen eisigen Tunnel entlang des eigens errichteten Damms. Am Ende dieses dunklen Blocks ging die Sonne unter. Eine weitere Folkloreband schenkte vor dem Duty Free Ouzo aus, danke. Die Kinder tranken zum x-ten Mal Fruchtsaft. Emma machte es Spaß, diese Bewegung zu spüren, ohne sich zu bewegen, wenn einem das Meer noch in den Beinen steckte, während doch alles im Lot war, eine Frage des Gleichgewichts, des Innenohrs, die Ohrtrompete als Wasserwaage.

Gabriel besah sich die iPhones, es waren unzählige. Sie hatte Younès ein iPhone 5 gegeben. Der Preisunterschied war gigantisch. Würde ein Samsung nicht reichen, für einen Teenager? Aber es war doch Weihnachten. Und zollfrei obendrein, für alle, ob aus Europa oder nicht. Und für ihren Mann – sie zögerte, der Whisky war praktisch geschenkt. Für ihre Mutter kaufte sie einen Flakon *Chance* und für Emma wieder eine Barbie. Single malt, das mochte er. »Soll ich für Papa einen Whisky kaufen?« Gabriel wollte unbedingt schon zur Kasse. Sie brauchte plötzlich dringend Unterstützung. Der blonde Erzengel antwortete nicht. Trinken oder nicht trinken. Weiße Häuschen reihten sich am Kai entlang bis zu einem grauen Strand. Es gab ein Café und Souvenirläden. Emma wollte ein Magnet mit dem

Logo der Olympischen Spiele und Gabriel eine Hülle für sein neues Handy, die SIM-Karte könnten sie leider erst in Frankreich kaufen. Einstweilen würde sie ihm ihre leihen. Sie kaufte ihm einen Pulli, weil es wirklich kühl war, der Winter holte sie ein.

Emma wollte nicht in den Club zurückkehren und fand ihre Barbie *oll*; sie wollte ebenfalls ein *richtiges* Telefon mit Facebook und allem Drum und Dran. Gabriel wies sie darauf hin, dass sie noch zu klein sei, auch für Facebook. Emma brach in Tränen aus, ohne dass sich feststellen ließ, ob aus Wut über ihren Bruder oder weil sie noch so lange würde warten müssen oder oder. Da leben sie im Überfluss und heulen dennoch. Man denke nur mal an die Kinder in Syrien oder im Jemen oder praktisch überall sonst, vor allem die Mädchen. In der Eingangsschleuse legte Rose die drei Bordkarten auf den Kontrollscanner und hielt den Kopf in die Gesichtserkennungskamera. Sie verschwanden innerhalb der riesigen Metallwände, schon prangten da die goldenen Behänge und die Tische mit den Begrüßungsgetränken, dazu drei oder vier lächelnde Peruaner, die dem Wind standhielten, die Behänge wehten, die Tischdecken flatterten, drinnen trieb eine Wand aus warmer Luft die kalte Luft nach draußen, man konnte fast sehen, tatsächlich sah sie, wie die beiden dicken Blasen miteinander rangen und in entgegengesetzte Richtungen strömten. Sie musste sich an Gabriel festhalten. Schwindel. Nichts weiter. Es war ein langer Tag gewesen. Reiß dich zusammen. Sie sprach sich den Buddha-Spruch vor, den sie manchmal ihren Patienten ans Herz legte: »Wenn dein Mitgefühl dich selbst nicht einschließt, ist es unvollständig.«

In der behaglichen Kabine mit den Betthupferln, die der Putzmann hinterlegt hatte, dauerte die Seelennot an. Das Bullauge war fast schwarz. Sie lagen noch immer am Kai. Rose steckte ihr Handy ans Ladegerät. Gabriel spielte *Life Is Strange*. »I had another vision ... the town is going to get wiped out by a tornado ...« Auf dem Bett ausgestreckt, versuchte sie, sich auf ihre Ruhepunkte zu konzentrieren,

Hinterkopf, Schulterblatt, Kreuzbein, Ellenbogen, Waden, Füße ... ein wenig *Achtsamkeit*. Atmen, hier und jetzt. Die Gamemusik störte sie nicht. Sie konzentrierte sich auf den Luftstrom in ihren Nasenlöchern, rein, raus, ohne sich anzustrengen, ans Nichtdenken zu denken, ist immer noch denken, Sätze kehrten wieder, *diese Kreuzfahrt, schön und gut, aber komm bald wieder*, Gesichter, das volle Boot, das Hinwegsteigen über die Leiche, sie verdrängte alles, rein, raus, die Sätze verschwanden, glitten davon, die Bilder, das Dröhnen verschmolzen zu einer Art fernen Wolke.

Sie sprang vom Bett auf und bat ihren Sohn um ihre Karte, welche Karte, meine SIM-Karte. Es war gar nicht so einfach, sie wieder einzusetzen, mit ihren ungeschickten Fingern, er half ihr dabei. Sie hätte gern ein großes Glas Wein getrunken. Heute Abend würde sie sich Champagner gönnen, es war doch Weihnachten, verdammt. Sie fragte ihn, wie man das macht, wenn man seine Kontakte orten will. Dafür müsse sie »Freunde finden« aufrufen. Diese alberne App hatte sie noch nie benutzt. Eine Karte erschien, ein Gitternetz aus Breiten- und Längengraden. Gabriel widmete sich wieder seinem Spiel, jetzt war ihm sein altes iPhone scheißegal. Rose sah den Planeten vor sich, über und über mit Telefonen bedeckt, bis zur restlosen Ausschöpfung der Bodenschätze und *seltenen Erden* und vollständigen Umwandlung der Erdkruste in einen Tastschirm. Die Karte auf dem Display bewegte sich von allein. Sie zoomte auf das Mittelmeer, auf Italien. Auf Sizilien. Der blaue Punkt pulsierte. Er war mit dem Namen »Gabriel« versehen. Das war ihr nicht ganz geheuer. Aber es funktionierte, Younès befand sich demnach irgendwo zwischen Catania und Syrakus. An Land. Freiland. Sie musterte den blauen Punkt, als könnte sie dort einen Ort erkennen, Menschen, Bullen, welches Lager denn, welche Zäune? Sie hingegen entfernte sich in Richtung Athen. Sie wünschte Younès alles Gute, für seine Reise. Sie hätte gern durch den kleinen blauen Punkt hindurch mit ihm gesprochen, wie durch ein Schlüsselloch oder so, für ihn gebetet, ihm Kraftwellen gesandt. Sie konzentrierte sich auf seinen Vornamen. Younès.

*

Als sie ihre Kabine verließen, ging die Tür gegenüber auf, Kategorie *Komfort*. Heraus kam derselbe Mann wie in der Nacht zuvor. Sie war sich unsicher, ob sie ihn grüßen sollte. Für ihn war sie aber ohnehin »Luft«, wie ihr Sohn es ausgedrückt hätte. Er schien von einem Fuß auf den anderen zu schwanken. Blickte dabei ins Leere. Er hatte etwas Verschwommenes an sich, dieser Passagier. Kaum hatte sie ihm den Rücken zugekehrt, erinnerte sie sich nur noch an sein schwarzes Mundloch, als hätte er nach Luft gerungen. Ob die Rettungsaktion diesem Typen so zusetzte? Die Gesichter der anderen Passagiere waren so glatt wie ein See nach dem Kieselwurf.

Während sie eine Konzeptbar nach der anderen durchquerte, nahm ihr Trinkgelüst obsessive Züge an. Sie sah sich als Kelch, der sich mit Champagner füllte, von den Füßen zu den Knien zum Geschlecht zum Nabel. Hunger, nein, sie hatte keinen Hunger. An Bord schmeckte alles gleich, nach globalitalienischem Fraß. Das Kunststück, täglich 4000 Mägen zu füllen, erforderte unzählige Hektoliter ein- und derselben Tomatensoße, die, durchaus einfallsreich verteilt, überall zu finden war, in den Käsepastetchen, in der Polentatarte, in den Penne all'arrabiata mit Shrimps und in den Putenrouladen, im Tiramisu immerhin nicht. Sie nahm das Glas Prosecco entgegen, das allen volljährigen Passagieren zum Weihnachtsmenü spendiert wurde. Sogleich verlangte es sie nach einem weiteren. Sie rief den Kellner und reichte ihm ihre Bordkarte, mit der man alles bezahlen konnte: ein Glas richtigen Champagner, bitte. Wenn sie schon trank, dann das gute Zeug. Sie überlegte, ob ihr Mann an diesem Weihnachtsabend wirklich genau so leicht zu orten wäre wie Younès. Bestimmt. Ob die Leute sich tatsächlich auf

DJ-Kabine, und die Discokugeln warfen tausend Feuer auf die lila Plüschvorhänge. Da tauchte der Priester auf, eine echte Diva, fast so schön wie der Kapitän. Sie ließ Emma in Gabriels Obhut zurück und ging, um sich noch einen zu genehmigen, in Gottes Namen.

*

Wenn sie die Kinder also um 22 Uhr verlassen hat und sie bis – sagen wir – 23 Uhr braucht, um die drei Konzeptbars auszuprobieren, wobei sie die mit dem Cognac auslassen würde, um nicht diesem verschwommenen Typen aus ihrem Gang zu begegnen ... Wie lange dauert so eine Christmette? Der grünliche Grund ihres Mojitos, voll ertrunkener Minze, sieht aus wie ein runder Ozean. Im nächsten Moment steht sie an Deck, windumtost, direkt am Bug. Das Schiff fährt mit voller Geschwindigkeit voran. Schön ist das. Die Nacht eine schwarze, schnelle Flüssigkeit. Roses Nase ist eiskalt und ihre Wangen glühen. Da ist der Peruaner, der Philippiner. Ist er das wirklich? Er wird von einem Geysir verfolgt. Lacht schallend und rennt, springt, ein wahrer Tänzer. Immer wieder ein großer weißer Wasserschwall in tiefschwarzer Nacht, er kommt von unten, ein anderer Peruaner am Fuß der Treppe. Er hält einen Schlauch, die beiden reinigen das Deck. Der erste schiebt blitzschnell seinen Besen, wie bei diesem kanadischen Sport, er rutscht über den nassen Boden und lacht. Der andere bewegt den Wasserstrahl im Zickzack hin und her. Rose bricht in Lachen aus. Die beiden Männer halten inne. Das tut ihr leid. Das Rutschen soll nicht aufhören. Das Spiel soll weitergehen. Sie würde gern mitspielen. Er erkennt sie wieder. Vielleicht. Wahrscheinlich leisten sie eine Wache nach der anderen ab, übernehmen alle möglichen Funktionen, Tätigkeiten, Stockwerke. »*Continue*!«, ruft sie, *continua*, wie sagt man weitermachen auf Spanisch? Oder Philippinisch? Das sieht man selten um diese Uhrzeit, sagt er zu ihr, eine Passagierin an Deck.

Schön ist das, antwortet sie. »Frohe Weihnachten! Feliz cumpleaños! Er lacht. Es heißt Feliz navidad. Cumpleaños bedeutet Geburtstag. Ach so. Wobei es durchaus Leute gibt, die an Weihnachten geboren werden. Sie lachen. Er trägt eine lange Öljacke in den Farben der Kreuzfahrtgesellschaft, wie alle Mitarbeiter, wie die, die in der Nacht zuvor die Leute an Bord geholt haben und die Leichen. Vielleicht war er auch dabei. Sie bittet um Entschuldigung, weil sie ihn für einen Peruaner gehalten hat. Es sind viele Peruaner an Bord, sagt er freundlich. Und auch viele Philippiner. Und Pakistaner, Indonesier ... Er spricht fünf Sprachen, Englisch natürlich, Tagalog, Cebuano (wiederholt er lachend), Spanisch, ein wenig Italienisch, und Französisch reimt er sich zusammen. »Sie reimen sich Französisch zusammen?« Das ist hübsch gesagt. Im Zustand, den sie mittlerweile erreicht hat, weiß sie gar nicht mehr, welche Sprache sie miteinander sprechen. Espagnolo. Dank den Mojitos espagnolo es facilo. Er ist sehr nett. Sein Kollege geht ins Bett. Rose überlegt, wie sie wohl untergebracht sind. Der Mann, der ihre Kabine putzt, habe ihr versichert, dass er den Mindestlohn erhält. Da lacht der Philippiner. Er lacht offenbar gern. Er heißt Ishmael. Und sie? Rose. Wie die Rose. Sie könnte ihm einen Drink spendieren. Aber das darf er bestimmt nicht. Er bekommt 560 Euro im Monat. Acht Monate im Jahr. Aber die Arbeit sei gut. Am besten die als Kellner, wegen des Trinkgelds, und nachts betätige er sich eben als Deckreiniger, er schlafe ohnehin nicht gut. Ach was! Sie auch nicht. Schlaflose haben einander stets eine Menge zu sagen. Die vier Monate an Land verbringt er mit seiner Tochter. Bei den Landgängen verlässt er nie das Schiff, um kein Geld auszugeben. Auf Mindanao baut er gerade ein Haus. Sie malt sich Palmen und Pfähle aus, aber er zeigt ihr auf seinem Telefon einen Betonwürfel, der noch lange nicht fertig ist. Nur dort schlafe er gut. Auf Mindanao. Er blickt auf das vorbeirauschende Meer. Die Salzkristalle bilden Sterne auf seiner Öljacke und Sehnsucht in seinen Augen. Er sagt, sie seien zu zweit in den Kabinen untergebracht, und normalerweise würde man dabei auf die Religionszugehörigkeit achten, aber jetzt teile er sich die Kabine mit einem Pakistaner, der die ganze Zeit bete. Er hingegen sei katholisch. Und weil heute Abend Weihnachten ist, habe der Pakistaner Dienst.

Sie stützt sich mit den Ellenbogen auf die Reling. Er legt seine Hand darauf. Die Stille hält an. Feliz cumpleaños!, wiederholt sie und lacht, er auch. Das Schiff fliegt geradezu. Nun aber halblang. Sie hat zu viel getrunken. Und sie hat zu viel Geld, das wäre eine Form von Ausbeutung. Der ökonomische Unterschied ist monströs. Aber er ist stark, kräftig gebaut, so alt wie sie, für die Dauer einer kurzen Nacht würde sich das alles ausgleichen. Sie weicht lächelnd zurück. Er klammert sich an seinen Besen. Ich seh mal nach meinen Kindern, sagt sie. Er macht eine Geste, die einem Segen ähnelt, einem Abschiedsgruß, einem Ausdruck des Bedauerns. Jetzt rennt sie fast, rennt in Wind und Kälte und dem unermesslichen Meer. I had another vision. Diese Kreuzfahrt, schön und gut, aber. Als sie in die Wärme des Schiffes zurückkehrt, in diese gewaltige Blase, die auf dem Wasser vorrückt, hat sie das Gefühl, dass die Wände sie immer stärker einschließen, Stahl und Glas, Wasser und Himmel sich verformen, das Mittelmeer dabei so glatt wie ein Blatt Papier. Der Gang ist schmal. Jemand will an ihr vorbei. Nur sie ist hier und dieser Jemand, sie sieht sich um, die gläsernen Schwingtüren, die leeren Liegestühle, der Kaffeeautomat, die ägyptischen Wandleuchten, ein Eingang und ein Ausgang, das Niemandsland des Schiffes, sie versucht, ihren Blick auf diese Person zu richten. Es ist der Mann aus dem Gang. Er ist verschwommen.

*

Die Disco mutet auch nicht ganz real an, aber der Altar ist verschwunden und es findet wieder das statt, was diesem Raum angemessen ist, eine Art Tanztee. Die Senioren haben sich von den Puffhockern erhoben, manche tanzen, andere überlassen der Jugend das Feld. Ausgelassene Sechzigjährige, die Cocktails aus dreieckigen Gläsern trinken. Die Musik hämmert. Sie zögert. Einen Mojito. Nein, nein und nochmal nein. Als Gabriel sie findet, tritt sie von einem Fuß auf den anderen. Sie sieht ihn und möchte ihn um den Hals fallen. Sie sieht sich, während sie ihn sieht. Sie sieht sich, klein und torkelnd und noch ziemlich sexy, und wie sie bei ihrem großen Sohn, der so schön ist, Halt finden möchte. »Mama ...« Emma ist auch da, auf einem Hocker eingeschlafen wie ein kleines altes Weib.

*

Emma wacht ganz früh auf, sie möchte ihre Geschenke auspacken. Rose schließt sie im Bad ein und gebietet ihr, dort zu bleiben. »Liiiicht!«, brüllt Emma.

Die Kopfschmerzen sind überwältigend. Rose steigt auf die Liege, um den Koffer vom oberen Regal zu holen. Sie zerrt am Griff, aber die Rollen hängen fest – und da passiert's: sie hat sich den Rücken verrenkt. Am liebsten würde sie weinen. Sie haut auf den Koffer, er fällt runter, weckt Gabriel auf, der sofort wieder einschläft. »Mama?« Emma ruft im Bad nach ihr.

Aspirin. Und Kaffee, dringend Kaffee, sie sucht die Thermoskanne, die sie stets gefüllt hält. Sie nimmt alle Päckchen heraus, legt sie auf den Teppichboden, klappt den kleinen Leuchttannenbaum auseinander, den sie die ganze Zeit mit sich herumgeschleppt hat. Dabei stellt sich heraus, das er auch Musik spielt. Diese zersägt ihr den rechten Schläfenlappen und weckt Gabriel endgültig auf. Sie öffnet Emma die Tür, und die stürzt sich gleich auf die Geschenke und trällert dabei völlig unverfroren Libérée, Délivrée. Gabriel kichert. Sie ist ja auch wirklich lustig, die Kleine.

Der Weihnachtsmann hat Gabriel das Spiel Limbo gebracht, eine The-Kooples-Jeans, graue Chucks mit hohem Schaft, eine neue Eastpack-Tasche fürs Frühjahr, ein Netflix-Abo (das der ganzen Familie zugutekommen wird) und einen Roman, den er ausdrücklich auf Papier lesen wollte, um sich »Notizen zu machen«. Seine Großmutter hat einen Umschlag mit 150 Euro beigesteuert, aber damit soll er sich am neuen iPhone beteiligen, okay? Emma ist bereits in ihr Eiskönigin-Kostüm geschlüpft, samt Krönchen und Handschuhen und dazu noch einen Zauberstab, außerdem hat sie ein Doktor-Bibber-Spiel bekommen, an dem auch Gabriel seine Freude haben wird, graue Chucks mit hohem Schaft in Größe 28, superniedlich, Das Mittagessen der kleinen Menschenfresserin, ein süßes Kleid der Marke Petit Bateau, eine paillettenbesetzte Damenhandtasche, einen Gutschein für lila Rollerskates und zwei, drei Kleinigkeiten: Wasserschminke und Klebetattoos. Und auch ein Playmobil-Set, aber das falsche, weder das mit den Piraten, das hatte sie zu spät erfahren, noch das mit dem Kreuzfahrtschiff, was war sie für eine dumme Kuh, sie hätte es sich doch denken können; stattdessen hat sie die Tierklinik genommen.

Das war's. Die Kabine ist bis obenhin voll mit Zeug, aufgerissenem Geschenkpapier und Schleifenbändern. Was für Bänder? Die man zu Schleifen bindet. Sollen wir Papa anrufen? Nein, es ist noch etwas zu früh. Kaffee, Erbarmen, Kaffee.

Die Tür des Nachbarn stand weit offen, von einem Servicewagen blockiert. Sie warf einen Blick in die Kabine. Sie bestand nur aus Wänden und Decke, ein Wohnwürfel mit Bett und Pharaonendeko, weder Bullauge noch Balkon, weder Meer noch Himmel, wie sollte man es in dieser Zelle aushalten? Kein Wunder, dass der Nachbar durch die Gänge irrte. Der Putzmann trat aus dem Mini-Bad. »Ich habe ihn gesucht«, erklärte sie, um sich zu rechtfertigen, und ihr wurde klar, dass es stimmte. Der Putzmann, der angeblich den

Mindestlohn erhielt, schien etwas sagen zu wollen, besann sich eines Besseren und rieb die Türklinke sauber.

Kaffee. Ihren Mann anrufen. Der Tag kam mühsam in die Gänge, erzeugte Sekunde um Sekunde eine flüchtige Gegenwart und eine verworrene Vergangenheit. Die unmittelbare Zukunft war ein Brummschädel. Heute Abend würden sie in Piräus landen. Das gewaltige Meer glitt unter dem Schiff dahin. Sie hatte Emma für den Club zurechtgemacht, aber die Kleine behauptete, in Tränen aufgelöst, sie habe ihr gestern doch versprochen. Was versprochen? Sie nie wieder in den Club zu bringen. Was sollte sie den ganzen Tag mit Emma anstellen? Sie steckte Gabriel zehn Euro zu, damit er wenigstens bis zum Mittagessen auf seine Schwester aufpasste. Mummelte sich dann gut ein, um sich im Windschatten auf einem Liegestuhl auszustrecken. Sonne. Das Meer, blau und leer. Torneróooooo, come e possibile, un anno senza te ... Schon auf Zugreisen fällt das Nichtstun leicht. Auf einem Schiff erst recht.

*

Sie hörte ein Telefon klingeln. Ihr schwirrte der Kopf vor lauter Telefonen. Ihrs, das kleine von Emma, das neue von Gabriel und das von Younès, früher Gabriels. Im Display erschien der Name Solange. Ihre beste Freundin Solange. Bestimmt wollte sie ihr Frohe Weihnachten wünschen oder von ihrem ewigen Liebesleid erzählen. Solange lebte in Los Angeles und hielt sich für einen Star. Später. Die Kopfschmerzen. Was tun? Auf welches Ziel hin? Sich einfach treiben lassen. Ringsum lungerten Passagiere. Betrachteten den Vordersteven und gingen dann weiter in der Kälte herum. Viele verkürzten sich die Pause zwischen zwei Mahlzeiten mit einem Spaziergang, 300 Meter hin, 300 Meter zurück, auf der Schattenseite, auf der Sonnenseite, Backbord, Steuerbord, manche im leichten Trab, andere an ihre Rollatoren geklammert. Hatte sie auf dem

Meer eben ein Fischerboot gesehen, oder Beiboote? Sie waren verschwunden. Rose hatte Flecken auf der Netzhaut. Noch zwei volle Stunden bis zum Mittagessen, aber es gelang ihr nicht, einzudösen. Sie hätte Zeitung lesen können, online, nachdem sie WLAN hinzugebucht hatte. Wenn sie aber ins Netz ging, würde sie ihre E-Mails empfangen - nicht jetzt. Die gewaltige Gischt unterm Steven erneuerte sich unablässig, eine Materie für sich, weder Wasser noch Luft, schäumend und dennoch vorwärtstreibend, das Wasser beherrschend und es zugleich verdrängend - eigenartig. Betrachtete man es aus großer Höhe, senkrecht, fiel man förmlich hinein. Ohne Reling fiele man hinein.

Darin waren Punkte. Schemen, erneut. Wieder ging eine Unruhe durch das Schiff, wie eine Welle. Übertrug sich gleich einem Elektronenreigen von Passagier zu Passagier. Nicht schon wieder Schiffbrüchige? Unterm Steven? Das Wort »Delphine« schäumte auf. Und Rose sah sie. Sah die Delphine. Ihre glänzenden Flipper, ihre ungeheure Plastizität inmitten der Gischt. Sie sah ihre Leiber aus Neopren. Ihre Sprünge, an sich ihre Art des Schwimmens. Ein Dutzend Delphine, die sich am Abstand zwischen sich und dem Schiff erfreuten, die just aus diesem Abstand hervorgeschossen waren, sagenhaft schnell wie eben jenes Schiff. Gern hätte sie ihre Kinder gerufen. Aber bis sie sich hierher aufmachten. So viele Wunder. Bis sich weitere Passagiere versammelt hatten, waren die wellenreitenden Tiere wieder verschwunden.

*

In ihrem Posteingang warteten 196 Nachrichten. Sie hatte den Zugangscode zum neuen Programm erhalten. Es hieß Cervix. Einige Kollegen hatten es bereits verwendet, und Rose stand bei mehreren Beschwerde- und Protestmails in CC - offenbar funktionierte das Ding nicht so richtig. Die AMI - Abteilung für medizinische

Informatik – konterte die allgemeine Entrüstung mit der Einladung zu einer Programmschulung. Für die Anmeldung musste man sich aber in das Programm einloggen (aus der Folgemail wurde ersichtlich, dass die Schulung obligatorisch war). Rose spürte, wie wieder diese Hitze in ihr aufwallte, sagen wir ein Gefühl von Stress. Vor allem, da die Mutter von Grichka, neu hinzugekommen und ausschließlich per Mail kommunizierend, obwohl Rose davon abriet, den Termin ihres Sohnes verschoben hatte, das kam durchaus vor, aber sie hatte ihn in die Vergangenheit verschoben, auf Anfang Dezember, warum nicht gleich Anfang August, wenn sie schon dabei war; andere, weniger akut betroffene Patienten (beziehungsweise deren Eltern) wollten ebenfalls ihre Termine verschieben, allerdings in die Zukunft, wie es sich gehörte, wobei sie das so bizarr formulierten oder so aggressiv, dass Rose alle Anfragen mit einem Fähnchen zur Wiedervorlage markiert. Oder nein: Sie bündelt alle und leitet sie auf einen Schlag an die Sekretärin weiter, das ist schließlich deren Job. Aber sie erhält umgehend eine automatische Antwort: Sämtliche Terminanfragen müssen ab sofort über den elektronischen Kalender laufen, den man via Cervix herunterladen kann.

Rose zwang sich zu atmen. Die Luft war salzig. Das Meer gleichgültig und blau.

Sie rief Cervix auf, gab den Code ein, den die AMI ihr zugesandt hatte, aber den musste sie zurücksetzen, per Mail einen neuen Code anfordern und diesen personalisieren. Nach zwei gescheiterten Versuchen tauchte auf der Website diese Meldung auf: »Ihre Identifizierung ist fehlgeschlagen. Beim dritten Fehlversuch wird Ihr Zugang zu Cervix gesperrt.« Die Startseite war in Gelb gehalten, mit einem altmodischen Design, im Vordergrund ein attraktiver Mann im weißen Kittel und dahinter zwei verschwommene Frauen.

Sie stand auf, man sollte sich ohnehin einmal pro Stunde bewegen, damit die Arterien gesund bleiben; versteckte ihr Tablet unter einer Wolldecke, hier würde es doch keiner stehlen? Kehrte mit einem Kaffe zurück. Inzwischen waren ein Dutzend weitere Mails eingegangen, die sie nicht alle gleich sichten wollte, in einer fragte ihre Mutter

Wie läuft's? Gut diese Kreuzfahrt? Christian schien mir ziemlich müde zu sein stell dir vor ich habe Solange gesehen immer noch so schön aber was für ein Leben sie ist über Weihnachten hier in Clèves. Ich möchte dir Fotos schicken aber ich krieg sie nicht aus der Speicherkarte raus du wirst es mir erklären. Mach bloß keine Mail auf mit dem Betreff Ueropäische Zentralbank das ist ein Virus der die Computer kaputtmacht. Dickes Bussi.

Dann folgte die Mail mit dem Betreff »Ueropäische Zentralbank«, die ihre Mutter gleich mehrfach weitergeleitet hatte. Eine weitere Mail der AMI wies darauf hin, dass die digitale medizinische Betreuung in Kooperation mit ... Sie bekam Lust, sämtliche Mails der AMI als Spam zu markieren, machte stattdessen lieber ihr Tablet aus. Machte es aus und betrachtete das Meer. Ja, das war die Lösung, das Ziel, wie provisorisch auch immer: das Meer betrachten.

Ach ja, Solange. Sie war also im Dorf? Über Weihnachten? Die Nachricht, die ihre Freundin hinterlassen hatte, klang so überbordend vor Begeisterung, dass Rose das Telefon auf Abstand hielt. Solange kultivierte den Hauch eines amerikanischen Akzents (oder konnte sie mittlerweile nicht anders?). Und mit wem hatte sie heute Morgen Kaffee getrunken? Mit Roses Mann, höchstpersönlich. Beeindruckend, die Renovierung ihres Hauses, Bravo. Das Alte hatte seinen Reiz, sogar wenn es aus den 1960er Jahren stammte, keine Frage. Ob sie sich endlich mal wiedersehen würden? Wie ich höre, bist du gerade auf Kreuzfahrt?

Das Wort Kreuzfahrt mündete in ein ganz leises Lachen. Bestimmt trank Solange Bio-Cocktails auf der Fair-Trade-Jacht von George Clooney. Sie begab sich nicht auf Schiffsungetüme mit

4000 Personen, für schlappe 1000 Euro die Woche. Nein, das war nichts für Solange, so ein Sozialbau auf See. Dafür unterschrieb sie bestimmt Petitionen, die überall offene Grenzen forderten, um sämtliches Elend dieser Welt willkommen zu heißen.

Das Meer betrachten.

*

Die beiden Kaninchen sahen einander ungläubig an. Man hatte sie aus demselben Hut gezogen, obwohl jedes bis eben in seiner eigenen Schachtel steckte. Dann verschwanden sie, paff, im Tuch des Zauberers. Der ganze Saal klatschte Beifall. Zwei weiße Tauben flogen auf. Ein erstarrter Zuschauer balancierte auf einem Gestell. Eine Frau wurde zersägt. Emma war völlig verzückt. Gabriel versuchte, die Tricks zu ergründen. Rose warf einen Blick aufs Programm und behalf sich dabei mit dem Licht ihres Handys. Die nächste Showeinlage, die Gipsy Champions, war für 22 Uhr angesetzt, sie war sich nicht sicher, ob sie bleiben würde. Der Zauberer fragte in mehreren Sprachen nach einem Freiwilligen – wer? – für eine Wahrsage- und Hypnosenummer. Ich will da mitmachen, verlangte Emma. Jemand, den Rose nur verschwommen wahrnahm, stieg auf die Bühne, ein Komplize? Oder war der bereits hypnotisiert? Es war ihr Nachbar, von der Kabine gegenüber, auf der Bühne nahm er beinahe klare Konturen an, in seinem knallblauen Anzug. Rose hatte diese Szene schon einmal erlebt. Sie hatte den Nachbarn schon einmal in einem knallblauen Anzug auf die Bühne gehen sehen und erlebt, wie er dem Blick des Zauberers standhielt und dann leicht torkelte, wie bei starkem Seegang. Der Zauberer sagte voraus, dass die Brieftasche des Freiwilligen neben den üblichen Karten und Ausweisen ein Foto seiner beiden Kinder enthielt, im Alter von ... er hielt inne ... und Rose wusste, was er gleich sagen würde ... als das Foto aufgenommen wurde, waren die beiden

Kinder fünfzehn und achtzehn Jahre alt ... das Déjà-vu spulte sich unerbittlich ab ... mit einer Berglandschaft im Hintergrund, sie hießen Klaus und Susanne ... in Bayern ... Rose fühlte, wie ihre Handflächen heiß wurden, zwischen ihr und dem Zauberer ging ein Kampf los, sie wollte nicht, dass er diese Nummer zu Ende führte, halt, halt ... Der Passagier begann zu zittern, es passierte bereits, er bibberte in seinem blauen Lichtkreis, die Brieftasche erschien wie durch Zauberhand in der Hand des Zauberers, er zog das Foto von Klaus und Susanne in Bayern hervor. »Es tut mir unendlich leid«, sagte der Zauberer. »Klaus ist tot, ich sehe, wie er auf dem Foto verschwimmt. Susanne ist inzwischen einundzwanzig.« Lautes Beifallsgeschrei, ein Sturm von Zurufen erfolgte. Der Passagier blieb stumm, er verlor seine Konturen. War Rose etwa die Einzige, die seiner Auflösung beiwohnte? Ihre Hände brannten vor Ohnmacht. Emma hingegen klatschte voller Begeisterung. »Man müsste ihn fragen, wo mein Telefon ist!«, sagte Gabriel. Sie mussten hier raus. Sie mussten runter vom Schiff. Rose konnte sich nicht mehr entsinnen, wann oder wie sie an Bord gegangen war, wer was entschieden hatte, wo sie sich alle eingeschifft hatten, in welchem Hafen, in welcher Stadt, an welchem Tag, sie sah sich aus dem Saal stürmen und über die Leichen hinwegsteigen, aber sie rührte sich nicht, blieb schwerfällig sitzen, ihr ganzes Gewicht zog sie zum Meeresgrund hin, während ihr dieses dämliche chinesische Sprichwort einfiel, wie klingt das Klatschen einer einzigen Hand?

»Kaninchen an Bord bringen Unglück«, sagte der Zahnarzt aus Montauban, der an Deck eine Zigarette rauchte. »Ein begründeter Aberglaube: früher haben sie die Seile angeknabbert.« – »Es heißt nicht Seil, sondern Tau, es ist nämlich das Wort Seil, das Unglück bringt«, entgegnete sein Kollege. »Nein, Seil ist das Wort, das man nicht im Haus eines Gehängten aussprechen darf.« Sämtliche Beiboote waren jetzt eingeräumt, verstaut, an ihre Posten zurückversetzt, die Seile aufgerollt, die Planen gefaltet, die Signalleuchten ausgeschaltet, die Rümpfe vollkommen trocken. Als ob nichts. Es war der Abend des 25. Dezembers und nichts, als hätten sie das alles nur geträumt. Rose und die beiden Zahnärzte nickten einander zu. Wo war die rechtschaffene Französin abgeblieben, die Ärztin aus Montauban? Auf einmal hatte Rose die Gewissheit, dass niemand, der an dieser Kreuzfahrt teilgenommen hatte, Wert auf ein Wiedersehen mit einem anderen Passagier legen würde, ob in Montauban oder sonst wo, jedenfalls nicht sie hier, die Zeugen jener Nacht.

*

II

> Besser fürchterlich angestrengt
> als tief verzweifelt.
>
> Thomas Bernhard,
> *Verstörung*

Am 26. Dezember um 6 Uhr morgens weckte Rose ihre murrenden Kinder. Die Akropolis konnte man sich doch nicht entgehen lassen. Griechenland stand auf dem Lehrplan der Mittelstufe und bestimmt auch der zweiten Klasse, um Griechenland kam man nicht herum. Ohne diese Hochkulturen würden wir Gallier noch unter Mistelzweigen tanzen oder Schmuggel treiben wie die Basken. Sie versuchte, ihre Truppe zu motivieren. Kaffee. Heiße Schokolade. Auch sie wäre gern im Bett geblieben. Sie hatte schlecht geschlafen. Sollten die Albträume dem Vergessen anheimfallen. Das Schiff bewegte sich stärker als am Vortag. Das Einzige, was sie unterwegs aufheiterte, was das Schwappen des Wassers im Pool. Der äußere Seegang sorgte für einen inneren Seegang. Schwer, träge schwappte das Wasser hin und her, flick, flack, trat über den einen Rand, dann über den anderen. Ein gutes Dutzend philippinischer Peruaner wischten es auf. Sie glaubte, darunter ihren Lieblingsinka zu erkennen, aber das war jetzt nicht der passende Moment.

Die griechische Küste rückte unter bretonischem Niesel näher. Einige Bildungsbürger deuteten auf einen Hügel unter vielen, von einem barocken Sonnenstrahl beschienen: die Akropolis. Die Akropolis. Hätte man ihr früher gesagt, dass sie eines Tages die Akropolis zu sehen bekäme. Sie bemühte sich, ihre fragile Begeisterung mit den Kindern zu teilen. Benommen warteten sie mit den anderen Ausflüglern, alle in nummerierte Gruppen eingeteilt, in einer abgasvernebelten Tiefgarage in Piräus darauf, in die Busse steigen zu dürfen. Ihre französischsprachige Fremdenführerin, mit rollendem r, aber sonst tadellos, erklärte den bis auf die Minute durchgeplanten Tagesablauf, von der Akropolis, wo der Parthenon von −447 bis −438 erbaut worden war, bis zum Mittagsimbiss und zur Rückfahrt mit dem Bus. Sie dachte an ihren Mann. Man fuhr durch recht ansprechende Vororte, das Meer bildete Dreiecke zwischen den Mietshäusern und dem Himmel. Hier ließe es sich bestimmt leben, selbst inmitten dieser Krise, sofern die Fenster morgens den Blick freigaben auf diese blaue, graue, wechselhafte, antike Weite.

Der Bus setzte sie (offenbar war Rose für ein paar Minuten eingenickt) vor einem Züglein am Fuß eines steilen Hangs ab. Sie wäre lieber zu Fuß gegangen. Es wurden Regencapes mit dem Schiffswappen ausgeteilt, sie winkte ab, Emma schlug sich mit ihrem Cape herum wie eine junge Fledermaus. Das Züglein fuhr an, begleitet von Nässe und Sirtaki-Klängen. Es bewegte sich nicht auf Schienen, sondern von Diesel angetrieben durch den bereits dichten Verkehr. Ein Lieferwagen scherte vor der Pseudolokomotive aus, das Züglein wollte ihm ausweichen, geriet auf die linke Fahrspur, fuhr auf die rechte zurück, ringsum Gehupe und Geschimpfe, es beschleunigte, um die Waggons wieder in eine Reihe zu bekommen, alles drehte und beschwerte sich. Sie kamen am Fuß der Akropolis an. Emma war übel. Rose hatte von einer starken Tochter geträumt, einer Calamity Jane, einer Killerin. Aber Emma wirkte wie das letzte Kind, das letzte Kind auf Erden, sie stand für das Ende einer kränklichen, vergifteten, sündigen Menschheit, die ihrem Aussterben hüstelnd entgegeneilte. Rose bläute es ihren Kindern ein: Die Akropolis. Sie konnte nicht fassen, dass sie dort hinaufsteigen würde. Die Aufregung, die sie verspürte, war doppelt, nervenaufreibend, sie regte sich über ihre eigene Aufregung auf. Der leibhaftige Parthenon. Hier und jetzt. Die Akropolis und der Parthenon, sie setzte beides gleich, wusste nicht mehr, was was war. Die Führerin verteilte Eintrittskarten. Sie schritten durch einen Metalldetektor, der bei jedem Besucher piepte. Man musste auf die Senioren unter den Ausflüglern warten. Die mit den Rollatoren blieben in der kleinen Café-Bar am Fuß der Akropolis zurück (die Akropolis war also der Hügel).

Der Nieselregen hatte aufgehört, Sonne drang durch die Olivenbäume. Emma hatte Hunger. Rose zog einen Beutel Fruchtpüree aus den Tiefen ihrer Tasche, diese Göre will nie frühstücken, kein Wunder, dass sie dann. Gabriel sah seine Mutter an und lächelte ihr zu. Ein flüchtiger Moment, im Sonnenschein, unter Olivenbäumen. Die unbändige Freude zu lieben und geliebt zu werden. Sie stiegen die uralten Stufen hinauf, Rose hielt Emma, der es wieder besser ging, an der Hand. »Ich werde dich syptonisieren«, rief sie ihrem Bruder zu, aber Gabriel rannte und hüpfte vorneweg, zwischendurch blieb er stehen, um auf sein Handy zu schauen – machte er sich etwa Notizen? Es waren gar nicht so viele Statuen. Die Führerin erklärte, dass Phidias. Ionisch und dorisch. Ein großes Gerüst reckte sich dem blassen Himmel entgegen. Emma ließ die Hand ihrer Mutter los und rannte zu Gabriel. Renn, Emma, renn. Die Kleine hielt angesichts eines gelben Steins kurz inne, strahlend vor Elan und Anmut, so lebendig inmitten dieser Stein gewordenen Geschichte, und Rose hatte den Impuls, sie zu fotografieren, aber während sie in ihrer Tasche wühlte, war Emma weg aus ihrem Blickfeld. Keine Spur von Emma, nur Gabriel, über sein Handy gebeugt. »Emma?« Keine Emma. »Gabriel? Weißt du, wo Emma steckt?«

Emma muss in der Nähe sein. Sie kann sich nicht binnen Sekunden verflüchtigt haben. Doch Gabriel wirkt besorgt, auf seinem Gesicht zeichnet sich eine bis dahin kaum sichtbare Anhänglichkeit ab. Das findet Rose nun wirklich beunruhigend. Fünf Schritte nur, der Abstand zwischen Mutter und Bruder, von der Mutter weg hin zum Bruder, in einem Schwung, ein Lauf von einem Säulenstumpf zum anderen, nein, das Kind kann nicht mit einem einzigen Sprung verschwunden sein, dem Sprung eines großen Hundes, einem Bocksprung. Trotzdem ist sie nicht da.

Da ist der Parthenon, da sind die Gerüste, da sind die Säulen. Die Karyatiden, eine fehlt bekanntlich, aber sie befindet sich im British Museum. Das erklärt die Führerin, was sie sehen, was dort steht, ist eine Kopie, ein Abguss, ein Gespenst aus Gips, doch keine Emma. Rose spricht die Ärztin aus Montauban an, die rechtschaffene Französin: ob sie Emma gesehen habe? Die Frau mustert sie, offenbar ohne Rose zu erkennen. Reine Zeitverschwendung. Emma. Ihr kleines Nokia reagiert nicht. Das will nichts heißen, nie ist es geladen. Rose springt von einem Säulenstumpf zum nächsten, selbst dort, wo es verboten ist. Gabriel ruft: »Emmaaaaaaaa!« Überall Menschen, und auch Kinder, und ringsum, als Kreis, Athen, seit ewig, riesig und geduckt. Rose geht wieder auf die Führerin zu. Aufhören jetzt, zuhören: Emma, meine Tochter, sieben Jahre, ich finde sie nirgends. Ach, sagt die Führerin, sie wird schon wieder auftauchen.

Von da an stürzt Rose in eine Spalte. Sie gelangt – eine höchst unangenehme Erfahrung – in den Zeitbereich, der sich auftut, wenn man außer sich ist. Sie besteht nur noch aus diesem einen Gedanken: sie muss ihr kleines Mädchen finden. Did you see a little girl. Una niña, una chica. Wie sagt man Mädchen auf Griechisch. Gabriel verliert sie auch noch aus den Augen, aber er ist ein großer Junge, er sucht seine Schwester, auf ihn ist Verlass, sie erblickt ihn an der Ecke des großen Tempels: Er hat sie doch gefunden? Gähnende Leere. Sie möchte die Zeit zurückdrehen, nur diesen einen Zauber, nur dieses eine Mal, die Zeit ein für alle Mal zurückdrehen und die Hand ihrer Tochter nicht loslassen, die Tochter nicht ermutigen, wenn sie ihre Hand loslässt, diesen Sprung nicht, diese Leere, das offene Gelände, das ihr zur Falle wird. Emma.

Jede einzelne Sekunde der vergeblichen Suche ist tragisch, jede Sekunde ohne sie. Sie wird schon wieder auftauchen. Zwangsläufig. Die Besichtigung muss unterbrochen werden. Alle sollen Emma suchen. Wenn alle Welt sie sucht, wenn alle Welt den Hügel Stein um Stein auf den Kopf stellt, wird sie schon wieder auftauchen, zwangsläufig. Ärchäologisch. »Emma!«

Und wieder geht sie auf die Führerin zu, packt sie am Ellenbogen, bitte bitte. »Schauen Sie beim Züglein nach«, rät ihr die Führerin, »da ist unser Treffpunkt.« Sie rennt zum Züglein, hastet die Akropolis hinunter. Gibt es im Parthenon Pädophile? Ja, der Statistik nach. Im prallen Sonnenschein, hinter der Windschutzscheibe, döst der Lokomotivführer einsam vor sich hin. Emma ist nicht da. Sie will wieder hinauf, muss noch einmal den Metalldetektor passieren, sie sucht ihre Eintrittskarte, wer einmal rausgeht, muss eine neue kaufen, sie protestiert, ihre Reisegruppe sei doch immer noch oben, es ist die Hölle. Ein kleines Mädchen, Französin, mit Zopf und einem Katzensweatshirt. Sie möchte nicht in diesem Tag stecken. Sie möchte sich auflösen. Die Zeit zurückdrehen, in Auflösung begriffen. Zersetzt von den Massen an Magensäure Griechenlands, Europas, der Zeit und der Geschichte. Ihr fällt die Kraft in ihren Händen ein, dieses Fluidum, das besänftigt, heilt, kühlt, sie versucht, es um sie herum zu verbreiten, konzentriert sich darauf, aber es nützt nichts, da hat sie diese Kraft, für nichts und wieder nichts, am liebsten würde sie den Parthenon anheben wie einen Stein und Emma darunter vorfinden.

Ihre Beine laufen die Akropolis hoch, ihre Lunge atmet, ihr Herz verrichtet seine Herzensarbeit. Sie bewegt sich im Zickzack zwischen den Kieselsteinen, klettert über Absperrungen, schlüpft zwischen Zäunen hindurch, Bauarbeitszone, Schilder gebieten das Tragen von Schutzhelmen, einige Säulenstümpfe überragen sie und bilden Labyrinthe, keiner kümmert sich um sie, die Besichtigungen laufen drüben einfach weiter, sie sucht so eindringlich, dass sie hinter jeder Ecke Emma zu sehen glaubt, ewig, überzeitlich, Athena im Kleinformat, aber nichts, niemand, nirgends, Emma! Emma!

Dahinten ist Gabriel, seine lange, dünne Gestalt. Sie rennt auf ihn zu. Je länger sie rennt, desto mehr hat sie den Eindruck ... sie hat den Eindruck, dass Gabriel nicht allein ist, eine kleine Gestalt, vor ihren Augen verschwimmt alles, gleich fällt sie hin.

Auf einem riesigen Kubus, vor sehr sehr langer Zeit hergestellt von Leuten, die schon sehr sehr lange tot sind, steht Emma. Gabriel hält Emmas Hand. Er winkt ihr zu, er hat sie gefunden! Auf einmal sind sie in der diesigen Sonne klar und deutlich zu sehen. Emmas Nokia war durchaus geladen, man musste nur dranbleiben, Gabriel reckt triumphierend sein Telefon, und die Kleine reckt ebenfalls ihr Telefon, sie möchte ein besteres, sie möchte so eins wie Gabriel.

*

Nach dem Parthenon sind es noch vier Tage, und sie zählt sie an den Fingern ab, jede Nacht eine Nacht weniger, mit jedem Tag kommen wir dem Festland näher. Sie hält Emma im Arm. Die Kleine ist rot und stumm vor lauter Zuwendung, die sie jetzt bekommt. Natürlich muss sie nicht mehr in den Club. Man wird ihr ein richtiges Telefon besorgen. Zusammen lesen sie Wir gehen auf Bärenjagd und Freunde fürs Leben und Mouflette Papillon. Zusammen stecken sie unter der molligen Daunendecke. Verlassen die Kabine nicht. Singen Lieder. Gabriel darf tun und lassen, was er will. Sie bleiben im Bett. Essen Gebäck und krümeln alles voll. Emma wird immer röter, sie ist geladen wie ein Akku, verwirrt von so viel Zuneigung, während Gabriel sich verausgabt und Rose wartet, bis sie wieder festeren Boden unter den Füßen hat.

Emma möchte zum Pool und Rose sagt Ja, sie hat zwar keine Lust, aber natürlich sagt sie Ja, der Pool ist wieder geöffnet, für ihre Tochter hätte sie ihn wieder öffnen lassen, sie hätte ihren peruanisch-philippinischen Kellner-Deckreiniger gebeten, der Kleinen sämtliche Pools und Panoramafenster und Ballsäle zu öffnen. Viel ist nicht los. Draußen regnet es und drinnen ist es eher frisch. Als wäre bei der allgemeinen Erderwärmung plötzlich eine Pause eingetreten. Als würde ein Hauch von Kälte kurz die erhitzten Gemüter beruhigen. Sie sind im Pool und springen zum Spaß immer wieder hinein. Sie fühlen sich weit weg von der selbstmörderischen Entropie dieser Welt. Beim Bademeister haben sie sich rosa Goggles geliehen, und im Wasser spüren sie, wie das Schiff sich bewegt, komisch ist das, sie spüren gewissermaßen das Meer, es fühlt sich an, als ob, wie soll man das beschreiben, man stelle sich eine Wasserblase in einem Glas Wasser vor, man ist in der Blase, das Wasser im Glas bewegt sich, Rose treibt dahin und presst ihre Tochter fest an sich, diesen kleinen, so warmen und lebendigen Körper, die Haut ist glitschig, aber sie drückt sie so fest, dass die Kleine sagt, du tust mir weh, manchmal steckt in den Händen von Rose zu viel Energie. Alle möglichen Arten von Wasser schmiegen sich an die beiden, tragen sie, bedrängen sie, Rose will raus, sie schiebt Emma an die Wasseroberfläche wie Walweibchen mit der Stirn ihre Jungen anschieben. Durch die rosa Brille sieht sie eine aufrechte Gestalt, einen Passagier, der spazieren geht, sie glaubt, ihn zu erkennen und verspürt eine gewisse Angst, und als sie die Schwimmbrille abnimmt, bleibt er verschwommen, dieser Passagier, gar nicht mehr rosa, aber wie von Wassertröpfchen verhangen, und er grüßt sie bedächtig, feierlich, vornübergebeugt.

Als ihr Mann anruft, erzählt Rose ihm nichts, weder vom verschwommenen Mann, weil er ihr Angst macht, noch von Emmas Verschwinden am Parthenon, weil sie ja gefunden wurde, und natürlich auch nicht von den Migranten, weil es so kurz war und man nicht einmal weiß, wie man sie bezeichnen soll. Letztendlich wäre sie nicht in der Lage, irgendetwas auf den Punkt zu bringen. Sie sagt, alles läuft prima, ja, diese Kreuzfahrt ist erholsam. Ihr

Mann fährt schon am nächsten Tag von Clèves nach Paris zurück, die Renovierung schreitet voran, er kann es gar nicht erwarten, sie alle wiederzusehen. Wirklich schade, nicht wahr, dass er nicht genug Urlaub nehmen konnte, um sie zu begleiten.

Am letzten Tag nimmt das Schiff in voller Fahrt Kurs auf Marseille. Das Meer ist aufgewühlt. Viele Passagiere sind seekrank. Die Mitarbeiter gehen von Kabine zu Kabine. Der Putzmann ringt sich angesichts der zwanzig Euro Trinkgeld ein Lächeln ab. Ist alles gut gelaufen, Madame? Als würde er sie durchschauen, als wüsste er, dass sie am Parthenon ihre Tochter verloren hat, wenngleich nur vorübergehend, aber das Wort Rabenmutter hat in diesem schwimmenden Städtchen die Runde gemacht. Sie antwortet, im Großen und Ganzen sei alles gut gelaufen. Die Kreuzfahrt, erklärt sie mit einer gewissen Strenge, sei ohne nennenswerte Zwischenfälle verlaufen, von den Migranten abgesehen, natürlich. Der Putzmann senkt die Stimme, er sagt, so im Vertrauen: Wir haben einen Passagier verloren. Einen Passagier? Ja, das komme häufiger vor als man glaubt. Er weist mit dem Kinn auf die Tür gegenüber, die Kabinen ohne Bullauge. Manche Leute, eine bestimmte Sorte von Leuten, warteten, bis sie auf hoher See waren, um über Bord zu gehen. Das sind gründlich geplante Selbstmorde. Warum sollte man sonst allein auf Kreuzfahrt gehen? Rose überlegt, ob diese Frage auch ihr gilt, aber eine Mutter in Begleitung ihrer Kinder dürfte man kaum allein nennen, so wird sie von niemandem wahrgenommen.

*

In Paris schwankt der Boden leicht. Als Rose ihre Arbeit im Medizinisch-psychologisch-pädagogischen Zentrum am Boulevard Ornano wieder aufnimmt, geschieht das nicht reibungslos, wie man sich denken kann, nach zehn Tagen auf See und dem Hinwegsteigen über eine Leiche und dem vorübergehenden Verlust ihrer

Tochter und jetzt beim Umgang mit dem Programm Cervix. Die Fehlermeldung macht dong. Sie möchte doch nur ein paar Notizen in die Felder eintragen. Die über den Namen des jeweiligen Patienten hinausgehen. Dong. Das blaue Kästchen springt auf am Bildschirm: In der Vergangenheit können keine Termine eingetragen werden. Na klar, nicht in der Vergangenheit, sie ist schließlich nicht die Mutter von Grichka, sie weiß sehr wohl, dass die Zeit uns mitreißt, sie möchte lediglich zur letzten Seite zurückkehren, möchte wie früher im großen kollektiven Heft Dinge vermerken wie: »ist nicht gekommen, hat aber angerufen«, »ist nicht gekommen, aber der Vater hat eine Nachricht hinterlassen«. Oder: »hat viel geweint«. Jetzt kann man nur noch fünf Möglichkeiten anklicken:

Bestätigen
Nicht einhalten
Löschen
Kopieren
Verschieben

Sicher, die Sekretärin beschwert sich nicht mehr pausenlos, während sie überall nach dem Heft sucht. Aber solange es von Hand zu Hand weitergereicht wurde, blieb man immerhin im Gespräch. Das Feld gibt einen Ton von sich, dong. Sie beeilt sich, weil sie spät dran ist für den nächsten Patienten, einen kleinen Zappelphilipp, den man vom Wartezimmer bis hierher hört. Nach ihm kommt Grichka und dann Filine, eine Neue, die sich weigert, zu essen, danach um 15:15 Uhr das übliche Fantom, das nie erscheint und schließlich Danao, den man immer schlafend im Wartezimmer vorfindet. Danao, du meine Güte. Was die heutzutage für Namen tragen.

Als sie sich auf dem Heimweg macht, hat sie mit fünfzehn Patienten gesprochen, sie steckt in einer Blase aus Worten und Leid und manchmal auch Freude. Auf dem Boulevard Ornano sind manche Gesichter verschwommen. Rastlosigkeit befällt die Stadt wie ein Regenvorhang. Nach der Arbeit ist sie selbst etwas verschwommen. Sie kämpft, ja, mit allen Kräften. Verschwommene Kinder klammern sich an sie, und sie stützt diese Kinder mit beiden Händen. Und wenn sie zur richtigen Zeit das Richtige sagt, finden manche wieder Halt.

Am Metroeingang verteilen Boubou tragende Männer Prospekte voller Verheißungen. Das interessiert sie sehr, dieser Markt der Marabouts, ihr Angebot, was sie können und was nicht. Wiedererweckte Zuneigung unwiderstehliche Anziehung. Garantierte Kontaktaufnahme mit Geistern Potenzstärkung Nie wieder Ängste. Steckt die Kraft in ihren Händen, in ihren Augen, in ihrem Kopf? Haben sie auch diesen Wärmepunkt, der bei ihr in den Fingerspitzen sitzt? Gut möglich, dass diese Männer mehr Geld verdienen als sie. Falls sie sich eines Tages daran versucht, dann im Dorf, weit weg von den Kollegen, weit weg von den Parisern, die keineswegs rationaler sind als alle anderen, denen »Ethiopathen« aber lieber sind als »Knochenklempner«. Binnen fünfzehn Jahren hat ihre Wohnung ihren Wert verdreifacht. Die Magie des Pariser Immobilienmarktes. Steuerfreier Mehrwert, Hauptwohnsitz. Sie verkaufen die Wohnung, bevor die Blase platzt. Und in sechs Monaten beginnt schon ihr neues Leben in der Provinz. Rose geht eine Stufe hinunter und sieht Gabriels Namen in ihrem Display, also geht sie ran. Es war aber nicht Gabriel. Es war Younès.

Sie sagte: Wer? Obwohl sie es genau wusste. Sie blickte sich um, als suchte sie Hilfe, unter ihren Füßen der Metro-Schacht, rechts eine Halal-Metzgerei und links ein kamerunisches Restaurant, das sich tatsächlich, kein Witz, Auf ein Wiedersehen nannte. »Younès.« – »Wo bist du?« Wo war er. Ihr Herz pochte. Er sagte etwas. Sie hörte ihn kaum. Sie stellte sich vor, wie er im Dunkeln verharrte, während Wasser auf den Boden tropfte – sie war wieder im großen Saal des Kreuzfahrtschiffs. Sie bemühte sich, ihn besser zu visualisieren, als könnte ihr Gehirn ihn orten, Breiten- und Längengrad, auf See, an Land – plötzlich wurde ihr klar, dass er sie als »Mama« anrief, die »Mama« aus den Kontakten, die Gabriel auf seinem Telefon gespeichert hatte. Für einen Moment geriet sie in Panik. Wen hatte Gabriel noch alles unter seinen Kontakten gespeichert, ihren Mann, ihre Tochter, die Großeltern, Freunde? Wieder sagte er einen unverständlichen Satz, lag es am Netz, an der Entfernung, an seinem Französisch, das sich von ihrem unterschied, wo war er? Nicht wo, sondern woher, sie hätte ihn fragen sollen, woher er stammte. Bereits auf dem Schiff. Er sah afrikanisch aus, das ja, weder syrisch noch afghanisch, aber Afrika ist bekanntlich groß. Nur eines weiß sie sicher, ganz sicher: Er stammt nicht aus Nigeria.

Sie steigt in die Metro hinab. An dieser Station reichen, darüber ist sie sich im Klaren, schon drei unterirdische Schritte, dann ist die Verbindung weg. Younès. Ein Mensch, der zack einfach aufgetaucht war. Und dann wieder verschwand. Sie muss dringend nach Hause, die Kinder, ihr Mann. Für Younès kann sie nichts mehr tun. Die Station ist ein Schiffssaal. Tropfen fallen von der Decke. Sie sieht all die jungen Männer in Sportkleidung mit fetten Lettern, Adidas, Emirates, AC Milano, und die Nigerianerin im knallengen Pulli und die verschleierten Mütter mit ihren Babys. Sie hockt vor ihm und reicht ihm das Telefon und den kleinen Sack mit den edlen Klamotten ihres Sohns, und die werden von einem zum anderen weitergereicht und es kommt zu dieser fantastischen Umwandlung, aus dem Sack wird ein Bündel. Was sie berühren, wird ungewiss. Die Welt wird infrage gestellt und stülpt sich um wie ein alter Handschuh. Sie suchen nach einem Durchgang, aber der füllt sich mit Wasser, Plastikabfällen und Fetzen. Während ihr Platz auf diesem Planeten mit ihrem Namen versehen ist, mit Papieren und so etwas wie einer ewig gültigen Reservierungsnummer.

In Sarajewo gab es, das ist sehr lange her, diesen Tunnel, sie hatte ihn in einer Reportage gesehen. Lebensmittel, Trinkwasser,

Waffen und Menschen wechselten zwischen der belagerten Stadt und der Welt hin und her. Nach Sarajewo hin war der Tunnel mit ein paar Holzbrettern notdürftig abgestützt, zur Welt hin war die Verstärkung aus Stahl. Ein Überlebender stellte diese Frage: »Was machst du, wenn du nach einem Jahr endlich wieder einen Apfel siehst? Versteckst du dich, um ihn allein zu essen, oder nimmst du ein Messer, um ihn mit anderen zu teilen?«

Ob sie ihn geteilt hätte? Sie sieht Gabriel und Emma und sieht den Apfel und sie teilt ihn heimlich zwischen den beiden auf, nur zwischen den beiden. Ob alle Mütter so gemein sind? Ihr kommt es so vor, als hätte die Welt sich seit ihrer Jugend in diesen Tunnel begeben. Einen Tunnel mit starkem Gefälle, und sie steckt auch drin, wird in ihrer nummerierten Kabine mitgeschleift, und ihre Sicherheit hängt an einem Faden. Sie erinnert sich an früher, als sie noch keine Kinder hatte. Wahre Helden lassen ihre Kinder außer Acht, wenn sie zur Tat schreiten. Davon ist sie überzeugt.

*

Es war 19:11 Uhr und die Flasche schon leer. Rot, wie immer. Rosé im Sommer, auf dem Dorf. Ihr Mann, auf die Arbeitsfläche gestützt, mit dem Glas in der Hand. Die Rue d'Aboukir 44. Die Saga ging weiter. Er wollte, dass sie die junge Mieterin in ihre Sprechstunde aufnahm. Welche junge Mieterin? Der Erdölingenieur wollte seine Eigentumswohnung vermieten, die Agentur hatte eine passende Kandidatin für ihn gefunden, eine Studentin aus der Schweiz mit Elternbürgschaft. Aber sie könne dort nicht schlafen. Die Studentin. Guilaine, die Empfangsdame, habe sie ausgelacht, und Rose hätte beinahe selbst gelacht. Musste man sich jetzt auch noch um den Schlaf der Mieter kümmern? Aber sie kam jeden Tag in die Agentur und ihr Mann nahm sich ihrer an und hörte zu. »Ich werde beobachtet.« Eine geistig verwirrte Mieterin, die ihre Agentur mit einer psychotherapeutischen Praxis verwechselt. Sie fühle sich bedroht, sobald sie das Haus betritt. Als gerate sie in den Sog eines schwarzen Lochs. Sie berichtete von Schreien in der Nacht. Ihr Mann, mit seiner Gutherzigkeit und seinem schlechten Gewissen. Seinem hehren Berufsethos. Es war ihm ein persönliches Anliegen, Menschen in Paris anständig unterzubringen. Er kämpfte gegen Paris. Ein Duell zwischen ihm und der Stadt. Quadratmeter um Quadratmeter. Fehlte nur noch eins: Gespenster.

Er hat kein Abendessen vorbereitet, na klar. Und auch nicht Emmas Hausaufgaben überprüft. Die Unordnung in ihrer Drei-Zimmer-Wohnung kennt keine Grenzen, sämtliche Flächen sind mit Gegenständen übersät. Rose wollte aber nicht so sein wie ihre Freundin Solange und Männern Dinge abverlangen, die sie nicht leisten können – ihnen im Grunde abverlangen, Frauen zu sein. Sie will sich nur kurz hinlegen. Ob ein anderer Mann. Ein Mann ohne den Alkohol. Ein Mann mit mehr Vernunft. Ein Mann, der in jeder Hinsicht weniger abhängig wäre. Ein Mann voller Elan, der sie in seinem magischen Umhang davontragen würde. Sie hinterfragt die Gewissheiten ihrer gemeinsamen Jugend. Zunächst trank er nicht. Sie waren Teenager. Er war schweigsam. Ein Mann, der vor dem ersten Glas den Mund nicht aufmacht, und dieses erste Glas hatte er damals nicht getrunken. Sie hörten David Bowie. Im Gymnasium. We can be heroes, just for one day ... aber sie wussten nicht, was das heißen sollte. Obwohl sie es Wort für Wort übersetzten, wussten sie es nicht. Helden sein. Nur für einen Tag. Die Zimmerdecke kreiselte. Sollte sie ihn verlassen, die Kraft aufbringen, ihn zu verlassen, wäre es ratsam, ihn zu verlassen, würde sie sich wieder verlieben, war sie verliebt, war das etwa Liebe.

Du solltest eine Kreuzfahrt machen. Ihre Mutter hatte sie überredet. Dabei suchte sie eine Welt mit festem Grund. Manchmal ging sie vom Boulevard Ornano zu Fuß heim, nur um den Boden unter ihren Sohlen zu spüren. Geboren war sie in einer vertrauten

Welt, aber das war vielleicht die Kindheit. Das immergleiche Fenster mit Blick auf die immergleiche Landschaft, die weißen Häuserblöcke, die Hecke der Eltern von Solange. All diese Bande, die sie auf dem Dorf geknüpft hatte und in ihren Fasern überall hintrug. Und der Dorftrottel, der in der Siedlung seinen Kreis zog wie auf einem Ziffernblatt, jeden Tag zur gleichen Stunde, in der Zeit eingefroren, klar und deutlich in ihrer Erinnerung.

Als ihr Mann die Kontoauszüge öffnet, fällt er aus allen Wolken, weil Gabriels Telefonkosten derart explodiert sind. Also setzt sie sich an den Computer. Mut aufbringen, um sich diesen Dingen zu stellen. So lästig. Anhand der Online-Rechnung stellt sie fest, dass Younès täglich mit Niger telefoniert, wirklich keineswegs Nigeria. Sie klickt den »internationalen« Tarif an, 19,99 Euro monatlich und 3G-Flatrate, als eine Art Patenschaft, sie, die bisher noch nie humanitäre Hilfe geleistet hat. Auf der Liste der ärmsten Länder erscheint Niger ganz weit oben. Dort bekommen Frauen die meisten Kinder. Ärmer als Bangladesch. Ärmer als Haiti. Nur Malawi ist noch ärmer dran. Niger ist eher rund, von der Form her, und die Hauptstadt liegt wie am äußeren Rand eines Spatels: Niamey. Der Tschadsee ist unten rechts, ein leuchtend grüner Kreis in der Wüste, von Rissen durchzogen wie eine kaputte Fensterscheibe, dort, wo die Grenzlinie sternförmig verläuft. Im Süden gibt es eine Stadt mit dem hübschen Namen Zinder. Eine andere heißt Maradi. Im Norden gibt es ausschließlich die Sahara, mit Oasen, die ebenfalls hübsche Namen tragen, Bilma, Dirkou, Djado, Titilibé. Und so fragt sie sich, woher genau er stammt, in Niger.

*

Gegessen wurde ein Nudelgericht, das sie auf die Schnelle gezaubert hat. Emma guckt Netflix und Gabriel guckt auf sein Telefon. Ihr Mann schenkt sich nach – sie hält ihm ihr Glas hin. Als er anfing, kostete der Quadratmeter 8000 Francs. Jetzt kostet er 8000 Euro. Das ist nicht schwer zu verstehen. Alles wegen der Spekulation und der Ausländer. Der Markt ist zu unbeständig, nach fünf, sechs Jahren werden die Wohnungen wieder zum Verkauf angeboten. Ihr Mann liebt das, was von Dauer ist, darum hat er sie auch für immer geheiratet. Umzüge stehen auf seiner Stressskala an zweiter Stelle, nach Trauerfällen. Und so schließt er die Tür, stellt das Telefon ab und stellt Käufern wie Verkäufern dieselben Fragen. Er will wissen, in welcher Lebensphase sie sich befinden. Natürlich muss er deren Budget kennen, aber handelt es sich um ein Paar, das zum Bewahren neigt oder eher zum Abstoßen? Zur Klaustrophobie oder eher zum Nestbau? Oder zum Hamstern? Er will das richtige Objekt an die richtige Person vermitteln. Ein Glasdach, das ein grobschlächtiger Mensch nicht zu schätzen wüsste. Einen Innenhof, den man nicht vernachlässigen sollte. Eine Aussicht, die nicht genossen wird: Das tut ihm im Herzen weh. Der Immobilienmakler steht auf der Liste der verhasstesten Berufe an zweiter Stelle, nach dem Bankier und vor dem Abgeordneten. Der größte Wunsch der Franzosen ist, Wohneigentümer zu werden, daraus resultiert zugleich ihr größter Frust, quod erat demonstrandum. Diese Ungerechtigkeit belastet ihn. Während er ... Er trinkt die dritte Flasche aus. Wohnen – das ist das Wesentliche ... Die Leute sollen sich ... »Heimisch fühlen?«, führt Rose den Satz zu Ende.

Ja. Genau. Genau das meine ich. Er deutet ein Lächeln an. Das Lächeln der Verzweiflung. Mit einem Hauch unwiederbringlicher Freude, als wäre Freude eine Phiole mit einem letzten Rest Flüssigkeit. In Clèves wird es besser laufen, sagt sie ihm. Sie legt ihre Hand auf seine, es pulsiert leicht, bewirkt aber nichts, Beruhigung schon, aber keine Heilung. Vielleicht kennt sie ihn zu gut. Für sie noch ein viertes Glas Wein. Emma muss ins Bett. Il y a longtemps que je t'aime jaaamais je ne t'oublierai ... In der zu kleinen Wohnung hört sie ihren Mann dieses Wiegenlied singen. Sie hat ihm nicht von Emmas Verschwinden auf der Akropolis erzählt. Niemand hat ihm davon erzählt. Die ganze Reise kommt ihr so vor wie die einer Anderen. Ein Ausflug jenseits ihres Lebens. Emma ist hier, in dem stickigen Zimmerchen, mit Gabriel im Hochbett, der weiß Gott was mit seinem Telefon anstellt. Emmas reiner kleiner Körper. Ihre nach Seife duftende Wärme. Plötzlich verschwunden. Inmitten der Säulenstümpfe des Parthenons. Wurde sie vielleicht durch eine perfekte Kopie ersetzt? Oder konnte sie etwa durch Wände gehen, durch Säulen? Eine kleine Karyatide, die Welt drückt auf ihre Stirn, die Zukunft ruht auf ihrem steinernen Köpfchen.

*

Als Younès das nächste Mal anruft, ist sie gerade im Gespräch mit Grichka und dessen Mutter. Auf ihrem Display erscheint Gabriels blondes Gesicht, sie hat das Bild nicht ausgewechselt. Aber klar ist es Younès. Klar kann sie nicht rangehen. Grichka trägt einen Helm, der ihn vor Wellen schützen soll. Grichka ist der Kontaktpunkt einer außerirdischen Zivilisation unweit des Alpha Centauri. Die Besuche der Außerirdischen verstören ihn, und seine Mutter ist der Meinung, er brauche das Gespräch mit einer Psychotherapeutin. Grichka starrt Rose an. Die Außerirdischen übertragen dem Kind punktuell Aufgaben, damit er für spätere, wichtigere Aufgaben üben kann. Sie kommunizieren über Wellen mit ihm, was ihn natürlich anstrengt, daher der Helm. Die Mutter möchte die Kontaktaufnahme nicht unterbinden, nur einschränken. Die Außerirdischen überwachen und steuern Grichka punktual (»punktual?«, wiederholt Rose) aus der Ferne. Diese Außerirdischen hat die Mutter nie gesehen, leider, aber sie spürt deren Anwesenheit, sobald sie sich ihrem Sohn nähern. Grichka ist neun Jahre alt. Die Mutter hat ihn (Rose fragt danach) zu Ehren von »Temps X« so genannt, dieser Sendung der Zwillingsbrüder Igor und Grichka Bogdanoff.

Rose fragt Grichka, ob er etwas sagen will. Der kleine Junge schüttelt den Kopf. Dabei fliegen allerlei Helmanhänger hin und her. Ihr *gling gling* erinnert Rose an den leicht parasitären Effekt, den Younès' Anruf in ihrem Gehirn erzeugt.

Die Mutter hat vollstes Verständnis, aber sicher: Grichka braucht einen Moment unter vier Augen mit der Pschychotherapeutin. Bevor sie rausgeht, richtet sie noch ein paar Helmanhänger, wie Antennen. Danach ist zu hören, dass sie an der Tür stehenbleibt. Rose macht die Tür auf, führt die Mutter ins Wartezimmer, kommt zurück und schließt die Tür.

Grichka und Rose blicken einander an.

»Das ist sicher nicht leicht«, sagt Rose.

Der kleine Junge schüttelt den Kopf. Es macht *gling gling*.

*

Younès hinterlässt nie eine Nachricht. Er ruft an, mehr nicht. Inzwischen ist es zur Routine geworden: Sie sieht das Gesicht von Gabriel und geht nicht ran. Nie ist es der richtige Moment – beim Patientengespräch, in der Metro, abends zwischen ihrem Mann und der Flasche. Er ruft aber so oft an, dass ihr auffällt, wenn er nicht anruft. Und vor allem denkt sie jedes Mal: *Ich habe eine Dummheit begangen.* Der Satz wird zu ihrem ureigenen Klingelton, Frauen reden sich oft ein, sie seien dumm, man redet es ihnen regelmäßig ein, aber diesmal hat sie wirklich eine Dummheit begangen, als sie diesem Unbekannten das Telefon gab. Sie lässt es klingeln und betrachtet auf dem Display das frühere Gesicht ihres Sohnes mit seinen einstigen Pausbäckchen. Wenn ihr richtiger Sohn anruft, erscheint ein Foto neueren Datums, da ist er nicht mehr vierzehn, sondern fünfzehn, mit kurzen Haaren, die inzwischen nicht mehr blond sondern fast kastanienbraun sind.

Sie hat Angst, dass er sie um Dinge bittet, die sie nicht leisten kann. Zusagen. Geld. Uneinlösbare Versprechen. Ein bisschen Geld, das ginge. Aber mehr Geld? Und was noch? Grichka, das schafft sie. Grichka und seine Mutter und die anderen. Dafür hat sie die Befugnisse. Die Energie. Außerdem die Institution, einen Rahmen, Vorgaben, Einordnungen, Kollegen, auch wenn die Institution gewiss ihre Probleme hat, doch für Younès hat Rose nichts. Sie müsste sich an eine Hilfsorganisation wenden. Aber all diese Gutmenschen mit ihren Vereinfachungen. Er ruft an, weil er etwas will. Garantiert. Nicht, um zu plaudern.

Younès befindet sich jetzt gerade irgendwo; *jetzt gerade*, denkt sie. Wo? In welcher Verfassung? Wenn er anruft, ist er nicht tot. Es sei denn, man hat ihm das Handy gestohlen. Younès. Wird immer abstrakter. Sie versucht daran zu glauben, dass es am anderen Ende der Leitung jemanden gibt, wie man mit Hilfe von Vernunft und Vorstellungskraft daran glaubt, dass es über Paris Galaxien gibt und im Meer echte Wale, jetzt gerade. Sie hat ihn auf Facebook gesucht, aber offenbar gibt es weltweit Tausende von Younès. Auf Magicmama erfährt sie, dass Younès die arabische Form von Jonas ist. In der dritten blauen Zeile der Suchmaschine wird ein gewisser Younès Abaaoud erwähnt, »Junglöwe des Kalifats«, kaum fünfzehn Jahre alt, aus den Reihen von ISIS. Der Junglöwe hat runde Bäckchen und ist bemüht, sich einen Bart wachsen zu lassen. Es ist nicht ihr Younès.

Eines Tages schickt er ihr eine Textnachricht. Eine sehr eloquente Textnachricht. »Der Mutter Gesicht schenkt mir Kraft und Zuversicht.« Was soll das heißen? Er will sie doch nicht *anbaggern*? Will er sie verführen, um ihr Geld zu entlocken oder Papiere? Immer mit der Ruhe. »Der Mutter Gesicht schenkt mir Kraft und Zuversicht.« Das ist ein bisschen kitschig. Oder poetisch? Eine Art Mantra. Ich bin Mutter. Diese Identität also. Er sieht mich an und ich beschütze ihn. Fortan konzentriert sie sich darauf, ihm gute

Schwingungen zu senden, wenn er anruft. Sie versucht, zu einem dieser frommen Bildchen zu werden, die man zwischen den Fingern hält, wenn man das Bedürfnis hat zu beten. Einer Ikone. Einer Jungfrau Maria. Dabei gibt es in Niger vor allem Muslime. Auf ihre Nachfrage hin erfährt sie von ihrem frechen Sohn, dass er für den Kontakt »Mama« das Foto gewählt hat, dass sie an Ostern zeigt, mit einem Häschenhaarreif auf dem Kopf, der Emma gehört.

Sie kommt sich vor wie eine alte weiße Frau, die sich in einen jungen Schwarzen verguckt hat. Und sie versucht, sich sein Gesicht in Erinnerung zu rufen, das Gesicht des jungen Schwarzen. Seine verbeulte Stirn, seine nassen Locken – seine Augen sieht sie, seine zarte schmale Hand, sonst nichts, bleibt am Schiff hängen, an den triefenden Stoffen, der Nigerianerin in Gabriels nunmehr knallengen Pulli, den Tropfen, dem Lärm und an etwas, das stottert, das rattert wie ein abgewürgter Motor. Nachts träumt sie, dass ihr das Gehen schwerfällt. Sie schreitet durch einen Flur, ohne voranzukommen. Das liegt sowohl an ihren Hüften als auch an diesem Raum. Es steckt in ihrem Körper und in den drei Dimensionen. Erst ein Fuß. Dann der andere. Im prekären Gleichgewicht. Als wäre da Leim, als wären da Hügel aus Klebstoff, etwas Unüberwindliches, das sie nicht sehen kann und über das sie schaudernd hinwegsteigt.

*

Seit einiger Zeit macht ihr der Unterschied zwischen Innen und Außen mehr zu schaffen als früher. Schwer zu sagen warum. Liegt es an dieser Epoche (Beginn eines neuen Jahrtausends) oder daran, dass sie älter wird (ihrem Alter). Ihre Generation steht an der Schwelle zur Katastrophe und ist gleichzeitig eine der privilegiertesten (vor allem die Frauen, im Vergleich zu den noch barbarischen Teilen des Planeten). Die Vorahnung allgemeiner Zerstörung weckt Ängste, die noch stärker sind als in unaufgeklärten

Zeiten, davon ist sie überzeugt. Daher kommt dem Haus eine solche Bedeutung zu. Als Schutzraum. Und besser als in Paris. Sie hätte gern ein Tupperware-Haus. Luftdicht, hygienisch, langlebig.

In der Pause zwischen zwei Patienten ruft sie Google Earth auf und betrachtet ihr Haus im Dorf. Mit dem soliden Dach, dem ummauerten Garten, dem kleinen Tümpel; die Wohnsiedlung mit dem vielen Grün, die perfekte Lage, nicht zu nah dran an der Stadt, aber auch nicht zu weit weg, und nur fünfzig Kilometer vom Meer entfernt. Beim Rauszoomen ist der breite blaue Rand zu sehen. Eine einfache Erbschaft, die Eltern und Großeltern haben, gebeutelt von den Zeitläuften, kaum Nachkommen gezeugt, und der Verkauf der Pariser Wohnung bringt mehr als genug ein, um die Renovierung und die Erbschaftssteuer zu bezahlen. Und so wurde Rose Eigentümerin dieses Einfamilienhauses mit vier Schlafzimmern und ausbaubarem Dachgeschoss auf einer stattlichen Parzelle – dreitausend Quadratmeter – der Erdoberfläche, in einem äußerst gemäßigten, windarmen Klima hinter der Biskaya-Bucht.

Hoffentlich würde der Golfstrom weiterhin fließen. Sie zoomt noch ein Stück raus, der Adour mündet gelb ins blaue Meer, dahinter in dunkelblau die Tiefseegräben, in denen vielleicht sagenhafte Kreaturen überleben. Sie zoomt wieder rein, da ist das Ziegeldach, sie versucht, sich zu sehen, ihre eigene Familie hinter dem satellitenbedingten Grauschleier zu erkennen. Wie auf einem zukünftigen Foto. Aber das Foto ist alt und vor dem Haus parkt noch der Renault Scenic ihrer Großmutter, wie eigenartig. Rose hat sich bei beiden Medizinisch-psychologisch-pädagogischen Zentren in der Region beworben, das an der Küste gelegene Zentrum würde für sie mehr Fahrzeit bedeuten, aber die Strecke ist reizvoll, hier hat sie noch kein Wort über ihren Umzug verlauten lassen.

Ihr nächster Patient hat Verspätung, also überquert Rose den Atlantik. Unter dem Meer sind Berge und eine sehr lange Spalte, wie eine Fontanelle auf dem Ozeanschädel. Sie landet in New York, zoomt auf Long Island, Amityville. Das Musterbeispiel eines unverkäuflichen Hauses. Ihr Mann ist davon fasziniert. Sechsfacher Mord im Jahr 1974. Dennoch wurde das »Haus der Teufels« verkauft und weiterverkauft. Die Rentner, die dort wohnten, als der berühmte Film in die Kinos kam, berichteten, sie hätten nichts Außergewöhnliches bemerkt. Mit wenigen Klicks bringt Rose in Erfahrung, dass dieses luxuriöse Haus mit hübschem Garten, fünf Schlafzimmern und vier Bädern an einem Meeresarm und nur eine Stunde von New York entfernt, alles in allem eine Million Dollar wert ist.

Als sie den Kopf hebt, blickt sie aus ihrem Sprechzimmerfenster auf die geteerte Terrasse, wo die Kita von nebenan eine einsame Rutsche hingestellt hat. Und sie denkt an die Tage am Meer, die vergangenen und die künftigen. Ja, in Clèves wird ein anderes Leben möglich sein, im Grünen, im Blauen, im Sonnenschein.

*

»Gleich haue ich alles kaputt«, brüllt Bilal. Er hat fünf Minuten länger als vorgesehen im Wartezimmer verbracht, Warten gehört zu den Dingen, die er nicht kann, und es ist immer wieder ein Abenteuer, ihn in das Sprechzimmer eintreten zu lassen, Übergänge, das Überschreiten von Schwellen, das alles jagt ihm eine Heidenangst ein, gleich haue ich alles kaputt. Rose ist momentan der Meinung, dass sein Eintritt an sich schon die Behandlung ist, die Kur, das Heilmittel: dass Bilal hereinkommt, dass er die Einladung annimmt und dass der Termin allwöchentlich eingehalten wird; jeder Satz, den er von sich gibt, ist ein Fortschritt, und wenn er sagt, gleich haue ich alles kaputt, darf man eigentlich hoffen, dass er es nicht tun wird.

Jetzt packt Bilal mit beiden Händen den Patientenstuhl. »Bilal«, sagt sie. Er schreit so laut, dass nichts zu ihm dringt, der Stuhl fliegt in Richtung Computer und Rose sieht förmlich, wie Cervix vernichtet wird – aber nein, der Stuhl prallt von der Wand ab. »Bilal«, wiederholt sie, doch dann klingelt ihr Telefon, sie hat vergessen, es stummzustellen, sie wühlt in ihrer Tasche, um das Klingeln zu beenden, aber jetzt ist Bilal wirklich wütend, er tobt, wirft sich so schwungvoll auf die Couch, dass ihm Flügel zu wachsen scheinen. »Bilal«, sagt sie noch einmal und stellt den Stuhl wieder auf, aber Bilal packt ihn aufs Neue, sie hält ein Bein fest, er das andere, so geht das nicht, sie lässt los, diesmal schmettert er den Stuhl gegen die Tür, die eine tiefe Delle davonträgt. Recht hat er, man sollte alles kaputthauen, doch zunächst wird die Sprechstunde abgebrochen. Bilal zum Hinausgehen zu bewegen ist so schwierig, wie ihn eintreten zu lassen. Bilal ist in seinem Aschekreis gefangen. Sie probiert etwas mit den Füßen aus, das sie in *Nosferatu – eine Symphonie des Grauens* gesehen hat. Sie schleift mit den Füßen über das Linoleum und zerstreut die imaginäre Asche. Das bringt Bilal aus der Fassung, und er hört auf, mit den Flügeln zu schlagen. Er ist elf Jahre alt und so groß wie sie. Rose beugt sich vor, um auf die Asche zu blasen, ihre Köpfe berühren sich. Sie betrachten beide, was den Weg verstellt. Sie betrachten das Unsichtbare im Boden.

Der Zauber endet, sobald sie die Tür öffnet – Bilal fängt wieder an zu schreien, sein Vater moniert: »Sie machen es ja noch schlimmer!« Er ruft das ganze Wartezimmer als Zeuge auf: Das bringe doch nichts, und Rose Goyenetche sei *nie* pünktlich, und früher sei das Zentrum nicht so weit weg gewesen – »Ich weiß«, sagt Rose, »sie streichen das psychotherapeutische Angebot im Bezirk zusammen« – Bilal brüllt – »Sie müssen meinem Sohn unbedingt helfen«, sagt der Vater. Sie sind sich einig. Sie reicht ihm die Hand. Ein Schreck durchfährt sie, hoffentlich ist er keiner dieser Männer, die sich weigern, einer Frau die Hand zu schütteln. Aber er nimmt sie, und das Fluidum überträgt sich sanft, die Lautstärke lässt nach, und sie nimmt wieder diesen abgefederten Kontakt mit ihrer Umgebung auf, das Gummi des Linoleums unter ihren

Sohlen, das *Auf Wiedersehen* des Vaters und ein klein wenig wiedergewonnenes Vertrauen, zwischen ihnen, in sich selbst, in das, was sie tut.

*

Younès hat eine Nachricht hinterlassen. Seine erste Sprachnachricht. Warum sie die Nachricht nicht in ihrem Sprechzimmer abhört, weiß sie nicht. Unten scheinen Lärm und Stille sich besser zu verteilen. Dabei wird die Eingangshalle gerade renoviert. Die Direktorin lässt eine Diagnosetafel montieren, auf der jedes Kind aufgeführt werden soll. Die Handwerker, alle schwarz, streichen die Wände lachsfarben. Sie lassen ihr Radio laufen. Die Nachricht von Younès ist fast unhörbar, sie erhascht nur jedes dritte Wort, wie bei einigen ihrer Patienten, zum Glück kann sie sich die Nachricht so viele Male anhören wie nötig: Er hofft, ihr gehe es gut und ihrer ganzen Familie und ihren Kindern auch, dank Gottes Gnade, und danach, mehrfach wiederholt, die Silben ga-de-lion, wie bitte, lion, Löwe, Junglöwe des Kalifats – aber natürlich meint er *gare de Lyon*. Er kommt an der Gare de Lyon an. Abends um sieben Uhr dreißig. Er rollt das *r*. Er kommt. Heute. Heute Abend.

Sie sieht sich in der Halle um. Dort, wo die Lachsfarbe noch nicht aufgetragen wurde, ist die alte Tapete beige und geriffelt. Es bleiben noch viele Steckdosen in Reichweite der Finger von kleinen Irrwischen, als wollte man sie mit dieser Methode loswerden. Eine gewaltige Müdigkeit fällt wie ein Fangnetz auf Roses Schultern. Im Radio singt Cesaria Evoria, dann redet ein Mann. Er redet über Migranten, weil alle Welt ständig über Migranten spricht. *Es ist offensichtlich, dass die Wahrheit sich allmählich Bahn bricht. Wir wollen uns nicht von irgendwelchen Parteien instrumentalisieren lassen; dass die Positionen der Rechtsextremen sich unseren annähern, behaupten Sie, und das nehmen wir zur Kenntnis. So rufen wir in Erinnerung, dass eine Symbolfigur der Linken, nämlich Georges Marchais, bereits 1980 die Wirtschaftsmigration für Frankreich ablehnte, weil sie der französischen Arbeiterschaft zum Nachteil gereichen würde. Wir stellen fest, dass unter den Flüchtlingen in Calais nur 1 % aus Syrien stammt, der Rest besteht aus Eriträern, Sudanesen und Afghanen. Es sind also keine Kriegsflüchtlinge. Das lässt sich vor Ort leicht erkennen. Für mich ist das in der Tat eine Gewissheit. Man nutzt die syrischen Flüchtlinge als Vorwand, um uns die anderen, die Wirtschaftsflüchtlinge aufzuzwingen, dieser Trick ist sattsam bekannt; natürlich sind darunter auch humanitäre Notfälle, die Aufmerksamkeit verdienen. Doch darum geht es ganz und gar nicht. Das Ziel unseres Vereins ist die Unterstützung lokaler Bürgerkollektive, damit sie ausreichend gerüstet sind, um gegen die Staatsmacht und die Macht der Medien zu Kämpfen, die Desinformation verbreiten.* Rose legt die Hand auf die geriffelte Tapete. Ihr Mann erzählt ihr oft vom *feng shui*, dieser chinesischen Wohnphilosophie: Man muss mit den Gebäuden Frieden schließen, ihnen durch Opfergaben Energie einflößen. Das alte Krankenhaus wimmert. Sie glaubt, Bilal zu hören.

*

An der Gare du Nord steigt sie in den RER um, sie rennt. Die Babysitterin geht um 19:30 Uhr und ihr Mann ist nie vor 20 Uhr zu Hause, egal, Gabriel wird sich um Emma kümmern. In vielen Ländern dieser Welt müssten die beiden doch schon allein klarkommen, oder? Sie zwängt sich in den Wagen, hinter ihr schließen sich die Türen. Drinnen richtet sie ihren Blick so präzise aus wie ihren Körper. Bloß keinem anderen Blick begegnen. Aus der Kategorie Frischfleisch fällt Rose inzwischen eher raus, sie nimmt sich weniger vor Grapschern in Acht, doch seit einigen Jahren wendet sie doppelt so viel Mühe auf, um ihre Ausweichtechnik zu verbessern, aus Angst, dass hier, unter den anderen Körpern, gleich ein Feindkörper explodiert. Und nur dank ihrer langjährigen Vertrautheit mit öffentlichen Verkehrsmitteln kann Rose Goyenetche sich in der Raumzeit treiben lassen und für ein paar Minuten aus allem herausziehen, die Augen halb geschlossen, an eine Haltestange geklammert. Unter ihren Lidern sieht sie Clèves, folgt einem bestimmten Weg, schon hat sie das Ende des Dorfes erreicht und der Fluss springt ihr ins Auge. Es ist Sommer, blau der Himmel, grün das Wasser, diese eine Stelle am Oberlauf, die kleine Staumauer mit der Lachstreppe.

An der Station Gare de Lyon brandet die übliche Welle aus gehetzten Banlieu-Bewohnern und verängstigten Provinzmenschen an. Auch sie drängelt, wie alle. Es ist 19:33 Uhr, sie hat noch vier Minuten und es ist der größte aller Pariser Bahnhöfe. Und er hat ihr nicht gesagt, *woher* er kommt: Nice, Toulon, Marseille? Sie sucht auf der Ankunftstafel nach dem 19:37-Zug. Sie könnte ihn anrufen, macht sie aber nicht. Warum nicht? Was soll sie nur tun. Ihn in Paris aufnehmen? In vier Monaten ziehen sie weg. Sie führt sich das Haus in Clèves vor Augen. Ein großes Haus. Aber da will er ja nicht hin, was soll er denn in Clèves?

Der Himmel ist ein Geflecht aus Rohren und schwarzem Beton. Die Rolltreppen gleiten mit ihren gewaltigen Ladungen aneinander vorbei, entlang einer Glaswand, hinter der Palmen stehen. Die Fahrgäste verteilen sich schnell und zielstrebig von einem Punkt zum nächsten. Das ist nicht abstoßend, sondern effektiv. Rose hat das Gefühl, dass der Bahnhof sie wie ein großer Umschlag einschließen und *hopp* irgendwohin verschicken wird.

Die weibliche Bahnhofsstimme verkündet energisch die ankommenden und abfahrenden Züge. *Halten Sie sich bitte von der Bahnsteigkante fern.* Der Zug ist da. 19:38 Uhr. Reiß dich zusammen. Die Fahrgäste kommen auf sie zu, sie mustert jedes Gesicht, geht ein Stück vor und dann zur Seite, um dem Geschubse zu entgehen, hinter einem großen Hängeschild: *Achtung Anschlaggefahr*

Ihr Gepäck kann jederzeit kontrolliert werden. Von den Bahnsteigen weht ein eisiger Wind. Sie knöpft ihre Jacke zu, wickelt sich ihren Schal um den Kopf. Denkt flüchtig, was willst du denn verstecken, deine Häschenohren? Sie will sich anlehnen, aber das Schild gibt nach. Der Bahnsteig leert sich. Sie sieht ihn nicht. Das Telefon klingelt. Er ist es. Mit dem Gesicht von Gabriel. Das muss sie dringend ändern. *Younès* dazuschreiben und basta. Dass sie ihm ein Telefon gegeben hat, ist schon mal gut. Ein Telefon ist schon eine Menge. Und die Flatrate dazu, das Engagement dahinter. Sie wohnen auf 58 Quadratmeter. Sie sieht zu, wie das Telefon in ihrer Hand vibriert. Hat wieder die Toten an Deck vor Augen und den so beherzten Kapitän. Man müsste in einem beherzten Land leben und auf einem beherzten Planeten, wo alle Bewohner beherzt verteilt werden. Das liegt nicht in ihrer Macht. Sie hat nicht einmal mit ihrem Mann darüber gesprochen. Der Bahnsteig ist leer und da steht er, einsam, klar konturiert und gebeugt. Er blickt auf sein Telefon, hebt den Kopf, sieht sich suchend um. Lang, dünn, das Haar kürzer und – das schnürt ihr die Kehle zu – in Gabriels Parka gehüllt. Er hat ihn nicht verkauft oder getauscht oder verloren oder sonst was. Er hat ihn behalten. Weil er ihn braucht. Auf dem Bahnsteig ist es wirklich kalt. Sie bringt den Mut nicht auf. Als eine letzte Gruppe von Fahrgästen aussteigt, nutzt sie die Gelegenheit, um sich davonzustehlen.

Sie sucht Deckung in einem Relais H-Café, es wird langsam erbärmlich, und ein Ende ist nicht abzusehen. Er bleibt dort stehen. Die Stränge einer durchsichtigen Plastiktüte wickeln sich um sein Handgelenk, darin eine Dose Fruchtsaft der Marke Oasis und etwas, das nur schwer zu erkennen ist, vielleicht ein Paar dicke Handschuhe. Sein einziges Gepäck. Er sieht sich um, dreht sich halb um die eigene Achse. Der Bahnsteig ist inzwischen vollkommen leer, von den Reinigungstrupps abgesehen. Er wählt aufs Neue. Aber nicht ihre Nummer. Er rührt sich. Zunächst fast unmerklich. Setzt sich in Bewegung. Dann geht er zügig weiter, mit dem Telefon am Ohr. Jetzt wirkt er fast so wie alle anderen. Sie sieht ihn kaum mehr, erahnt ihn eher, er hat das Ende des Bahnsteigs erreicht. Der Bahnhof tut sich vor ihm auf wie ein Meer. Sie malt sich ihren Sohn in einem fremden Land aus, konfrontiert mit diesen vielen Gesichtern, unzähligen Körpern, Menschen, die irgendwohin streben. Mit den Verkaufsbuden, Fahrkartenschaltern, Warteschlangen, der Apotheke, den Bistros, Treppen, Neonleuchten, Bullen, Soldaten, Wachleuten, Stadtstreichern, Romas, der Nachtbeleuchtung draußen, der Stadt. Er sucht immer noch. Sie senkt den Kopf. Was soll sie sonst tun, ihm Geld geben und weglaufen? Ihm ein Hotelzimmer spendieren? Oder ihm den Schlüssel des Hauses in Clèves anvertrauen? Warum will sie ihn denn unbedingt aufs Land schicken?

Er geht auf Paris zu. Immer noch mit dem Telefon am Ohr. Hat er also außer ihr noch einen anderen Kontakt? Oder will er nur selbstsicherer erscheinen? Die neonbunten Streifen, die Gabriels Parka zieren, leuchten im Zickzack aus der Menge hervor. Nun folgt sie ihm von fern. Die Leute gehen alle in die Gegenrichtung, Rose hat den Eindruck, dass er und sie die einzigen sind, die auf diesen riesigen Überlauf zusteuern, aus dem die Straßen sich ergießen, diesen mit Taxis vollgestellten Platz, von dessen leichter Anhöhe aus man auf Paris blicken kann, auf das 12. Arrondissement, die Sex-Shops und Bistros, die Bushaltestellen, die Metrostation, auf die Leihräder, Autos, Fußgänger, Hunde, Bäume von Paris und auf diese fremde Nacht voller Rauch.

Sie sieht ihn, von hinten, während er zum ersten Mal Paris sieht. Was für ein Abenteuer. Gleich taucht er ein oder dreht sich zu ihr um. Gleich rückt er in die Stadt vor. Oder blickt zurück. Sie sieht nur die Rückseite des Parkas, die Ärmel mit den Neonstreifen, die dünnen Beine in der dünnen Jeans, die Plastiktüte, das kurze Haar. Auf der Schwelle schwankt er. Sie hofft, dass seine Augen leuchten. Sie hofft: leuchten vor Freude und Jugend und Abenteuerlust.

Sie betet. Mögen seine Augen vor Freude leuchten. Ja, sie würde sich wünschen, dass ihre Macht weit über das hinausreicht, was sie beherrscht; sie wäre gern eine Heldin, die sich unerkannt in der Stadt bewegt und ihn mit ihren magischen Kräften begleitet. Sie würde ihn gern mit einem Energieschild versehen, auf dass er feuersicher über sämtliche Gefahren hinwegfliegt und vor Freude lacht, beim Anblick von Paris.

Paris. Sie hört den Namen wie sie ihn als Kind hörte, die erste Silbe ein Ruf und der Luftzug zwischen den Zähnen, Paris, *pars y, fahr hin.* Raus aus dem Dorf und nichts wie hin nach Paris. Er ist von sehr weit her gekommen, aus Niger, ist einen Meridian weiter nördlich gerückt. Er durchquert den vollgestellten Platz. Biegt links in die Avenue ab. Er scheint zu wissen, wohin er geht. Oder täuscht das sehr gut vor. Sie folgt ihm. Er geht schnell. Womöglich war er schon mal hier. Diese Vermutung trifft sie wie ein Schlag. Womöglich erlebt sie keineswegs einen Erstkontakt mit Paris, *touch down*, Landung eines kleinen Satelliten auf dem Stadtplaneten. Er blickt auf die Seine. Sie ist schwarz. Jetzt geht er am Kai entlang, an der Stadtautobahn, die die Autos nach Notre-Dame im Westen und Bercy im Osten befördert. Dazwischen das Leichenhaus. Als hätte man es eigens in dieser Strömung errichtet, um die Ertrunkenen zu bergen. Es gibt nur wenige Fußgänger und einen ganzen Haufen Tote in diesem Backsteinwürfel am Ufer des Flusses. Rose versteckt sich hinter eine Platane, wie im Film. Hier hat sie mal gewohnt, nicht im Leichenhaus, klar, sondern gegenüber, Quai de la Rapée 70, ihre erste Pariser Adresse. Als Studentin. Das Viertel war eine einzige Baustelle. Ihr Weg führt sie über eine stark rekonstruierte Vergangenheit. Neue Glasgebäude ragen auf, und die Studentin, die sich nie darin gespiegelt hatte, so oft sie hier herumgegangen war, folgt jetzt einem jungen Fremden in dieser völlig veränderten Umgebung, sie, eine Frau mittleren Alters in einer Welt, die ständig in Bewegung ist.

Er geht über den Pont Charles-de-Gaulle, eine Brücke neueren Datums, die sie nie zu Fuß überquert hat und die aussieht wie ein Flugzeugträger. Der Wind bläst. Ein Lastkahn nähert sich. Younès geht langsamer, er sieht zu, wie das lange Boot unter ihm durchfährt, sie hofft, dass er diese kindliche Freude empfindet, weil es knapp hindurchpasst, weil der Steuermann das richtige Augenmaß bewiesen hat. Jetzt geht er schnell, immer noch über sein Telefon gebeugt. Er hat sich die Kapuze übergezogen. Offenbar erklärt ihm jemand den Weg. Findet er sie schön, die Seine? Ist er am Ufer des Nigers geboren? Unterscheiden sich die beiden kolossal oder sind es einfach zwei Flüsse, jeweils mit ihrem Netz und ihrem Pegel und ihren Booten? Sie und er sind die einzigen, die diese Brücke überqueren, im Fußgängerbereich. Sie hält Abstand, eine ganze Brückenlänge zwischen ihr und ihm. Wenn er sich umdreht, wird er sie sehen. Aber er blickt nach vorn, auf das Ufer gegenüber. Die Seine ist schmal, vier Möwen und ein undefinierbarer Geruch, Rose überlegt, ob ihn das enttäuscht. Was für eine Landschaft hat er vor Augen? Sucht er jemand anderen als sie, jemanden, der konkreter ist? Am Ende der Brücke geht er eine Treppe hinunter, sie eilt hinterher, um ihn nicht aus den Augen zu verlieren. Sie ist geblendet vom grünen Licht der Cité de la Mode et du Design, das sich so spektakulär am Gebäude entlangzieht. Dann passen sich ihre Augen an, und unter der Brücke, unterhalb des ersten Pfeilers erblickt sie: Zelte, Dutzende, Hunderte, dicht an dicht in drei Reihen aufgestellt. Auf halber Treppe bleibt sie stehen, sie hat ihn verloren. Die Unterseite der Brücke mutet an wie eine lange, breite Decke im futuristischen Look, sehr glatt, sehr weiß, wie eine gestrandete Raumfähre, unter deren Bauch die Menschheit Zuflucht sucht. Es sind Kohlenbecken und Gestalten zu erkennen. Nun sieht sie ganz deutlich die Leute, die unter den strengen klaren Linien dieses visionären Bauwerks im Stehen oder Sitzen Atemwolken ausstoßen. Sie traut sich nicht, weiterzugehen. Alles ist modern und überzeitlich, neu und heruntergekommen, mittelalterlich und gegenwärtig. Die reinste Science-Fiction. Wo ist er? Hat sie ihn im Stich gelassen? Sie hat ihm nicht gesagt, dass sie kommen würde. Sie hat nichts versprochen. Sie hat nicht geantwortet. Ihr fällt ein, dass sie allein hier ist, ohne jemandem Bescheid gegeben zu haben. Sie stellt sich die Rache all dieser erniedrigten Männer vor. Man würde ihre Leiche aus dem Fluss fischen, sie wäre die neue Unbekannte aus der Seine. Ihr Mann müsste sie im Leichenhaus identifizieren.

Sie steigt die Treppe wieder hoch, passiert einen Durchgang, geht noch ein Stockwerk höher. Ein Mann kommt hinunter. Die Treppe stinkt nach Pisse und der Typ sieht sie an und sie spürt, wie das Adrenalin ihr direkt ins Herz fährt: Es ist der Typ aus der fensterlosen Kabine. Der verschwommene Typ, der sich während der Kreuzfahrt ins Meer gestürzt hat. Er verschwindet in der Nacht. Sie wird allmählich plem-plem. Oder die Welt gerät insgesamt aus den Fugen.

Der ultrazivilisierte Himmel von Paris erstreckt sich über die Terrasse der Cité de la Mode. Hier war sie noch nie. Das Publikum ist jung und hip und etwas einschüchternd. Sie ist vollkommen unpassend angezogen, aber es wird schon irgendwie gehen, eine Pariserin ist von Natur aus schick, sie braucht lediglich ein Getränk. Rose öffnet ihre Handtasche, um den Wachleuten zu beweisen, dass sie weder Waffen noch Sprengstoff mit sich führt, und sieht die Uhrzeit auf ihrem Handy: 20:23. Ihr Mann hat mehrmals angerufen, und auch ihr echter Gabriel sorgt sich per SMS: *Du, wo?* Eine Babysitterin bis abends um halb acht reicht ihnen nicht, Rose müsste rund um die Uhr zu orten sein. Sie bestellt einen Mojito. Trinkt ihn auf Ex und wird von Wärme und Vernunft erfüllt. Es geht ihr besser. Sie kann wieder klar denken. Was ist nur über sie gekommen. Ihm durch die Stadt zu folgen. Sich so einzumischen. Das ist für sie untypisch. Schon die Kreuzfahrt war für sie untypisch. Der einzige Handlungsspielraum, über den sie in dieser Welt verfügt, die einzige Vorgehensweise, die einzige Möglichkeit, die einzige *Freiheit* verdammt, besteht darin, dass sie Kinder aller Art davor bewahrt, dem allgemeinen Wahnsinn anheimzufallen. Das ist ihr Beruf. Und das ist alles. Das ist bereits eine Menge. Das ist ihr Leben.

Und noch ein Mojito. Die Musik ist laut. Die Atmosphäre seltsam. Oder es liegt an ihr, die verlernt hat, auszugehen und sich zu amüsieren. Die Leute sind um die Dreißig, hochgewachsen und elegant, vor allem junge Männer, mit Bart, wie inzwischen üblich. Bei Hipstern genauso angesagt wie bei Dschihadisten. Ihr Sohn würde einwenden, dass die Bärte sich unterscheiden und heutzutage niemand mehr »angesagt« sagt. Gleich zu ihrer Linken an der Bar küssen sich zwei. Bartträger. Sie trinken Aperol Spritz. Das hätte sie auch bestellen sollen. Hinter ihr lehnen eine junge Frau und ein junger Mann an der Brüstung mit Aussicht auf die Seine und auf die Zelte zwei Stockwerke tiefer. Der Wind trägt ihr Gesprächsfetzen zu. »Auf Treibsand sollte man nicht bauen. Das ist mein Motto. Und José ist Treibsand.« Die junge Frau trägt Stöckelschuhe und hüllt sich in einen prächtigen bunten Schal, der Wind scheint nur hier zu sein, um ihr diesen Tanz zu gewähren, diese Gnade, ihr Gelegenheit zu geben, sich aufzuplustern. Ihr Freund hält ihr Glas und lächelt sie an, er lächelt die junge Frau an und die Seine, er lächelt sogar sie an, Rose. Als wollte er ihnen allen mitteilen, dass das Leben schön und die Welt ein Wunder und José Treibsand sei. »Schnickschnack meint Schnickschnack, also Wegwerfware. Nichts anderes. Wie kann man nur einen Wochenendtrip mit jemandem unternehmen, den man loswerden will?« Die junge Frau lächelt ironisch, abgeklärt, sie ist superschön. Warum sollte Rose nicht auch ihnen diese Verstörung zugestehen, die sie erfasst? Dieses Unbehagen, die Armen unten, oben die Reichen? Aber was soll's. Das ist ja nichts Neues. Das kleine Mädchen mit den Schwefelhölzern starb unter festlich beleuchteten Fenstern vor Hunger und Kälte. Tatsächlich befindet sich auf der Terrasse ein Grüppchen Migranten oder, wie soll man sagen, Flüchtlinge, wenige Meter vom Partyvolk entfernt. Ein ganz feiner Hauch von Durchlässigkeit zwischen beiden Ebenen. Sie trinken Bier und bleiben unter sich. Zwei Wachleute, deren Hautfarbe der ihren gleicht, behalten sie im Auge. Lange werden sie es nicht tun müssen, bei fünf Euro für einen Becher Bier. Rose zögert. Sie könnte auf das Grüppchen zugehen und seinen Namen aussprechen. Younès. Nach ihm fragen. Sie bestellt einen Aperol Spritz. Sie stützt sich auf die Brüstung, und da sieht sie ihn. Die neonbunten Streifen. Gabriels Parka flattert wie ein Schriftzug zwischen den Kohlenbecken hin und her. Sie verharrt dort, auf die Brüstung gestützt, gebannt, mit ihrem Glas in der Hand, während unter ihr der kleine Passagier hin und her mäandert.

III

Was ist schlimmer als draußen zu sein?
Draußen zu sein und mittellos.

Tom-Tom,
Katholisches Hilfswerk in Calais

Wollte man die Gründe auflisten, die sie dazu bewogen haben, aus Paris wegzuziehen, müsste man unter anderem – aber in welcher Reihenfolge? – die Tatsache nennen, dass sie sich hier keine angemessen große Wohnung leisten können, obwohl sie Doppelverdiener sind, dass ihr persönliches Arbeitsumfeld sich verschlechtert, während er mit dem Immobilienmarkt und seinen Gespenstern kämpft, außerdem die Terroranschläge, die Wahlergebnisse, der Wunsch, endlich mal zu gärtnern, die Sehnsucht nach einer anderen Lösung für ihre Eheprobleme als die Scheidung, die Sache mit Emmas Schulranzen, Gabriels allgemeine Haltlosigkeit, das Bedürfnis nach frischer Luft. Rose bemüht sich, mit Bilal so weit voranzukommen wie nur möglich, ebenso mit Grichka und seiner Mutter und den Außerirdischen. Auch wenn sie sie in die Obhut ihrer fähigsten Kollegen gibt, ist ihr klar, dass sie ihre Patienten im Grunde aufgibt. Und Younès. Mit Younès hat das nichts zu tun. Ohnehin hat sie niemandem von Younès erzählt. Sie macht einen letzten Spaziergang – nein, es ist nicht der letzte, sie wird ja zurückkehren, nur dass sie im Hotel oder bei Freunden unterkommen muss, wenn sie Lust hat, sich nach Paris zu *begeben*, eine unangenehme, surreale Vorstellung. Sie geht an einem uralten

Kai entlang, an dem einst Maler und Dichter wohnten. Blaues Wetter hält in der Stadt Einzug. Die Trauerweiden tragen ihre zarten, blassen Blätter, die Pflastersteine sind alt, die Luft ist mild, die Bateaux-mouches gleiten aneinander vorbei, die Touristen stehen vor den Eisdielen Schlange, die Sonne wärmt durch weiße Wölkchen hindurch. Hier Notre-Dame und dort das Hôtel de Ville. Die Tour Saint-Jacques. Das Leichenhaus in der Ferne hinter den Platanen. Der aufziehende Frühling ist bereits warm. Der Sommer wird glutheiß. Ob sie Paris nachtrauern wird, auf dem Land? Bestimmt wird sie ihren Freundinnen nachtrauern und dem Pilateskurs.

Emmas Schulranzen hat ihnen, falls überhaupt nötig, den letzten Anstoß gegeben, Paris zu verlassen. In letzter Zeit war ihre Tochter stets von einem Gestank umgeben gewesen, egal, wie oft man sie wusch oder ihre Kleider wechselte. Einem stechenden, penetranten, ekelerregenden Gestank – einem Gestank nach Scheiße. Dazu noch ein extrem heftiger Ausschlag, aber das ist man bei Emma schon gewohnt, man reibt sie mit Salbe ein, steckt sie seltener in die Badewanne und greift statt dessen zum Waschlappen – in Paris ist das Wasser sehr kalkhaltig, der Untergrund samt Kanalisation und Katakomben ein riesiger Kreidesteinbruch –, der Geruch weicht aber partout nicht. Emma will nicht mehr zur Schule gehen, weil sie aber noch nie zur Schule gehen wollte, redet man auf sie ein, damit sie aufsteht, sich anzieht, ihre Honey Pops hinunterschlingt und sich fügt, du solltest froh sein, so viele kleine Mädchen haben keinen Zugang zu Bildung. Die Babysitterin beklagt sich auch über den Gestank. Am zweiten oder dritten Abend, ehrlich gesagt am Abend ihrer Schnapsidee mit der Gare de Lyon, möchte Rose ihr noch ein Küsschen geben, obwohl es so spät ist, in dem wirklich viel zu kleinen Zimmer, in dem Rose aber immer heiter gestimmt war, wie ihr jetzt auffällt, jetzt da der vertraute Geruch nach Zwiebel und Fleisch aus der Kebab-Bude unten im Haus von diesem durchdringenden Gestank nach Scheiße überlagert wird.

Gabriel hat sich einfach auf das Sofa im Wohnzimmer verzogen. Emma schläft nicht. Sie weint unter ihrer rosaroten Daunendecke. Der Ausschlag ist so stark, dass die Kleine sich farblich kaum von ihrer Decke abhebt. Ihre Wangen sind so fusselig wie der Stoff, Rose gibt ihr einen Kuss, streicht ihr das verklebte Haar aus dem Gesicht, wischt ihr die Augen, die Nase, und auf einmal schwindet ihre ganze Kraft dahin. Es gelingt ihr nicht, die eigenen Kinder zu umsorgen. Sie schmiegt den Kopf an den Hals ihrer Tochter. Sie möchte sich selbst trösten, Halt finden bei diesem weinenden kleinen Mädchen. Sie fragt, wie ihr Tag gelaufen sei, was ihr so zu schaffen mache, aber die Kleine antwortet nicht, sie antwortet nie. Wenn sie mal ein paar Worte von sich gibt, redet sie über Tiere: einen Hund, der sie auf der Straße angeguckt hat, einen Wal am Boden der Badewanne. Nie hat sie von der Akropolis erzählt, von der Spalte, in die sie vielleicht gerutscht ist, oder von – wem? Rose drückt sie fester an sich, Emma murrt. Während sie im rosa Dämmer die Augen schließt, spürt Rose die zwei-drei oder drei-vier Mojitos und Aperol Spritz, die sie in der Cité de la Mode getrunken hat. Man müsste sie beschützen. Sie beschützen. Sie kann Grichkas Mutter und das mit dem Helm verstehen. Für Emma sollte sie einen Taucheranzug entwerfen, der sie von Kopf bis Fuß umhüllt. Sie sollte Emma mit Blitzableitern umstellen, für sie Sarkophage bauen, so dick wie in Tschernobyl.

Wo hat sie versagt? Als Emma noch ein Baby war und ein Erwachsener in ihrem Beisein unbedacht von irgendeinem grauenhaften Ereignis berichtete, stellte Rose hastig klar: »So ist die Welt nicht, Emma.« Das hätte sie nicht tun dürfen. Sie hätte ihre Tochter abhärten, ihr zu erkennen geben sollen, wie wenig die Welt sich um noch ein kleines Lebewesen mehr schert. Sie hört nicht auf, Emma zu liebkosen, dem Gestank zum Trotz. Energie sammelt sich und steigt auf, bildet über ihnen beiden eine Kuppel. Die Kraft kehrt zurück, Rose fühlt sich wieder imstande, äußeren

Widrigkeiten zu begegnen. In diesem winzigen Kinderzimmer ist der Gestank die äußere Widrigkeit. Im Haus in Amityville hatte das Dämonische sich zunächst durch Gerüche manifestiert. Vielleicht war auch hier Furchtbares geschehen. Ein misshandeltes Kind. Ein Gehängter. Sie steht auf und nimmt ein Mäntelchen von seinem Bügel, weil es einen Schatten wirft. Dabei verfangen sich ihre Füße in die Riemen des Schulranzens, und Rose knallt gegen die Wand. Scheiße. Der Gestank ist herausgesprungen wie ein Teufel. Es ist der Ranzen. Das Innere des Ranzens. Es ist mit Kacke vollgeschmiert. Ganz unten ein zerdrückter Kothaufen. Jemand hat in Emmas Schulranzen gekackt. Die Hefte kleben fest, man muss alles wegschmeißen. Wie lange wurde dieser Ranzen nicht mehr geöffnet, dabei bezahlen sie die Babysitterin, damit sie die Hausaufgaben betreut, und die Kleine will nichts verraten, sie heult so laut, dass ihr Vater ins Zimmer kommt und dann vor dem Gestank zurückweicht, er brüllt, »sie muss diese Schule verlassen«, das sage er schon seit Monaten, und Emma schluchzt umso lauter, sie müssen alles verlassen, hinter sich lassen.

*

Rose hat Grichka und seine Mutter einbestellt, sie muss unbedingt mit ihnen sprechen, jetzt gleich, weil: Sie hatte eine Eingebung, ein *insight*. »Als hätte ich eine Botschaft empfangen.« Grichka schweigt, er ist angespannt – er weiß, dass Rose die Sprache seiner Mutter verwendet. »Die Psychoanalyse wird sich der Wellen annehmen«, sagt Rose und führt beide Hände an ihre Schläfen: »Von jetzt an bin ich der Empfänger. Eine Art Erdantenne oder Blitzableiter.« Sie streckt die Hände vor. Ihr Herz pocht. Vielleicht funktioniert es bereits. Die Mutter will es aber genauer erklärt bekommen. »Durch den Gerichtspräsidenten Schreber wissen wir, dass die Außerirdischen – er nannte sie ›Gott‹ – die Wellen direkt an seinen

Schädel angeschlossen hatten.« Rose zieht zur Veranschaulichung an ihre Haarsträhnen. Sie spürt, dass die Mutter noch nicht ganz überzeugt ist. »Dank dieser Übertragung können wir Verbindungen herstellen, auch ohne High-Tech-Material und andere kostspielige oder sperrige Vorrichtungen einzusetzen. Grichka wird ohne Helm auskommen«, bekräftigt Rose.

Sie legt der Mutter ihre Hand auf die Schulter, auf mütterliche, professorale, schwesterliche, welche Weise auch immer. All das bündelt sie in ihrer Hand. Auf Anhieb spürt sie keinerlei Übertragung, aber immerhin eine starke Muskelentkrampfung. Grichka gewährt ihr ein anerkennendes Lächeln.

Ein paar Sekunden lang geschieht gar nichts. Die Mutter – Hände auf den Armlehnen, den Kopf im Nacken – sieht aus wie eine Kosmonautin beim Abflug. Rose kneift die Augen zusammen und wartet selbst auf den gewaltigen Impuls, den *take off* ... Diesen Moment, in dem die Motoren alles geben, keine Umkehr mehr möglich ist ... Sie sieht sich mit ihren Kindern auf einer Landstraße, die Apokalypse liegt hinter ihr, in etwa verkörpert durch ein Paris, das dem Erdboden gleichgemacht wurde und in Rauch aufgegangen ist. Dazu der Bericht ihrer Großmutter, derjenigen, die Rose das Haus vererbt hat und auch ihre besondere Kraft, wie sie während des Exodus an eine Tür geklopft und um ein Glas Wasser gebeten hatte, das man ihr verweigerte, dieses eine Glas Wasser für ihren kleinen Sohn. Rose sieht und fühlt das alles, Erinnerungsfetzen, Rückblenden, Zeitkapseln.

Die Mutter ruft alle wach, als sie sagt: »Einverstanden.« Zum Schluss vollführt Rose noch ein bisschen Hokuspokus und hält die Hände über Grichkas Helm. Es macht *gling gling*, obwohl sie ihn nicht berührt. Obwohl Grichka sich nicht regt. Na gut. Sie löst den Helmriemen unter seinem Kinn, vorsichtig, um ihn nicht zu kneifen. Als ihre Haut seine streift, kommt es *paff* zu einem elektrischen Knistern. Grichka kichert, weil es ihn kitzelt und seine Kopfhaut atmet und der Horizont frei wird.

Darauf folgt ein sehr langer Moment der Anspannung. Die Außerirdischen greifen aber nicht an. Der Raum beginnt weder zu pfeifen noch sich zu drehen. Grichkas Mutter hält stand. Rose fragt, ob sie den Helm behalten darf, zu Untersuchungszwecken. Die Mutter erteilt huldvoll ihre Zustimmung.

*

Rose teilt Bilal mit, dass sie weggeht und er jetzt alles kaputthauen kann. Für den Computer hat sie aus Büchern einen kleinen Schutzwall errichtet. Bilal rührt sich jedoch nicht. Er ist starr vor Schreck über den Weggang der Psychotherapeutin. Es ist zutiefst verstörend, Bilal reglos zu erleben. Er müsste sich wieder bewegen, schnell, aber nichts tut sich, er starrt Rose weiterhin fassungslos an. Was wird von seiner Therapeutin schon verlangt? Doch nur, dass sie da ist.

Rose zögert. Sie streckt die Hand aus. Dr. Dolto berührte niemals Kinder, die sie nicht von sich aus berührten. Rose nimmt es sich aber heraus, sie möchte sich vergewissern, ob der Kontakt ... mit Bilal ... sie legt die Hand auf seine. Der Knirps ist immer noch wie versteinert. Das Fluidum, wenn es sich denn um ein Fluidum handelt, fließt von einer Haut zur anderen. Dabei wird es sehr heiß und tut fast ein bisschen weh. Verblüfft zieht Bilal seine Hand zurück. Auf diese Weise haben sie aber gewissermaßen ordentlich Abschied genommen.

Was wird er ihr fehlen, dieser Bilal. Und so kann sie sich die Worte nicht verkneifen, Auf Wiedersehen, Bilal, alles wird gut, aber sie klirren wie die Anhänger an Grichkas Helm.

*

Jetzt befinden sie sich in der Zukunft. Sie richten sich im Haus in Clèves ein. In echt. Christian ist nun Verkaufsleiter eines Maklerbüros im Bahnhofsviertel von B.-Nord, fünfzehn Kilometer vom Dorf entfernt. Die einzige freie Stelle beim Medizinisch-psychologisch-pädagogischen Zentrum im Krankenhaus an der Küste ist Rose durch die Lappen gegangen, aber alles zu seiner Zeit. Das Haus und die Einrichtung haben Vorrang. Das psycho-pädagogische Hauptproblem hier ist offenbar, dass Termine nicht eingehalten werden, wegen des Surfens.

Gabriel ist gewachsen und darf das größte Zimmer beziehen. Emma kommt unters Dach, in ein Zimmer mit schrägen Wänden, das hat auch seinen Reiz. Ohnehin müssen Yin und Yang gerecht verteilt werden. Solange hat von Los Angeles aus einen *Fengshui*-Berater für sie ausfindig gemacht, gleich hier an der Küste. Er ist damit beschäftigt, die Energieströme im Haus zu harmonisieren. Dabei hat er Fenster geöffnet, dort, wo niemand sie vermutet hätte, und die ganze Ausrichtung des Hauses verändert. Er hat sie auf die Verstockungen hingewiesen, die den *Qui*-Fluss behindern, insbesondere im Bereich der Ahnen: Die Vergangenheit dürfe die Zukunft nicht belasten. Wem sagt er das.

Natürlich wäre all das in Paris nicht möglich gewesen. Spielraum hatten sie, wenn überhaupt, nur bei der Positionierung der Betten. Der *Fengshui*-Berater ist ein spanischer Baske, der auch russische und englische Kunden betreut. Die Küste, vor allem B.-Süd, ist seit jeher kosmopolitisch, das färbt sogar ein wenig auf das Dorf im Hinterland ab. Und das Haus ist eine Baustelle. Dafür Paris verlassen zu haben, ist etwas bedrückend. Der Mikrobeton wurde noch nicht gegossen, sodass der Boden eine Art Schlucht darstellt, mit Kabeln und Schläuchen und anderem Zeug, das an eine Operation am offenen Herzen erinnert. Momentan müssen sie alle zusammen in einem Zimmer hausen. Die Kartons stapeln sich bis unters Vordach – noch wurde kein einziger Wandschrank montiert.

Der Garten liegt brach, aber so war es schon immer. Rose hat einiges vor, sie will die Dornenranken und invasiven Sträucher ausreißen, um eine Art Prärie anzulegen, wo unter Umständen Schafe weiden könnten. Das Potenzial dieses Gartens liegt im Tümpel, man sollte ihn freilegen, vielleicht könnten dort Zugvögel brüten. Während der letzten Tage in Paris dachte sie oft daran, an den Tümpel und seine Quelle. Im Fall einer Katastrophe hätten sie genug Trinkwasser und könnten Gemüse anbauen. Wenn Paris brennt, wenn Europa sich zusammenballt wie eine Faust, daran denkt sie jetzt, während sie den Garten betrachtet.

Sie trinken ein Gläschen mit Arnaud, einem Jugendfreund vom Gymnasium. Arnaud berichtet von Delphine, von Lætitia und vom armen Monsieur Bihotz. Sie berichten ihm von Solange. Über sie weiß Arnaud natürlich längst Bescheid – wie alle Welt, dank Medien oder Internet. Rose hört bei Arnaud dieses leicht Negative heraus, dass sie bei sich so gern bekämpfen möchte: den Neid. Selbst die desaströse politische Lage in den USA bereitet eine gewisse Genugtuung, steht sie dem amerikanischen Traum ihrer gemeinsamen Freundin doch etwas im Weg. Rose, Arnaud und ihr Mann reden alle drei darüber, nicht über die Komplikationen für Solange, sondern über die Auswirkungen dieser Wahlen auf die ganze Welt, bis hin zu Clèves. Arnaud findet, man brauche zupackende Männer. Unglaublich, wie sehr Arnaud gealtert ist. Er ist voller Falten, dürr, rot und glänzend. Ein Juli-Sonntag, sie sitzen auf einem Balken mit Blick auf den strapazierten Garten und den Betonmischer. Rose hat nach Champagnerkelchen gesucht, unmöglich, den richtigen Karton zu finden. Und so hat sie die Becher gespült, die sie seit ihrer Ankunft benutzen. In der Küche ist die provisorische Kochplatte völlig verdreckt, und es gilt, die Ikea-Möbel zu umgehen, die sie zurückbringen müssen, weil die Tiefenmaße nicht stimmen. Ihr ist ein wenig nach Weinen zumute. Aber das geht vorbei. Als Arnaud eintraf, war sie bei praller Sonne auf die unfertige

Terrasse hinausgegangen und hatte ihn mit Küsschen begrüßt, lange nicht gesehen, und sie lachten, weil ihre Wangen geknistert hatten. Christian hat den Champagner entkorkt. Arnaud raucht ständig und trinkt genauso viel wie Christian. Bald haben sie den Champagner ausgetrunken, und Christian geht in die Küche, um eine Flasche Rosé aufzutreiben. Sie trinkt einen Becher lauwarmen Rosé und pfeift sich Erdnüsse rein. Eben hat sie ihre Spiegelung im neuen Panoramafenster gesehen und ist mit ihrer Figur zufrieden, auch wenn sie weiß, dass ihre Gesichtszüge in einem Spiegel, einem richtigen Spiegel, verwischt wirken würden. Die Pyrenäen hingegen zeichnen sich ganz klar ab, ganz nah im Südwind, der sie bis zum Dorf zu tragen scheint. Die Nachbarn von gegenüber haben ihren Garten verkauft, daraus machte man drei kleine Grundstücke, auf die drei kleine Villen errichtet wurden, allmählich wird es eng hier. Jedes abgeholzte Grundstück muss mit drei Bäumen wieder aufgeforstet werden, aber bei den Eichen dauert das so lange, außerdem werfen sie ihr Laub ab, und so gibt es inzwischen kaum mehr Schatten: Schirmakazie, Zwergpalmen und Rosenlorbeer, die – da sind sie sich alle drei einig – doch keine richtigen Bäume sind. Es hilft aber gegen böse Flüche, sagt Arnaud. Man sollte sich immer mit einer Lorbeerhecke umgeben. Es muss kein Rosenlorbeer sein, der einfache tut's auch, der Gewürzlorbeer, der hiesige Lorbeer.

Arnaud und Christian reden über den lokalen Immobilienmarkt. Ferienhäuser werden gerade lukrativer als Wohnhäuser. Die besten Objekte werden weitervererbt, Verkäufe sind selten. Dafür wird aufgrund der schlecht gedämmten Hochhäuser, mit denen die Küste in den 1970er Jahren zubetoniert wurde, viel Ramsch angeboten. Arnaud war mal stellvertretender Bürgermeister in Clèves. Wegen eines Streits, über den er sich nicht weiter auslässt (früher oder später kommt es mit Arnaud immer zum Streit), hat er alles aufgegeben, um seine besondere Gabe auszubilden: Er wurde Beschwörer. So zieht er denn auch, um das Haus zu segnen, eine

Knoblauchzehe aus der Tasche, einen Anisstern, einen Kamillenstängel und Wacholder, das vertreibt die Dämonen. Sie führen ihn durchs Haus. Die energetische Verteilung der Räume findet seine Zustimmung. Nur im Keller hält er inne: »Wir sind nicht allein.« Da muss man vor der Tür eine Lilie pflanzen, um die toten Seelen zu beschwichtigen. Wenn Rose ihre Praxis eröffnet, könnten Arnaud und sie durchaus eine Synergie entwickeln, in der Region nähmen die Fälle von Verhexung zu, aber er sei ja kein Exorzist und die Priester hätten den Glauben verloren. Ihr Mann pflichtet ihm bei, er habe es ja schon immer gesagt: Sie vernachlässigt, was sie in der Hand hat.

Rose muss an Grichka denken. Sie hat nicht unbedingt Lust, Gespenster zu jagen. Wieder ist ihr ein wenig nach Weinen zumute.

*

Abends gehen sie aus, nachdem es ihnen gelungen ist, Emma und Gabriel auf dieselbe Matratze im selben provisorischen Zimmer zu betten, in dem Rose und Christian später auch schlafen werden. Die Kinder machen einen halbwegs glücklichen Eindruck. Gabriel ist die ganze Zeit mit seinem Telefon zugange, aber wenn man ihn deswegen anherrscht, sagt er, er benutze es zum Schreiben. Emma ist einfach nur erleichtert, ihrem früheren Leben entkommen zu sein. Dennoch werden ihre Eltern von Panik erfasst. Der neue Kostenvoranschlag des Bauunternehmers, die eingelagerten Möbel, die undichte Terrasse und der Baumschulgärtner, der sämtliche Pflanzen bereitgestellt hat, den sie aber vertrösten müssen, und die elektrischen Leitungen, die in Roses Praxis noch nicht einmal verlegt wurden. Sie haben sich dazu durchgerungen, das erträumte Schwimmbad auf später zu verschieben, und diese Anwandlung von wirtschaftlicher Vernunft hat ihnen gutgetan und sie zugleich deprimiert. *Klahoni* sagt ihr Mann und lacht, *Klagen auf hohem*

Niveau. Reich wurden sie aber nur durch den Verkauf der Pariser Wohnung, und davon müssen sie noch einen Kredit abzahlen. Rose kommt es so vor, als wären sie die letzten Vertreter der Mittelschicht, bevor deren Welt zusammenbricht.

Ihr Mann torkelt, wird aber von der Nachtluft belebt. Er sieht das Haus wieder als Inbegriff ihrer schönen Zukunft. Eine weiße Schneise zieht sich durch den Himmel. Die Milchstraße im Juli im Süden Frankreichs, ganz ohne Wölkchen, Straßenlampen und Autos. Ihr Mann zeigt ihr den Schützen, Orion und die Lagune. Sie verspürt eine Art Hochgefühl. Vielleicht, weil sie den ganzen Tag Rosé gesüffelt hat. In Paris konnte sie unter dem opaken Himmel nicht weiter sehen als bis zur folgenden Woche. Vielleicht gibt es dort oben eine Art von Geist, sagt ihr Mann. Vielleicht gibt es dort andere Formen des Daseins, des Erfahrens. Vielleicht gibt es dort eine Lösung. Sie gehen, Seite an Seite. Sie inhaliert die reine Luft in tiefen Zügen, wie bei einem Joint. Wieder muss sie an Grichka denken, klar. Und sie denkt an Younès. Ob er dieselben Sterne sieht?

Als sie sich kennenlernten, besaß ihr Mann ein Teleskop. Er wollte Astronom werden. Am Ende hat es nur für ein wenig Astrologie gereicht. Trotzdem erklärt er ihr an diesem Abend: Die Milchstraße sehen wir von der Seite. Eigentlich handelt es sich um eine große Spirale, weil wir aber ganz am Rand stehen, nehmen wir sie als Band wahr. Wir sind also nicht im Zentrum?, fragt Rose, wieder im naiven Tonfall, den sie als Gymnasiastin bei ihren Fragen angeschlagen hatte, als sie diesen großen jungen Mann auf Sinnsuche bewunderte. Wir sind sogar weit abgelegen, erklärt ihr Mann, wir befinden uns auf einem kleinen Planeten an der Peripherie dieser Galaxie.

Rose (es mag am Rosé liegen) bekommt einen Anfall von Platzangst, direkt hier unter den Sternen. Die Gravitation drückt sie fest an die Erdkruste, und sie sieht sich als winziges Wesen im winzigen Dorf eines winzigen Planeten, der sich am Rand der Welt dreht.

Von Paris werden die Außerirdischen doch immerhin gehört haben: Wer kennt nicht wenigstens den Namen Paris? Sie hängt sich an den Arm ihres Mannes, was ihn erstaunt, fehlt nur noch, dass sie gemeinsam auf die Schnauze fallen, mitten auf der Straße, hoffentlich bekommen die Nachbarn das nicht mit. Er weist mit dem Kinn auf ihr Haus, dem einzigen, in dem noch Licht brennt. »Sieh dir diesen weißen Würfel am Ende des Weges an. Diesen einfachen, zufällig aufgekommenen, praktischen Würfel, vor langer Zeit entwickelt, effizienter als Höhlen und Hütten, so wetterfest, dass man getrost darin schlafen kann. Bedenke«, sagt ihr Mann, »dass Schlaf uns zutiefst verletzlich macht und man sich deswegen schützen muss, solange er währt. Wir müssen uns zurückziehen und diesen Rückzug Nacht für Nacht wiederholen, ohne uns ständig zu fragen, wo und wie. Es ist wie mit dem Hunger, der immer wieder zu stillen ist. Selbst der mächtigste Vampir muss bei jeder Erdrotation in seine Gruft zurück. Wir Menschen brauchen ein Bett und eine Tür, die wir hinter uns zumachen können. Ein Heim. Eine Adresse auf diesem Planeten.«

Ist jetzt der Augenblick gekommen, ihm von Younès zu erzählen, was soll sie nur mit Younès machen? »Denk nicht an die Unannehmlichkeiten dieses Umzugs«, fährt ihr Mann fort. »Denk lieber daran, wie seltsam es ist, dass ein Bett und eine Tür, die wir hinter uns zumachen können, so einfache und banale Vorrichtungen sind, während sie uns zugleich erlauben, das Intimste auszuleben, was wir haben, unsere Träume, unsere Nacktheit, unsere Sexualität. Ob allein oder nicht, ob schlafend oder wach, ob wir Alpträume haben, vor uns hingrübeln, vielleicht dem Alltag entfliehen – wir haben diesen Schutzraum.«

Im Rausch wird ihr Mann manchmal geradezu göttlich. Sie wird ihm später von Younès erzählen. Sie hat das komische Gefühl, ihm einen Liebhaber zu verheimlichen. In der milchigen Nacht klingen ihre Schritte wattewcich, die Stille wird von der fernen vierspurigen

Straße und dem Rascheln der Pappeln in nächster Nähe kaum gestört. Tatsächlich herrscht eine solche Lautlosigkeit, dass sie, als sie sich dem Würfel nähern, in dem ihre Kinder schlafen, das Plätschern der Quelle hören, in der alten Leitung, die ihr Großvater gelegt hat.

*

Es ist zwölf Uhr mittags im September, und sie trinkt ihren Kaffee, vom Unkrautzupfen sind ihre Fingernägel schwarz. Es ist zwölf Uhr mittags, und sie betrachtet den Garten durch das Panoramafenster. Gleich packt sie wieder Kartons aus, bald ist es geschafft, bald ist das ganz alltägliche Umzugschaos beseitigt, nachdem sie einen Sommer lang Regale zusammengeschraubt haben, anschließend holt sie Emma von der Schule ab, der neuen Schule, in der dieses junge Leben wieder gedeiht. Gabriel fährt im Schulbus heim, das kennt man in Paris nicht, und nichts deutet darauf hin, dass ihn diese neue Erfahrung begeistert.

Sie macht das Radio an. Hier herrscht eine Stille, an die sie sich nicht erinnerte. Es tut sich nichts. Kein Auto ist unterwegs, kein Fußgänger. Die Pflanzen wachsen. Die Bäume bilden neue Jahresringe aus. Die Eiche wirft nach und nach ihre Eicheln ab. *Pock* auf die Terrasse. Sie fegt den Boden. Ein kleines Touristenflugzeug fliegt libellengleich über die Siedlung hinweg. *Vrrrrrr.* Es steuert die Pyrenäen an, in der Ferne, im Dunst.

Ihr Telefon vibriert, und noch bevor sie einen Blick darauf wirft, noch bevor sie den Vornamen Gabriel auf dem Display sieht, weiß sie, es ist Younès. Sie hat den »Kontakt« immer noch nicht aktualisiert. Seltsam – sie hätte Lust, ihm das alles zu erzählen: den Umzug, das Leben auf dem Land, diese große Umwälzung. Sie betrachtet das Telefon, das auf dem Tisch vibriert wie ein dickes Insekt. Das Radio sagt Unwetter an, Sturmwarnung für den ganzen Süd-Westen, man wird die Fensterläden schließen müssen.

Die Stille stellt sich wieder ein. Rose hat überall ihre Visitenkarte hinterlegt, in den Ärztezentren, bei den Physiotherapeuten, Pflegerinnen, Apotheken; der Hausarzt im Dorf hat sie freundlich empfangen, aber die Leute hier gehen mit der Zeit: Sie fragen nach Coaching, Selbstoptimierung, Diätkuren oder Achtsamkeitskursen. Morgens gibt es den Schulbus, Vogelgesang und die Nachbarn, die zur Arbeit fahren; um 11 Uhr den Briefträger. Um 14 Uhr weiß man schon nicht mehr, wohin mit sich. Lärmende Leere. Ein Abstecher ans Meer würde zu lange dauern, Emmas Unterricht endet um 16:30 Uhr. Im Sommer hat Gabriel sich ständig beschwert, sie wären viel zu selten am Strand, aber da gab es die Bauarbeiten, die Einrichtung der Praxis, außerdem war es für ihren Mann beruflich die Hauptsaison ... Und jetzt sind die Ferien vorbei. Die letzten Kartons. Ach, da sind sie, die Champagnerkelche. In einem Karton für Zerbrechliches. Sie betrachtet die Menge an hohlen, funkelnden, ausladenden Gegenständen. Am liebsten würde sie den Karton zumachen und mit beiden Füßen draufspringen. Aber sie nimmt einen Gegenstand nach dem anderen heraus, wischt ihn ab und räumt ihn in einen der neuen Wandschränke ein, die große Kristallvase, in der ihr Brautstrauß steckte, und dann alle anderen Vasen, die später hinzugekommen sind, Geschenke, Flohmarktfunde, *Impulskäufe*, und die Suppenterrinen ihrer Großmutter, und die Saucenschüsseln, die Butterdosen, die Milchkännchen. Sie werden im Schrank bleiben. Man wird sie nach ihrem Tod finden. Ihre Asche wird man in eine neue, eigens dafür gekaufte Vase stecken.

Sie nimmt all ihren Mut zusammen, um in den Keller hinunterzugehen. Kürzlich glaubte sie, dort ein Murmeln zu hören. Eine aufgescheuchte Kröte jagte ihr einen Riesenschrecken ein. Und dann dieser Karton, vor dem sie immer zurückscheut, voller Babykleidung, diese winzigen Pullis von Emma und Gabriel, die sie weder wegwerfen noch verschenken mag ...

Die Sonne strahlt. Herrliches Spätsommerwetter, pudrig-gelbes Licht und das Laub noch leuchtend grün. Der Südwind sorgt dafür, dass die Welt sich vom flachen Hintergrund des Himmels abhebt. Nie klingelt das Telefon. Die Pariser leben wie gewohnt weiter. Vielleicht gibt es da einen gewissen Groll: Sie hat das Schiff verlassen, die Luftverschmutzung und sogar das Cervix-Programm. Bevor sie ins Auto steigt, wischt sie mit einem Lappen über die Windschutzscheibe, in Paris undenkbar: Der Lappen wird ockerfarben. Ihre Großmutter sagte, das sei Sand aus der Sahara. Auf einmal war die Landschaft exotisch, nomadisch und glutheiß. Sie hatte Lust wegzufahren. Aber sie sind ja schon weg. Es ist vollbracht. Sie sind angekommen.

Im Dorfsupermarkt kauft sie Brot, Käse und Wein und lässt vom GPS berechnen, wie lange sie braucht, um vor Unterrichtsende noch zum Gemüsegroßmarkt zu fahren. Unfassbar, wie günstig frisches Obst und Gemüse hier zu haben sind. Sie wird in Richtung B.-Nord rausfahren, in der Familienkutsche mit Hybridmotor, die sie geleast haben, ohne Zweitwagen geht es nicht, ihr Mann hat sich für ein kleines Elektroauto entschieden. Unterwegs wird ihr bewusst, dass sie wartet.

Natürlich, den ganzen Tag hat sie gewartet. Doch jetzt wartet sie auf ein Gefühl, das sich nicht einstellt. Hier gab es früher einen Wald, gleich hinter der Pyrenäen-Schmiede. Jetzt stehen hier ein GIFI-Discounter, eine Husqvarna-Filiale und eine Renault-Werkstatt, außerdem ein europäischer Verkehrskreisel und Werbetafeln und noch ein Verkehrskreisel und schließlich der Gemüsegroßmarkt. Dahinter kommt schon B.-Nord. Sie hatte Bäume erwartet, aber die sind weg. Jetzt parkt sie erst mal vor dem Großmarkt. Und wen sieht sie da, während er Kisten voller Pflaumen im Sonderangebot entlädt? Raphaël Bidegarray. Ein losgelöster Teil der Vergangenheit, lebendig, aufrecht. Sehr groß. Was ist er seit dem Gymnasium gewachsen. *Dia!*, ruft er. Das *a* weit offen. »Eine

Wiedergängerin!« Er stellt die Kiste ab, richtet sich wieder auf, sie hält sich gerade. Seine sonnengebräunte Haut weist keine Spur von Akne mehr auf, dafür hat er Falten, und die stehen ihm gut. Er zieht ein Päckchen Fortuna aus seiner Schürze und bietet ihr eine an. Er riecht, ganz schlimm, nach diesem billigen Parfum, das er damals schon verwendet hat, und sie könnte, jetzt und hier, ihre Nase an seinen Hals drücken, seine Achsel, seine Brust, aber sie hält die Luft an, um in dieser Reglosigkeit zu verharren, in der nichts zu ihr dringt außer diesen Zeitböen.

Der warme Wind hüllt sie ein und lässt die Taue am Werbemast knattern. Geschickt zündet Raphaël ihre Zigaretten an. Sie nimmt einen Zug, es schmeckt widerlich. Sie lächelt ihn an. Er sagt: »Du bist also zurück.« Ein krächzendes *r* wie damals in ihrer Jugend, dieser Akzent, den sie sich abtrainiert hat und der ihre pariserischen Kinder zum Lachen bringt. Sie plaudern ein Weilchen. Und sie denkt sich, gut gemacht. Gut, dass sie Clèves damals verlassen hat. Gut, dass sie sich für Christian entschieden hat und nicht für Raphaël.

Auf dem Rückweg verfährt sie sich und steuert das Haus an, statt der vierspurigen Straße, die zur Schule führt. Sie wendet an einem der unzähligen Verkehrskreisel. Und landet im Stau. Was hat sie sich bloß dabei gedacht, ihm ihre Handynummer zu geben. Sie haben nur viermal gebumst, und auch nur halb, in diesem fernen prädigitalen Zeitalter, bevor der ganze Planet sich mit Bill Clinton den Kopf darüber zerbrach, ob Blasen und Bumsen das Gleiche sind.

Was für eine Strafe, dieser Stau an einem Dienstag in der Provinz um 16:10 Uhr. Etwa, weil ihr aufgrund einer Abzweigung plötzlich zwanzig Lebensjahre vor Augen standen, die anders hätten verlaufen können? Die Türen des Gemüsegroßmarkts waren ständig auf und zugegangen, Raphaël und sie befanden sich just im Bereich der Lichtschranke. Und sie sah, durch die Türen hindurch, eine Art Straße, von Bäumen gesäumt, die sich um Clèves herumwand, einen spiralförmigen Kreisel, dessen Spitze sich in weißem Lichtnebel verlor und schlimmstenfalls an eine riesige Neonröhre erinnerte, bestenfalls an einen gewaltigen Orgasmus, denkt sie jetzt, schaltet in den zweiten Gang und dann gleich wieder runter, es geht einfach nicht vorwärts. In Papua hat es ein Erdbeben gegeben. In Stockholm wurde ein russischer Oppositioneller ermordet. Moderne Stadtmenschen sind zunehmend multimodal unterwegs, der E-Tretroller ist schon nicht mehr zeitgemäß. Sie wechselt von einem Sender zum nächsten, baskische Rockbands und spanisches Radio, FIP findet sie nicht. Sie kommt verspätet an, die Schulleiterin rät ihr, an der Mühle von Xurumuxu links abzubiegen und die Decathlon-Filiale von hinten zu umfahren, um diese Zeit fließt der Verkehr dort am besten. In zwei Jahren soll es die erste Tram-Bus-Linie geben, in Clèves ist aber nur eine Haltestelle geplant, am hinteren Ende des Dorfes, man wird also mit dem Auto hinfahren müssen.

*

Der RER B ist explodiert, der Zähler springt in den dreistelligen Bereich, mehr als hundert Tote und die Zahl wächst, Stoßzeit, ob Selbstmordattentat oder als Paket getarnter Sprengstoff ist bisher noch nicht geklärt. Emma meckert, ihr Kakao ist zu heiß, Rose fährt ihr über den Mund, weil sie zuhören will, oder besser nicht, sie macht das Radio aus, damit die Kleine es nicht mitbekommt. Sie legt das Telefon nicht aus der Hand, Gabriel beugt sich über seins, er ist auch schon alt genug, um die Namen durchzugehen, die Namen derjenigen, die an diesem späten Nachmittag mit dem RER B zwischen Bourg-La-Reine und Antony hätten unterwegs sein können. Rose ist als erstes der Name ihres Mannes eingefallen. Er hatte oft in dieser Gegend zu tun, Hochburg der Mittelschicht im steten Wandel, *constant turnover* – sie hat ihn angerufen, um seine Stimme zu hören, um sich zu vergewissern, dass er lebt, wie Emma und Gabriel, sie leben. Er ist gerade in B.-Süd, eine Villa mit Aussicht. Ja, er hat die Nachrichten gehört. Er sagt: »Ein Glück, dass wir umgezogen sind.«

Nein. Sie wäre lieber dort. Sie wäre lieber in Paris. Sie scrollt sich auf ihrem Telefon durch den Live-Ticker. Sie denkt an den Vater von Bilal, der mit dem RER B eine lange Strecke zurücklegte und immer pünktlich war. Sie versucht, sich an jede Adresse zu erinnern, und inwiefern sie mit dieser Linie verbunden ist. Natürlich wird es auch in der Provinz wieder Anschläge geben, nicht in Clèves, auf ihrem Sträßchen, aber bestimmt in der Provinz, doch jetzt ist es wieder einmal Paris. Paris, das in ihrer Brust schlägt. Paris, das aus ihr eine Pariserin gemacht hat. Sie ringt sich dazu durch, dem Vater von Bilal eine SMS zu schicken. Wo sie schon dabei ist, erkundigt sie sich auch nach seinem Kind. Geliebtes, liebendes, verwundetes Paris. Verraten und verlassen: Sie müsste dort sein, um zu helfen, um Blut zu spenden, um sich einem Team von Kampfpsychologen anzuschließen. Mama, sagt Emma. Mein Kakao ist zu heiß.

Am Spülbecken lässt sie kaltes Wasser über ihre glühenden Wangen laufen. Der Abend verläuft so wie der Abend eines Anschlags. Sie kommt sich weit weg vor, so weit weg im tiefen Winkel der Biskaya. Der nächste Tag wird auf Facebook verbracht und vor einem Nachrichtensender in Dauerschleife, drei, vier wiederkehrende Bilder, ein zertrümmerter Zug, eine Leiche unter einer Goldfoliendecke, heldenhafte Bullen und eine Passantin, die weise Worte von sich gibt; und ihre eigene Ohnmacht. Sie räumt auf, putzt ihre verdammte Villa – hätte arbeiten, zuhören, sich um die Hinterbliebenen kümmern, das reparieren sollen, was noch zu reparieren war. Hinter den Bäumen, die mächtig gewachsen sind, erblickt Rose das Haus der Eltern von Solange; in ihrer Kindheit bauten sie

Dämme im Bach, später hielten sie sich lieber im Arbeitszimmer des Vaters auf, um alles Mögliche auf Minitel einzugeben. Da fragt sich Rose, die, von ihrem etwas altmodischen Vornamen abgesehen, nichts Nostalgisches an sich hat, zum allerersten Mal, ob früher nicht alles besser war.

*

Sie geht in die Vereinsbücherei, um diese Zeit sind dort nur ein paar Rentner und Hausfrauen und Nathalie, die ehrenamtliche Helferin, eine Freundin aus der Gymnasialzeit. Die Menschen hier haben sich verändert. Sie sind weniger maulfaul, weniger rustikal. Die Kleidung, die Autos. Es fällt ihr nicht so leicht, sich anzupassen. Sich zu integrieren, obwohl sie doch hier geboren ist. Nehmen wir Nathalie, die in Bordeaux Physiotherapie studiert hat und danach ins Dorf zurückgekehrt ist, schick, schlank, sportlich, unternimmt Traumreisen, Vietnam, Laos, Malaysia, und packt noch ein paar Stunden Kulturprogramm für unsere älteren Mitbürger obendrauf. Die älteren Mitbürger, ebenfalls schick und sportlich, reden vor allem über lokale Angelegenheiten, zeigen aber viel Mitgefühl für die Menschen in Paris: die Anschläge, die Hektik, die Metro. Rose staunt darüber, dass immer noch vom *Dorf* die Rede ist, obwohl es mittlerweile gut 3000 Einwohner zählt und weder Kühe noch Maisfelder mehr hat. Und sie verkneift sich die Bemerkung, dass ihr gerade die Metro fehlt. So schnell, so effizient. Dazu die unglaubliche Vielfalt in dieser Stadt. »Wo sind die Schwarzen?«, wollte Emma wissen, werden sie zurückkommen, wird die Welt wieder normal werden. Durch das Panoramafenster fällt Sonnenlicht schrägt auf die Bücherregale. Rose fühlt diese Beklemmung in der Brust, diese Leere, fast schon Panik. Sie möchte sich ja für Nathalies Vereinstätigkeit interessieren, sie möchte in die Steckdose von Clèves hineinfassen und sich zugehörig fühlen. Doch das

Einzige, was sie wiedererkennt, mit derselben Wucht, die sie als Kind erfahren hat, ist das ursprüngliche Gefühl: Man muss hier weg. Man muss weg aus dem Dorf und sich von der Welt mitreißen lassen. Weit, weit weg.

Zunächst muss Emma von der Schule abgeholt werden. Das Wetter ist dystopisch. Zu Winterbeginn noch so warm, dass man sich im Spätsommer wähnen könnte, klebten da nicht ein paar letzte rostrote Blätter wie verstrahlt an den Bäumen. Sie hat eine Viertelstelle am MPPZ von C.-West ergattert, zwei Vormittage im Wettstreit mit jeweils zwei Stunden Fahrt. Es ist 16:11 Uhr, Gabriel telefoniert auf dem Beifahrersitz, sein noch kindliches Gesicht bebt, obwohl sie am Steuer sitzt, streckt sie die Hand aus, fällt der Schulbus etwa aus? Es ist Younès.

Sie sagt »ja, ja«. Wie sie es bei ihrem Sohn täte. Sie würde das Telefon gern aus dem Fenster werfen, so dämlich stellt sie sich an, aber sie sagt ja, ja. Sie würde sich gern entschuldigen, wegen der Gare de Lyon, aber wie soll sie es ihm erklären, er lässt sie gar nicht zu Wort kommen, sie fährt an den Rand, um ihn besser zu hören, sie sagt, »warte ... warte«. Er redet schnell, mit rollendem *r*, das hatte sie vergessen. Er ist es, er ist in Not, auf das Wesentliche reduziert. Er redet und sie hört zu, sie versteht nicht alles, aber es ist, als kennten sie sich schon lange, seit dem tropfenden Saal, den lebenden Körpern unter Goldfoliendecken und den toten. Er erzählt ihr von seinen Beinen. Er sei gestürzt. Dann bricht die Verbindung ab, und als es wieder klingelt, ist es ein Videoanruf, das ist sie nicht gewohnt, er zeigt ihr seine beiden entsetzlich geschwollenen Fußgelenke. Hinter ihm regnet es auf dem Display, er steht nur halb geschützt unter einer Plane, Gabriels Parka ist klitschnass. Sie fragt ihn, wo er sei, wo. Er nennt einen sehr langen Namen, sie versteht nicht, sie rät nur. »Calais?« Eine Gestalt schiebt sich ins Bild, jemand, der älter ist als Younès, und wiederholt den Namen, ein höllischer Name, schlimmer als Goyenetche,

Dietotaltankstelleimgewerbegebiet, er sagt ihn noch einmal, sie versteht, die Total-Tankstelle im Gewerbegebiet. In Calais. Sie erklären ihr, wie sie hinkommt, Rose wühlt in ihrer Tasche nach Stift und Papier, weil sie nicht in der Lage ist, zu telefonieren und dabei ins Telefon zu tippen. Die beiden reden jetzt gleichzeitig, sie hebt die Hand, stopp, stopp. Younès hat die Augen geschlossen, als wollte er sich zwischen zwei Sätzen und den Schmerzen kurz ausruhen. Sie fragt ihn, ob er ins Krankenhaus gegangen sei. Younès. Er öffnet die Augen und sagt, dass er müde sei, früher habe er sich den Arm gebrochen, jetzt die Beine, das sei nicht gut. Sie versteht. Dieser Junge fällt auseinander. Er fügt etwas hinzu, sie sagt, »rühr dich nicht vom Fleck«, als wollte er weglaufen, das wird allmählich zur Manie. Sie kommt. Sie macht sich auf den Weg, sie kommt, sie kommt ihn holen, er soll sein Telefon immer bei sich haben.

Sie startet wieder den Motor. Denkt daran zu atmen. Sie hat den Impuls, gleich hinzufahren, aber vorher wird sie Emma von der Schule abholen, das Essen zubereiten, ihrem Mann Bescheid geben, ihrem einzigen Patienten für morgen absagen und sich bei Tagesanbruch auf den Weg machen. Das eben Erlebte steht ihr immer wieder als eine Art Flashback vor Augen. Immer wieder sieht sie das helle kleine Display mit dem Gesicht von Younès und diesem anderen Mann, verregnet und eingerahmt; das dreiköpfige Gespräch; und das alles im Innenraum ihres Autos. Man steckte schon tief drin im dritten Jahrtausend, das sie als Kind zum Träumen brachte. Doch in keinem Traum, keinem einzigen, sprach sie mit einem Jungen im Alter ihres Sohnes, der aus Niger ausgewandert und in einem provisorischen Zeltlager verunglückt war, auf einem tragbaren Bildschirm, der auch als Telefon diente, das Ganze in einem Hybridauto.

*

Sie hat sich den Wetterbericht für Nordfrankreich angesehen, dort ist es fünfzehn Grad kälter. Sie packt einige Pullis ein und ihre warme Jacke, und auch ein paar von Gabriels abgelegten Klamotten, schlüpft in ihre Slim-Jeans, die sie in Paris als ihr »battle dress« bezeichnete, ihre Kampfjeans, die sie in jener Nacht während der Kreuzfahrt getragen hatte – nur dass die Jeans geschrumpft ist. Nein. O Graus. Sie hat zugenommen. Weil sie keinen Schritt mehr zu Fuß macht. Da ist man auf dem Land, aber immer nur im Auto – sie muss unbedingt abnehmen, wenn sie jemals wieder nach Paris will.

Per Satellit hat sie die Total-Tankstelle im Gewerbegebiet von Calais gesucht: beim zweiten Verkehrskreisel nach der Autobahnausfahrt, am Ende der Avenue du Commandant-Cousteau. Hat »Dschungel« als Suchwort eingegeben, ein paar Artikel gelesen. Der einst größte Slum Europas besteht nur noch, vom Himmel aus gesehen, aus einem gelb-grünen Rechteck: Heideland, umrandet von einer Siedlung, einem Bauernhof, mehreren Fabriken, einer Kiesgrube, einem Reitclub, einer deutschen Flugabwehrkanone. Das Meer ist aber da, die Ferries, der Zugang zum Tunnel durch den Ärmelkanal. England – sie zoomt raus – ist da, zum Greifen nah. 34 Kilometer. Wie kann man nur bei dieser geographischen Lage. Sie zoomt weiter raus, die Krümmung der Erde wölbt sich, ihr Grün, ihr Blau, ihr Weiß, Wolken über Gibraltar, ihr Gelb, die Sahara, und da ist Niger. Die Strecke Niamey-Calais ergibt eine perfekte Vertikale – einen Meridianstrich. »6000 Kilometer, 87 Autostunden«, das scheint recht optimistisch, oder »974 Stunden zu Fuß«. »Auf dieser Route gibt es eine Fährstrecke. Auf dieser Route fallen Mautgebühren an. In dieser Route sind Privatwege oder Umweltzonen enthalten. Diese Strecke führt durch mehrere Länder. *Your destination is in a different time zone.*« Die Fußgängerstrecke wird gestrichelt markiert, von Oase zu Oase. Die Striche verschwinden zwischendurch. Das ist lustig. Nein, das ist nicht lustig. Sie zoomt erneut auf den Meeresarm zwischen Frankreich und England. Macht die Kontrollstellen ausfindig, wo Wärmebildkameras und CO_2-Detektoren eingesetzt werden sowie Spiegel, um die Lastwagen von allen Seiten zu prüfen. Auf dem Bild wirken die Lastwagen wie Legosteine. Dank des Onlinedienstes *Street View* sind entlang der Straßen im Gewerbegebiet die Migranten zu sehen, zwar verpixelt, aber durchaus erkennbar, mit ihren Kapuzenanoraks, stehend, sitzend oder gehend, und man sieht auch die Bullen. Sie erfährt, dass man die Straße von Calais im Neolithikum zu Fuß passieren konnte. Der Meeresspiegel war sehr niedrig. Bei Wikipedia liest sie, dass eine neu aufgetauchte Landmasse, die man sehr viel später Doggerland nannte, England mit dem Kontinent verband. Fischkutter schleppten aus dem Meeresgrund Knochen großer Landtiere wie Mammuts und Höhlenlöwen an. Vor der Küste von Norfolk gibt es einen versunkenen Wald. Sie malt sich die Bäume in der Tiefe aus. Ihre uralten Stämme. Den Wald durchqueren Wanderer in Taucheranzügen, mit Bleisohlen an den Füßen und Luftblasen um den Kopf.

*

Ihr Mann war bei der zweiten Flasche angelangt, er nahm immer wieder das Wort Legalität in den Mund. Führte sämtliche Geschichten von Leuten an, die helfen und eventuell Schleuser sind oder – er hob sein Glas als Zeichen des Friedens – die als Schleuser *gelten*. Ob ihr eigentlich klar sei, wie riskant das ist, mit einem Nigerier ohne Aufenthaltspapiere durch Frankreich zu reisen? Einem Nigrer, korrigierte sie. Ob Nigerier oder Nigrer, wollte sie ihn vielleicht in den Kofferraum packen? Ich werde doch keine Grenzen passieren, argumentierte sie. Man müsse es auf legale Weise tun, legale Weise, für Rose hörte sich das allmählich an wie egale Weise, sie war ja bereit, egal was zu tun, um Younès zu helfen und zu reparieren, genau, um seinen jungen, gebrochenen Körper reparieren und die Vergangenheit, alles Vergangene. Sie will ihrem Mann nicht vom Debakel in der Gare de Lyon erzählen, und auch nicht von den Anrufen, die sie nicht entgegengenommen hat. Er trinkt die zweite Flasche aus und redet über Gabriel und Emma – und ihn würden wir auch in die Schule schicken? Für diesen Typen willst du ganz Frankreich durchqueren? Sie ist so freundlich und bringt ihm seine dritte Flasche. Er schläft auf der Stelle ein. Sie muss auch dringend schlafen, bevor sie sich morgen auf den Weg macht.

Das Haus dreht sich um sie herum, die Renovierungsarbeiten sind beendet. Dreht sich langsam mit der noch schwärzeren Masse der Bäume in der leeren Nacht. Ob ein unbekanntes Flugobjekt mit irrwitzigem Licht und Lärm landet oder in blasierter Stille spielt keine Rolle, ein Ereignis bleibt ... Sie betrachtet ihren dösenden Mann, seine vom Alkohol verdeckte Schlaflosigkeit. Mit zwanzig hätte sie das nicht ausgehalten. Mit dreißig auch nicht, mit vierzig wollte sie alles hinter sich lassen, jetzt ist sie fünfundvierzig und hat Paris hinter sich gelassen und das ist ihr Leben.

Manchmal findet sie ihn schlafend auf dem Klo, dann zieht sie ihn aus und steckt ihn ins Bett. Manchmal wacht er halb auf und legt sich auf, dann entsteht eine Art Minimalkontakt in der Ehenacht. Sie ist so nett, ihn gewähren zu lassen, und vielleicht ist es seinerseits auch eine Nettigkeit.

*

Um von Clèves nach Calais zu gelangen, verlässt sie die D11 Richtung Rivière-Saas-et-Gourby und wechselt in Viodos-Abense-de-Bas auf die D112. Beim Verkehrskreisel fährt sie geradeaus weiter auf die D33. Auf ihrem Navi hat sie eine männliche Stimme gewählt, um sich leiten zu lassen, als könnte sie das beruhigen. Die Straße führt am Fluß entlang, vorbei an Arrast-Larrebieu und

Guinarthe-Parenties. Die Landschaft bewegt sich wie eine verpixelte Karte. Sie folgt den Anweisungen Etappe für Etappe, aus Angst, sich schon so früh und so fern vom Ziel zu verfahren; an den Verkehrskreiseln vor Dax geht es Richtung C.-West und endlich auf die Autobahn und auf der Autobahn fährt es sich besser. Es wird hell. Sie kann den Tempomaten einschalten und das Navi ausmachen und einen Blick auf die Landschaft werfen und Blondie hören. Das erinnert sie an Zeiten, als alles einfach war. *Call me, I'll arrive, you can call me any day or night*, sie schlägt im Takt gegen den Lenker. Sie versucht, sich auf das zu besinnen, was sie gerade tut.

Hinter Onesse-Laharie ist der ganze Wald verwüstet. Ein riesiges Feld gefällter Bäume. Ein bisschen Heidekraut und viel Totholz. Es heißt, die Gegend sei von Borkenkäfern befallen, die sich tatsächlich von Totholz ernähren. Junge Kiefern, die von einem Orkan umgemäht wurden. Der dritte Sturm hat das Zerstörungswerk der ersten beiden vollendet. Der Horizont ist überall. Wie in der Tundra. Danach gigantische Maisfelder und diese großen, skelettartigen Beregnungsmaschinen, die wie Dinosaurier mit gestreckten Gliedmaßen aussehen. Es nieselte. Die Autobahn führte an einem einsamen Gasthof vorbei, eine Art Kurhotel im Wald, davor standen aber Lastwagen, vielleicht war es ein Bordell. Was die Scheibenwischer betraf, schwankte Rose zwischen längeren und kürzeren Intervallen, wechselte hin und her, hörte France Inter, nahm bei jedem Schild, das vor Wildwechsel warnte, den Fuß vom Gas. Es gibt also noch Wild. Bordeaux rückte näher, dem Geruch nach: Die Papierbreifabrik lief auf Hochtouren, das viele Holz. Zäune kamen in Sicht, in den Gärten tauchten kleine, niedrige Häuser auf. Und Wäsche, die trotz Regen draußen hing. Rose empfand Sympathie für die Frau (den Mann?), die ihre Wäsche der Witterung aussetzte. Sympathie für diejenigen, die sich seltsam verhalten, die sich nicht so recht in die Gegebenheiten fügen und stur ihren Weg gehen. Reiß dich zusammen. Die forcierte Munterkeit von France Inter steckte sie an. Ihr Hybridauto würde die Strecke mit einer einzigen Tankfüllung zurücklegen. Sie hatte Wasser dabei und Buchweizenkekse.

Auf dem Pont d'Aquitaine hatte sie das Gefühl, in den Himmel zu stürzen. Die Brücke wurde höher und höher ... und das Auto glitt ins Graue. Hinter Beauvoir-sur-Niort hielt sie auf einem Rastplatz an. Sie rief ihren Mann an. Mailbox. Sie schloss die Augen und flüchtete für ein paar Minuten in eine Welt, in der sie keine Kinder hatte. Ihre Flucht war sehr fordernd und hielt sie auf Trab, ihre Pläne wurden ständig konterkariert, ihre Vorhaben zunichte gemacht, es gab Hirsche und Hinterhalte, und ihr war etwas so Schauerliches auf den Fersen, dass sie nicht wagte, sich umzudrehen. Sie gelangte von einem Level zum nächsten, wie in einem Computerspiel, in dem sie als Figur mitwirkte, nicht als Spielerin. Die Kinder verschmolzen zu einem einzigen Kind, an dem ihre Arme schwer zu tragen hatten und das sie schon lange nicht mehr hatte nähren können. Sie wurde langsamer, immer langsamer, konnte die Füße nicht mehr heben, der Boden war matschig und trügerisch, jeder Schritt wog eine Tonne.

Als sie die Augen öffnete, kam ihr der Rastplatz vor wie ein ungeheuer sicherer Ort. Sie hatte eine gute Stunde geschlafen. Sie löste den Sicherheitsgurt und warf die Kartonverpackung der Bio-Buchweizenkekse in die Papiertonne. In den Waschräumen lief das Autobahnradio. Keine besonderen Vorkommnisse, keine Behinderungen, Bahn frei.

*

Der Tempomat exakt auf 127 km/h eingestellt, das Navi aus, weiches Licht, trockener Asphalt, Weinbaulandschaft, kaum Lastwagen, die sie mit großer Vorausschau überholte, während das Auto sich so geschmeidig bewegte wie ein Schiffshalter, Leitplanken, das weiße

Band der Mittellinien – hinter Azay-le-Brûlé ein Schild, das die Stadt Soudan anzeigte, komisch, aber kein Schild für Niger oder Tschad oder Nigeria. Auf Sainte-Catherine-de-Fierbois folgte Montbazon. Später erreichte sie Tours und überquerte eine Brücke über die Loire. Die Sandbänke im Fluss bildeten umgekehrte Oasen. Flüchtig dachte sie daran, mit Younès eine Besichtigungstour durch die Schlösser zu unternehmen, nein, zuerst musste er versorgt werden. Im Kopf zählte sie die Flüsse, die sie mit eigenen Augen gesehen hatte, den Adour natürlich, die Garonne (mit der Gironde, waren es also schon drei?), die Seine, klar, die Rhône immerhin, den Rhein wohl eher nicht. Die Themse, bei einer Klassenfahrt. Sie suchte nach anderen Erinnerungen, die sie zählen und einordnen könnte. Ihre Aufmerksamkeit ließ nach. Am Ende der Autobahn tat sich ein schattenschwarzer See auf. Eine Fata Morgana. Reiß dich zusammen. Ihre Liebhaber waren schnell gezählt. Solange konnte da lange Listen erstellen, sie nicht. Gab es in Los Angeles einen Fluss? Wie spät war es in Los Angeles? Rose hatte das vage Bedürfnis, sie anzurufen, ihr zu erzählen, was – was? Dass sie unterwegs war, um einen Jungen zu holen, über den sie nicht das Geringste wusste und der schwer verletzt unter einer Plane in Calais lag? Solange würde sich gleich eine Liebesgeschichte ausmalen, noch dazu eine ethnienübergreifende, sie wäre hin und weg, oder sie würde an eine rührselige Adoptionsgeschichte frei nach Angelina Jolie denken. Wo war die Abzweigung? Sie hatte die Richtung Chartres-Paris eingeschlagen anstelle von Le Mans-Rouen. Was soll's. Es lief auf die gleiche Kilometerzahl hinaus. Trotz der Müdigkeit fühlte sie sich gewappnet. Das Ziel stand fest. Ihr Leben lief nebenher, an zweiter Stelle. In der Beauce legte sie wieder ein Nickerchen ein. Die Autobahn fraß sich mitten durch gepflügte Felder. Alles war groß, leer und flach, die Hauptstadt dahinter schien alles Leben anzusaugen, und da tauchten unter dem vertrauten rötlichen Himmel schon die ersten Hochhausblöcke der Banlieu auf, bald wäre das alles beherrschende Zentrum erreicht: Paris. Der Eiffelturm und die Tour Montparnasse und das Pantheon und die Butte Montmartre, die vier Kardinalpunkte ihrer persönlichen Geografie, waren unversehrt. Paris existierte also auch ohne sie. Paris war da. Es war 16:16 Uhr und man kam ganz gut voran. Du wirst nicht wie ein Pferd in den Stall zurückkehren. Du wirst nicht das alte Zuhause ansteuern. Du fährst jetzt gen Norden. Sie glitt in den Tunnel. Eine gigantische Welle der Zuneigung, die man wohl Nostalgie nennt, überrollte sie wie ein Bus. Zuneigung für die Stadt und für sich selbst als Teil der Stadt, diese Osmose, ja, sie so klein und überangepasst in der großen, wohlwollenden Stadt, diese Fähigkeit, sich als kleiner Körper im großen Körper zu bewähren.

Und während sie von Stadttor zu Stadttor vorrückte, Vitry, Bercy, Vincennes, Montreuil, von Schwelle zu Schwelle, hörte sie nicht auf, Paris zu verlassen. Sie sah sich dort, hier, zu Hause, in ihrem Haus – in Paris bezeichnet man seine Wohnung als Haus – die Treppen hinunterflitzen, weil kein Aufzug kam, den Verpackungsmüll in der gelben Tonne entsorgen, über den Rinnstein springen, dem fliegenden Händler aus Sri Lanka zuwinken, der hier seit Jahren unerlaubt seine Ware feilbot, die Straße abseits der Zebrastreifen überqueren, um den Bus noch zu erwischen, Zeitung lesen auf ihrem Telefon, eingezwängt zwischen dem Einkaufswagen einer Greisin mit lila Haaren und dem Kinderwagen einer blutjungen, Boubou tragenden Mutter, im trägen Tempo des Busses zu ihren Patienten eilen, zu Grichka und Bilal und allen anderen. Aber sie steckte in ihrem Auto mit der Départementnummer 64, während ein Stück ihrer selbst in Paris verblieben war. Hätte sie zurückkehren, ihr altes Leben wiederaufnehmen wollen, jetzt lebten Fremde in der Wohnung, deren Gespenst sie geworden war.

*

Über das Gewerbegebiet von Calais war die Nacht hereingebrochen. Die Picardie hatte nur noch aus dem dunklen, von Scheinwerfern durchsetzten Halbrund bestanden, den die Scheibenwischer freigaben. Sie fuhr am falschen Verkehrskreisel raus und ließ sich vom Navi durch die lange Rue Yervant-Toumaniantz leiten, danach stieß sie wieder auf eine Reihe von Kreiseln, in einer Landschaft, die weder gestaltet noch gestaltbar war und aus der Kräne, Silos, Lagerhallen, Lastwagen, Bullenwannen und Zäune aufragten: viele blendend weiße Absperrungen unter Laternen mit gleißend hellem Licht. Auf einmal wurde nicht mehr die Straße beleuchtet, sondern deren Ränder, Felder oder Brachen jenseits der Absperrungen. Sie fuhr langsamer, fast schon im Schritttempo. Die Landschaft ließ sich nicht mehr begreifen. Die blendend weißen Absperrungen zerteilten die Flächen von allen Seiten, erst eine Reihe, dann eine zweite, dritte, vierte, als bewachten die einen Absperrungen die anderen und dienten nur dazu, sich gegenseitig einzuschließen; mal höher, mal niedriger, gewellt oder glatt, manche von Stacheldraht gekrönt, andere nicht; aus ihrer Perspektive ergab sich ein Raster, ein Muster, Zeichen, Motive, Girlanden, die neue Klöppelspitze von Calais.

Da vorne zeichneten sich die Umrisse von Younès ab, überaus sichtbar. Es war aber nicht Younès. Er ging. Er rührte sich nicht, sitzend oder stehend. Er suchte Schutz unter Fußgängerbrücken, in Gesellschaft anderer Younès'. Er trug einen Anorak mit hochgezogener Kapuze, zog die Schultern zusammen, wegen der Kälte. Er war jung und schlank. Er trat auf einer großen, beleuchteten Verkehrsinsel gegen einen Ball. Er dribbelte, er kickte, er rauchte ohne Unterlass, er rannte dem Ball nach, ein Lastwagen bremste abrupt, als Younès ihm vor die Scheinwerfer lief.

Das Leuchtschild von Total, eine Art französische Fahne, aber spiralförmig, in Blau, Weiß, Rot – und auch Orange, wie sie bemerkte, seit wann Orange, die Total-Tankstelle am Dorfausgang war früher blau-weiß-rot, genau wie die erste Carrefour-Filiale, die dort eröffnet wurde –, egal, sie ist unter dem Schild von Total mit ihm verabredet. Zur Tankstelle gehört auch eine Cafeteria namens La Croissanterie, deren Logo aus den stilisierten Umrissen eines Pin-up-Girls mit dampfender Kaffeetasse in der Hand besteht. In Weiß vor orangefarbenem Hintergrund. Die Nacht lässt an Beleuchtung tatsächlich nicht zu wünschen übrig. Sie parkt dort, ihr Auto ist das einzige. Sie verschickt eine SMS: Sie sei da. Besinnt sich eines Besseren und verschickt eine weitere: Sie sei in einem Hybridauto mit der Kennnummer 64 und einem kleinen baskischen Aufkleber. Sie ergänzt: grün, rot und weiß. Sie schickt auch eine SMS an ihren Mann: Alles in Ordnung.

Ihr Auto ist das einzige, denn sonst gibt es nur die Einsatzwagen der Bullen und Lastwagen. Drei Einsatzwagen: einer steht direkt im Licht, in der Nähe ihres Autos, ob das ein Problem ist? Die beiden anderen stehen weiter hinten im Schatten. Die Lastwagen, gut fünfzig an der Zahl, sind parallel aufgereiht, sie besetzen sämtliche Parkplätze und auch die meisten der wenigen Stellplätze, die für Autos bestimmt sind. Kein einziger Lkw-Fahrer zu sehen, seltsam, ob sie in ihren Kabinen liegen? In der Croissanterie sind ein paar Leute. Die Hecktüren mancher Lkw-Anhänger sind sperrangelweit offen. Drinnen ist es leer, eckig, schwarz.

Rose hält Ausschau, späht durch die Scheiben und auf ihr Telefon. Die Zeit schlägt. Das Satellitenbild, in das sie immer wieder rein- und rauszoomt ist bestimmt schon veraltet, denn die Absperrungen, diese feinen weißen Striche, sind dort nicht so zahlreich wie jetzt. Sie scheinen aus einem Wurzelgeflecht hervorzuwuchern, das weiter hinten im Tunnel entspringt und dessen Stränge sich bis zum Fährhafen ausbreiten. An der Total-Tankstelle laufen all diese Stränge zusammen, was sinnlos scheint, es sei denn, man führt sich vor Augen, dass die Tankstelle in Wahrheit die letzte Möglichkeit darstellt, nach England zu gelangen: die letzte frei zugängliche Zone, die letzte Bresche, ein öffentlicher Bereich, wo die Lastwagen vor dem Grenzübergang verweilen. Auch das Meer ist da, unsichtbar, von den Dünen verdeckt. Das Meer, das es zu überqueren, das Meer, das als unüberwindlich gilt. Die kleine Total-Tankstelle des Gewerbegebiets von Calais ist somit einer der am stärksten bewachten Orte des Planeten, als wollte man ausgerechnet sie vor einer Invasion schützen.

Younès rauchte unter dem Vordach der Croissanterie. Keinesfalls Younès: untersetzter, wenngleich kaum älter, er drückte seine Zigarette im bereitgestellten Aschenbecher aus und eilte auf die Toiletten zu. Ein Polizist in Robocop-Montur trat heraus und hielt ihm die Tür auf, eilte dann seinerseits zum blau-weiß-roten Einsatzwagen, der wenige Meter entfernt stand.

Dann ereignete sich etwas Unbegreifliches. Eine Bewegung. Ein Schlittern. Eine Gruppe von Gestalten in Kapuzen trat aus dem Schatten hervor, ungefähr dreißig Meter von den Bullen entfernt. Trat aus dem Dickicht am Rand der Tankstelle hervor. Bewegte sich zunächst langsam, verharrte so lange wie möglich im Schatten, verteilte sich dann wie Quecksilber und rannte los. Die Bullen rannten ebenfalls los. Beide Gruppen trafen hinter den Lastwagen zusammen. Lautlos. Keuchen. Hastige Schritte. Das Klirren von Metall. Das Scheuern von Stoff. Die kastenförmigen Schatten der Bullen unterschieden sich deutlich von den verstohlenen Schatten. Dumpfe Stöße, Hecheln, Gerenne, dann wieder Stille.

Was trieb er denn, Younès, ihr Younès?

Sie bemühte sich zu sehen, durch die Nacht zu stechen wie eine Katze. Zwischen den Laternen fielen lange Schattenkegel. Auch zwischen den Lastwagen hob die Nacht lange Gräben aus, alle parallel und gleich breit. Es sah aus wie weitere Lastwagen als Negative, säuberlich aufgereiht, die schwarze Materie des Landtransports.

Dann ging es wieder los. Am hinteren Ende des Parkplatzes hatten sich an der Rückseite eines Sattelschleppers etliche Leute versammelt und nestelten an der Tür herum – die Lastwagen mit den sperrangelweit offenen Türen vermittelten also eine klare Botschaft: nicht bei mir, bin gerade aus England zurück, ich bin durch, ich bin leer, ich fahre in die umgekehrte Richtung. Die Schatten arbeiteten sich an einer verschlossenen Tür ab, und die gepanzerten Schatten der Bullen stürmten heran, Verfolgungsjagd, Katz und Maus, Cowboys und Indianer, Rückkehr ins Dickicht. Die Bilder, die ihr in den Sinn kamen, waren kindisch, aber hier war alles kindisch, ohne den Zauber von Kinderspielen. Es war kein Spiel, wenn die Grenze bei Nacht, im Dunkel tappend, Klick Klack machte. Das Geräusch der Grenze.

Hinter ihrer Windschutzscheibe schaute Rose zu. Die Total-Tankstelle vibrierte in dieser unmöglichen Landschaft wie eine weitere Internationale Raumstation. Sie war deren Entwurf oder deren Weiterentwicklung. Bald würde sie abheben. Diesen absurden Boden verlassen. Oder sie würde sich in einen Geheimgang verwandeln, in ein Schlupfloch, in einen kosmischen Strudel, indem sie sich immer tiefer in die Erde oder in den Himmel hineinbohrte.

Ein paar Leute hatten sich wieder in Bewegung gesetzt, und die Bullen verstellten ihnen den Weg. Das Hin und Her ging weiter. Sie warf einen Blick auf ihr Telefon. 19:19 Uhr. Nichts. Eine Nachricht von ihrem Mann, »sei vorsichtig, ich liebe dich«. Was, wenn Younès sich nicht meldete? Wenn er niemals hier einträfe? Wie sollte sie ihn finden, in diesem heillosen Durcheinander? Sie würde irgendwo essen gehen und sich dann ins Bett legen. Sie war müde. Sie würde sich ein Hotel gönnen und ein paar Tage bleiben. In Calais-Stadt, im Bürger-Calais. Würde die Sehenswürdigkeiten erkunden. Das Klöppelspitze-Museum. Würde Austern essen mit Blick auf diese ihr bisher unbekannte See, die Nordsee. Würde das Ganze hier vergessen. Es gibt Frauen, die einfach verschwinden. Das kommt bei Frauen sogar ziemlich oft vor. Ohne Vorwarnung lassen sie alles stehen und liegen, von einem Tag auf den anderen, nehmen das Auto und ihr Sparbuch und schlüpfen in ein neues Leben, in einem Hotel mit Blick auf die See.

Der Bulle von vorhin, derjenige, der so höflich die Tür aufgehalten hatte, starrte sie an. Dann würde sie eben tanken. Als eine Art Alibi. Obwohl ihr Tank noch zu gut einem Viertel gefüllt war. Der Blick des Bullen haftet an ihrem Nacken. Das fühlt sich schmerzhaft an. So wird das Tanken noch zu einem Akt des Widerstands. Sie führt alles methodisch aus, ich stecke die Karte rein, ich gebe meine PIN ein, es ist ein Hybridmotor, ich nehme bleifrei, dann rüttelt sie am Schlauch, um keinen Tropfen zu verschwenden, so wie ihr Mann es ihr gezeigt hat und wie die kleinen Jungen es mit ihrem Pimmel machen. Plötzlich fällt ihr ein, dass sie die einzige Frau hier ist, neben der Kassiererin in der Croissanterie.

Sie setzt sich wieder in die Wärme ihres Autos, wobei Wärme relativ ist, aber sie wird den Motor nicht einschalten, sie ist bereits mehr als genug aufgefallen. Goldenes Licht fällt auf die nachdenkliche Stirn der Kassiererin. Eine flämisch-blonde Erscheinung im Schaufenster. Eingerahmt vom Tresen und von den Verkaufsständern, über ihre Kasse gebeugt, hat sie die konzentrierte, fast schon erhabene Anmutung der Magd über ihrem Milchkrug, der Spitzenklöpplerin an ihrem Arbeitstisch, des Astronoms über seinem Globus. Rose erkennt, dass die Kassiererin der Croissanterie sich genau am Mittelpunkt der Welt befindet. An der Bresche. Über dem Schlupfloch. Dem wilden Schlupfloch. Dort, wo die Gefangenen sich herausschleusen. Koste es, was es wolle. Die Erdbewohner, denen das Wohnen verwehrt wird. Sie ist genau an dieser Stelle, wo der Planet eine Verwerfung bildet. Hinderlich sind nicht so sehr das Meer oder die Felsen, sondern diese Bodenschwelle auf der Erdkruste. Außerhalb der natürlichen Grenzen sind noch einige solcher Bodenschwellen auszumachen, aber Calais ist zum Signifikanten geworden, zum Inbegriff des Hindernisses.

Der SMS-Klingelton: Younès! *Wir sind gleich da* ☺. Rose musste auch lächeln. Dann wurde sie unruhig. »Wir«. Mehr als eine Person würde sie nicht mitnehmen. Natürlich nicht. Es klopfte an der Scheibe. Sie fuhr zusammen. Nicht Younès. Das Gesicht unter einer Sturmhaube versteckt, bedeutete ihr ein Bulle, das Fenster herunterzukurbeln. Ein Glück, dass sie ihren Ausweis eingesteckt hatte, ihren Zulassungsbescheid, ihre Papiere, alles, Rose ist vorausschauend. Der Bulle zog die Sturmhaube ab, um mit ihr zu reden. Er sah aus wie Thomas Pesquet. Was sie hier mache. Stimmt schon, Goyenetche, ihrem Namen war anzumerken, dass sie sich recht weit von ihrem Biotop entfernt hatte. Tanken, was sonst. Die rauschhafte Unverschämtheit ihrer Jugend war wieder da. Rose Goyenetche hat von jeher ein Problem mit Autoritäten. Während der Bulle ihre Papiere in Augenschein nimmt, sieht sie Fetzen ihres Lebens an sich vorbeiziehen, dabei ist alles noch im Rahmen, wir sind hier schließlich eine Demokratie, man wird sie weder erschießen noch verschwinden lassen, ihr droht schlimmstenfalls Polizeigewahrsam, aber unter welchem Vorwand bitteschön? Das hier ist eine Total-Tankstelle, das heißt öffentlicher Raum, außerdem ein Sinnbild des Legalsten, Avanciertesten, was der Kapitalismus neben Kreuzfahrtschiffen zu bieten hat.

Ein anderer Typ kam hinzu, grüßte den Bullen, wirklich eine Menge los, an dieser Tankstelle. Und sagte dann: Guten Abend, Rose, wandte sich wieder dem Bullen zu: Sie gehört zu uns. Ach ja? Der Typ hatte lange blonde Dreadlocks, er sah unfassbar gut aus mit seinem rauen Antlitz eines Rockers des Nordens, Rose verschlug es den Atem, ein anderes Leben scheint auf, Vorschau auf eine Zukunft in den Armen dieses Rockers, sei sie noch so kurz, ganz was Anderes. Und genauso herrisch wie der Bulle: Er reichte ihr eine Plastiktüte von Auchan durchs Fenster, sie solle das da anziehen. Beide Männer stützten sich mit den Ellbogen auf ihr Autodach. »Es geht um einen Verletzten«, hörte sie, außerdem das

Wort Krankenhaus, und sie hatte Bilder eines Waffenstillstands im Krieg vor Augen. Sie zog eine Weste des Katholischen Hilfswerks über, die ihr viel zu groß war, dadurch wirkten ihre Schultern breit, und hinten bildete sie förmlich eine Schleppe. Rose umgeben vom Schein einer neuen Glorie. Der Bulle sah sie spöttisch an. »Es ist nichts gebrochen«, erklärte ihr der Dreadlocks-Typ, als wäre sie Diplomkrankenschwester, »wir reden von zwei Verstauchungen dritten Grades, eine mit Bänderriss, die andere mit vollständiger Gelenkbandzerreißung und tibiotalarer Ausrenkung. Ich habe die Röntgenaufnahmen dabei. Fahren wir.«

»Wir sind noch nicht ganz fertig«, sagte der Bulle. Im Dickicht war wieder das Geräusch der Grenze zu vernehmen, aber er interessierte sich nur für sie beziehungsweise für ihr Auto, das er gründlich von allen Seiten besah. »Haben Sie die Kappe für die Anhängerkupplung?« – »Für was?« – »Für die Anhängerkupplung. Die Kappe ist Vorschrift. Die Abdeckkappe.« Er notierte etwas auf einen Block. Sie wollte ihm entgegnen, den Anhänger hätten sie nur für Fahrten zu Ikea benutzt, doch der Dreadlocks-Typ presste die Lippen zusammen. »Ordnungswidrigkeit dritter Klasse, macht 68 Euro Bußgeld. Laut Straßenverkehrsordnung muss ein Fahrzeug darauf ausgerichtet sein, im Fall eines Zusammenstoßes die Risiken eines Unfalls mit Personenschaden so gering wie möglich zu halten. Schalten Sie die Scheinwerfer ein. Die vorgeschriebene Leuchtweite wird um gut fünf bis zehn Meter verfehlt. Ordnungswidrigkeit dritter Klasse, macht 68 Euro Bußgeld. Melden Sie sich morgen nach erfolgter Inspektion auf der Polizeiwache in Calais, sonst droht Ihnen die Stilllegung Ihres Fahrzeugs. Artikel R313-3 der Straßenverkehrsordnung.« – »Kann ich das auch auf einer anderen Polizeiwache erledigen?«, fragte Rose. »Weil ich mich zuerst um den Verletzten kümmern muss?« – »Wo wollen Sie denn hin, mit Ihrem Fleischhaufen?«, fragte der Bulle.

Das kam ihr komisch vor, als Bezeichnung für ein Auto, das rundum in Ordnung war, ihren Leasing-Hybrid. Bis sie begriff, dass er den Verletzten meinte. Die Migranten.

Der Dreadlocks-Typ hieß Serge, sein Vorname war genauso altmodisch wie der von Rose. Sie folgte ihm, ohne zu wissen, wohin. Er ging schnell, drehte sich aber lächelnd nach ihr um. »Er verlangt immer nur nach Ihnen.« Younès verlangte immer nur nach ihr. Das tröstete sie ein wenig über die zweimal 68 Euro hinweg. »Er meint, Sie hätten etwas Heilsames.« Sie traten aus dem Laternenkreis heraus, und er machte eine Taschenlampe an. Der Zaun war senkrecht aufgeschnitten worden, man entfernte sich von der Grenze und betrat Niemandsland, Matsch und Kies. Im gelben Dreieck der Taschenlampe gingen sie auf den schwärzesten Teil des Himmels zu. Sie blickte sich nach der Total-Tankstelle um, diesem Aquarium voller bunter Lichter, als wäre sie eine Welt für sich. Seltsam, diese Beständigkeit. Tankstellen, und auch Rastplätze, sind keine isolierten Energiequellen im Abstand von soundso viel Kilometern: sie sind im Land selbst. Serge drehte sich weiterhin mit einem übertriebenen Lächeln nach ihr um, als wollte ihm seine Geisel entkommen. Zum Glück hatte sie Reportagen über die Migranten gesehen, so wusste sie, dass die Geschichte anders laufen würde. Außerdem würde sie diesem Typen mit seiner Engelsfresse bis ans Ende der Welt folgen – stopp.

Am Ende des Feldes stiegen sie auf eine kleine Böschung im Unterholz, eine regelrechte Naturwanderung, die sie da unternahmen, weiter hinten gab es Halden, nein, riesige Haufen von Kies oder anderem Baumaterial, und immer mehr Zeug am Boden, Plastiktüten, Stapel von Stoffen oder Sonstigem, Bierdosen, leere Packungen und einen Einkaufswagen, den man wohl bei weniger matschiger Witterung hierhergeschafft hatte. Mit einer einzigen Autobahnfahrt hatte sie zwei Klimazonen zusammengebracht, sie hatte den Eindruck, mit einem Fuß noch im Warmen, im Milden zu stehen, in Clèves, und sich gleichzeitig auf ein eisiges, erdiges Etwas in Calais zuzubewegen.

Plötzlich kamen Leute auf sie zu. Hinter dem Lichtstrahl eines Telefons grüßten zwei Männer, guten Abend, guten Abend. Andere Gestalten, die ihr Telefon als Lichtquelle nutzten, rannten die Hügel hinunter, sie schliefen dort, auf kleinen Terrassen, die sie im Kies angelegt hatten, wie Gestrandete in den Vertiefungen irgendeiner Nordwand. Das ist sicher hart, so auf Kies. Ein älterer Mann mit roter Mütze, ganz wie Commandant Cousteau, kam zu ihnen und begrüßte sie. »Das ist die Maman«, erklärte er den anderen Männern hinter ihm, guten Tag, guten Abend, die Gesichter konnte sie nicht erkennen, nur, wenn sie gerade von einem Telefon beschienen wurden, sah Rose die Augen, die Zähne. Eine dicke, rosige junge Engländerin mit *Care 4 Calais*-Weste war leichter auszumachen, bonjour, hello. Ein kleines Feuer prasselte am Waldsaum, mehrere Personen standen auf, man hörte Stimmen, Rufe. Commandant Cousteau, ihr Führer, oder sollte man besser Gastgeber sagen, lud sie ein, sich auf eine Palette zu setzen. Sie lebten im Wald. Wie früher, dachte sie. Ihr kam alles Mögliche in den Sinn. Sie rechnete mit Quechua-Zelten oder Hütten aus Holz und Planen mit vielen dicken Klebestreifen, wie sie es auf Fotos vom berüchtigten Dschungel gesehen hatte. Aber es gab nichts. Nur zwei Rettungsdecken, über Äste gespannt, die kaum an ein Zelt erinnerten. Eine Thermoskanne wurde herbeigetragen. Cousteau reichte ihr einen Becher, goss dampfenden Kaffee ein. Sie wollte Younès sehen, anscheinend musste man vorher aber Kaffee trinken, Serge nahm ebenfalls einen Becher. Hände hielten ihr einen Plastikbeutel voller Zucker entgegen, eilfertig wurde ihr Zucker in den Becher geschüttet, ohne sie zu bemühen, sie traute sich nicht zu sagen, dass sie ihren Kaffee ohne trank, zu viert oder fünft scharte man sich um sie, und sie wollte sagen, sie brauche keinen Löffel, aber ja, schon tauchte aus dem Nichts ein Löffel auf. Es wurde gesprochen, ohne dass sie etwas verstand, Französisch, mehrere Sprachen, sie bedankte sich. Wo war Younès. Dafür sagten andere: Gut, dass Sie hier sind. Möge Gott der Allmächtige Sie mit Frieden, Langlebigkeit und Wohlstand segnen. Der Regen hat uns sehr zurückgeschlagen, erklärte Commandant Cousteau. Wir wurden viele Male davongejagt. Ein Mann zeigte ihr einen Schlafsack mit undefinierbaren Flecken, deren Gestank in der Nase brannte. Tränengas. Man hatte diese Menschen mit Gas traktiert. Sobald sie ein Zelt oder etwas in der Art aufstellten, wurden sie vertrieben. Und dabei auch körperlich versehrt. Der Mann zeigte auf seine roten Augen. Sie dachte an den Bullen, der die Tür aufgehalten hatte, an seine so vertrauensvolle, zivilisierte, universale Geste: Ein Mensch hält einem anderen Menschen die Tür auf, aber dann traktiert er ihn mit Tränengas? Oder gab es zwei Arten von Bullen? Zwei Arten von Menschen?

Sie begriff, dass sie ihren Kaffee austrinken und sich aus der Packung Petit-Lu-Kekse bedienen musste, bevor sie Younès endlich sehen durfte. Man solle ihn einfach ihr überlassen.

Da geriet auf einmal alles in Bewegung, sie wetteiferten darum, ihr den Weg zu zeigen, hatten schon alles vorbereitet: Da war Younès unter dem behelfsmäßigen Zeltdach, diese Rettungsdecken, die ihn regelrecht verfolgten, waren zu seinem Banner geworden. Er lag auf einer Art Bett, in unzählige Daunendecken vergraben. Als er sie sah, wandte er sofort den Blick ab. »Sag guten Tag, Younès, das ist die Maman«, mahnte Commandant Cousteau. »Guten Tag«, sagte Younès halblaut. Er war noch dünner geworden, nichts als Haut und Knochen. Ihm fehlten immer noch ein paar Vorderzähne. Was hatte sie denn erwartet, Küsschen, Freudenrufe, dass seine Zähne nachwachsen? Er soll ihr wenigstens in die Augen blicken. Da war er, ein Häufchen Elend. Sie spürte eine leicht unangebrachte, mütterliche Wut in sich aufsteigen: Ihnen hatte sie den Jungen anvertraut, und sie gaben ihn ganz verkrüppelt zurück. Als Überlebender eines Krieges, in dem er ihrer Ansicht nach nicht hätte kämpfen dürfen und vor dem ihn niemand bewahrt hatte. Die anderen Jungen ringsum schienen etwas zu erwarten. Aber sie konnte jetzt doch keine großen Reden schwingen, man musste ihn hier wegbringen.

Sie wollten auf den Einkaufswagen zugehen, offenbar war der Einkaufswagen dafür gedacht, Younès zum Parkplatz zu schieben, in dem Matsch? Wenn sie sich auch so genial anstellten, um nach England zu gelangen, wäre dieses Ziel noch in weiter Ferne. Es wurde viel und entsprechend hitzig diskutiert, dabei mussten sie das alles doch im Vorfeld besprochen haben, was tun, wie, die Meinungen schienen geteilt, Roses Mitwirkung hatte man offenbar schon erörtert, erwogen, verworfen, befürwortet, vielleicht hatten sie sogar darüber abgestimmt und eine hauchdünne Mehrheit dafür erzielt. Cousteau war wohl aufgefallen, wie besorgt sie war, denn er goss ihr Kaffee nach und schirmte sie von den anderen ab. Eine Frau tauchte auf, es war die Nigerianerin. Sie stammten alle aus Nigeria, glaubte Rose auf einmal zu verstehen. Sie fragte bei Cousteau nach. Er sagte: »Nein, ich bin Kamerun. Die da sind Eritrea, darum man versteht sie nicht gut.« Die Nigerianerin kam auf Rose zu und ergriff ihre beiden Hände, Gabriels Pulli trug sie zwar nicht mehr, aber sie danke Gott, weil er sie hierher geführt habe, ja, sie, Rose, die nur jedes dritte Wort verstand, sie danke Gott, und dabei weinte sie so sehr, dass Rose sich voller Bestürzung fragte, ob der blutjunge Younès seit dem Kreuzfahrtschiff, vielleicht sogar seit dem Seelenfänger und der Wüstendurchquerung und noch davor eine Liebelei gehabt hatte mit dieser jungen, extrem vollbusigen Frau, der er bis hierher nicht von der Seite gewichen war. Aber sie konnte Rose unmöglich auch noch mitnehmen. Eine andere Frau glitt in den Lichtkreis. »Sie ist Kongo«, verkündete Cousteau. Und diese Frau dankte wiederum der Muttergottes, möge die Jungfrau Maria dich leiten und dich vor allen Übeln bewahren, möge Sie dich mit Ihrem Mantel bedecken und mögen die kriegerischen Engel über dich wachen, auf dass dein Auto an keinen Stein stoße. Mögen die himmlischen Heerscharen dich auf dieser Fahrt begleiten. Das rief in Roses müdem Hirn Bilder hervor, die Heilige Jungfrau und wabernde Engel, die sich im Hybridauto zusammendrängten und am Navi herumfingerten. Sie mussten sich dringend auf dem Weg machen. Vier kräftige Kerle umringten Younès, vier Mann wie für einen Sarg, dachte Rose, sie versuchte, die Angst zu verscheuchen wie eine fette Fliege.

Draußen, kann man überhaupt von draußen sprechen, wenn man nur durch eine Kunststofffolie davon getrennt ist, hatte es zu regnen begonnen, so stark, dass man sein eigenes Wort nicht verstand, *ra ta ta ta*. Cousteau hüllte Rose in ein nagelneues Regencape, beharrte darauf, es ihr zu schenken, während Younès ebenfalls eingepackt wurde. Sie waren jetzt beide in Knallrot gekleidet, man konnte sie keinesfalls verfehlen. »Und wo kommen Sie her?«, fragte Cousteau auf einmal überaus weltläufig. »Ich bin Baskenland.« – »Das ist ganz im Süden, nicht wahr?« – »Unten im Westen kurz vor Spanien.« Younès verzog das Gesicht, sobald man seine Beine berührte. Kurzerhand wurde das Bett als Bahre herausgetragen, diese Methode hatte sich am Ende durchgesetzt, ein Bett, das eigentlich eine Tür war, das Schloss hing noch dran. Die vier Träger traten vorsichtig aus dem Feuerkreis und rückten in die Baumfinsternis vor. Auf Younès' Beinen war wie durch Zauberhand eines Spitzendienstleisters der weiße Umschlag mit seinen Röntgenaufnahmen erschienen, versehen mit dem Stempel der Notaufnahme im Krankenhaus von Calais. Rose folgte der Prozession. Unterdessen hatte sie Serge aus den Augen verloren. So spielt das Leben. Cousteau stellte sich vor: »Ich höre auf den Namen Mbiapep Patience«, sagte er, »ich höre auf den Namen Goyenetche Rose«. Sie passte sich an. Ein Teil der Zeltnomaden hatte sich ihnen angeschlossen, das Niemandsland war nunmehr bevölkert. Bei einigen hingen die gleichen Handschuhe vom Gürtel, die sie in der Gare de Lyon bei Younès gesehen hatte. Ob vor Erschöpfung oder aus anderen Gründen, jedenfalls hatte Rose das Gefühl, diese Szene schon mal erlebt zu haben. Die Fackelprozession, das Bett, das bewegt wurde, und den leidenden jungen Mann, das Gefolge dunkler Gestalten. Das Bild dauerte an, sie stolperte, Patience fing sie auf. »Sie werden probieren«, erklärte er. Was probieren? »Die da probieren jede Nacht, seit vielen, vielen Tagen, nach ihrem Vorbild ist Younès vom Lastwagen gefallen, schwer gefallen. Aber seit du hier bist, weckst du Freude in uns und machst uns frischen Mut.«

Die Gruppe zerfiel in zwei Hälften, diejenigen, die es probieren würden, und diejenigen, die zunächst einmal das Bett trugen. Die Probierer schlichen sich am Zaun entlang zum Bereich, in dem die Lastwagen standen, die Träger traten mit dem Bett und Younès aus der Deckung. Die Bullen schauten gelassen zu. Patience erklärte, die Probierer würden es so oft probieren, bis einer von ihnen damit durchkäme, man setzte auf die Vielzahl, bis also einer im hintersten Winkel des Lastwagens unentdeckt bliebe und ans Ziel oder ums Leben käme, vor Sauerstoffmangel oder vor Überanstrengung.

Sie schloss das Hybridauto schon von fern auf, *klonk*. Es wurden Kommentare laut, über die Verlässlichkeit, den Verbrauch und das Design dieser Autos. Außerdem wurde diskutiert, ob man Younès auf die Rückbank betten sollte, die meisten waren dafür, aber sie wollte ihn vorne sitzen haben, angeschnallt, an ihrer Seite, es war schließlich ihr Auto, so langsam riss ihr die Hutschnur. Seine Beine stopfte sie in eine Decke. Dann fiel ihr ein, dass sie für alle Fälle Kleidung und weitere Decken mitgebracht hatte, und sie verteilte die Säcke reihum. Patience reichte sie ein paar Schuhe, die ihrem Mann zu klein waren. Er dankte Rose für ihre Unterstützung, dass sie ihnen so viel Gnade gewähre, dieses unendlich kostbare Paar Schuhe wird mich auf meinem weiteren Weg begleiten, uns fehlt es an so vielem, und noch einmal innigsten Dank, wir bleiben verbunden. Sie drückte ihm die Hand, ohne zu wissen, ob er sich so seltsam ausdrückte, weil es seinem persönlichen Stil entsprach oder weil er sie verarschen wollte oder weil die Gepflogenheiten seines Heimatlandes es verlangten; diese Angelegenheit hatte sie in tiefste Verwirrung gestürzt, von Anfang an in tiefste Verwirrung.

Der Abschied nahm einige Zeit in Anspruch. Dann sah Rose, wie die Gruppe sich in aller Ruhe auf die Tankstelle zubewegte, vielleicht, um etwas Heißes zu trinken oder aufs Klo zu gehen. Sie kamen ja gewissermaßen als Nachbarn. Younès schien in Gedanken bereits unterwegs zu sein, während er gleichmütig auf dem Beifahrersitz ausharrte. Anstelle des Toten, dachte sie. Fehlt nur noch, dass wir einen Unfall bauen. Ich hatte nicht genug Schlaf. Er und sie zogen beide ihr Regencape aus und kämpften dabei mit einem Haufen von nassem Plastik. Sie startete den Motor, die Türen wurden automatisch verriegelt, und endlich fühlte sie sich zu Hause in der hybriden Familienkutsche, mit diesem Jungen, den sie einfach an Bord nahm. Auf Wiedersehen, auf Wiedersehen, sie winkte, das Grüppchen winkte geschlossen zurück und selbst der Bulle dahinten, Auf Wiedersehen, mit ironischer Note.

Younès hatte die Augen geschlossen. Sie fuhr eine Weile. Und hielt an, sobald sie merkte, dass sie den Grenzbereich verlassen hatten.

Ihr fielen die Augen zu.

Als sie aufwachte, tagte es bereits. Sie fühlte sich irgendwie eingezwängt. Die Weste. Vom Katholischen Hilfswerk. Rose hatte vergessen, sie zurückzugeben. Es war eiskalt. Younès schlief noch. Ihr Mann hatte fünf Nachrichten hinterlassen. Im Auto roch es eigentümlich. Sie schnupperte an der Weste, schnupperte vorsichtig an Younès: ein starker Geruch nach Holzrauch, nach nassem verbranntem Holz. Den Geruch von Feuer hatte sie bisher immer als heimelig empfunden, dabei stand er in Wahrheit für das Gegenteil von Geborgenheit, für das Leben draußen, es war ein Lagergeruch. Er haftete auch an ihr.

Ein Hin und Her von Lastwagen auf frostweißem Grund. Im Raststättenshop kaufte sie einen Beutel Fabrikcroissants und brachte Younès einen zweifach gezuckerten Kaffee mit. Er war aufgewacht. Im verriegelten Auto wirkte er verängstigt, und er stöhnte, als er sie sah, es war ihr unangenehm. Bis sie begriff, dass er aufs Klo musste. Ihn allein dorthin zu tragen, mit ihm die Männertoilette zu betreten, ihm *dort* vielleicht auch noch behilflich zu sein, würde sie wohl überfordern. Sie würde da hinten parken, am anderen Ende dieser allgegenwärtigen Zäune, dort, wo Unkraut wucherte in der Brache zwischen Autobahnraststätte und Ackerwirtschaft. Er würde es doch fertigbringen, von der Beifahrertür aus zu pinkeln. Sie ging ein paar Schritte weiter. Inzwischen war es vollends Tag geworden, man bibberte vor Kälte, sie hatte es eilig, sich gen Süden von alldem hier abzusetzen.

Und wieder stöhnt der Junge, als er erneut eine sitzende Position einnehmen muss. Rose reicht ihm Erfrischungstücher, sie wischen sich beide Gesicht und Hände ab. An den Schläfen hat er noch Spuren von Ruß, ein kleiner Schornsteinfeger. Unter den löchrigen Socken sind seine Füße stark geschwollen. Rose beugt sich vor, ihr langes Haar (denn Rose trägt das Haar lang, höchste Zeit, das zu erwähnen) fällt ihr ins Gesicht (sie sieht aus wie Maria Magdalena, die sich über Jesus beugt, ungeachtet der Weste vom Katholischen Hilfswerk), umfasst mit beiden Händen seine Knöchel, und Younès sträubt sich nicht, das Fluidum oder was auch immer fließt mit nie gekannter Kraft, Younès seufzt, und als Rose sich wieder aufrichtet, geht es allen deutlich besser, sie selbst fühlt sich wieder voll aufgeladen.

*

Younès spielte auf dem Telefon, das einst Gabriel gehörte. Für Landschaften schien er sich nicht zu begeistern, und dass, obwohl sie durch Frankreich fuhren. Sie hatte Lust, ihn mit dem Finger auf ein paar Sehenswürdigkeiten hinzuweisen, und seien es nur Kühe. Gab es in Niger Kühe? Sie bot ihm Schokolade an. Hatte ihm Paracetamol verabreicht. Tat nichts, was sie nicht auch für Gabriel getan hätte (hätte sie Gabriel wegen ein paar Kühen aufgescheucht? Wegen der herrlichen Loire aber schon). Sie hatten Tours hinter sich gelassen. Er wollte wissen, wohin sie fuhren. Das hätte man vielleicht zuallererst klären können. Sie sagte: »Nach Clèves.« Wo das sei. Sie hielt am Rastplatz von Sainte-Maure-de-Touraine. Hier waren sie weit weg von jeder Grenze, ein friedlicher Ort. Auf ihrem Telefon zeigte sie ihm die Karte Frankreichs, mit Clèves dort unten links. Younès zoomte rein und raus. Sie stieg aus und bestellte bei *Mie Câline* einen Hamburger ohne Speck, für sich einen Salat und zweimal Cola, light für sich. Es war mittags und die Sonne schien. Weit und breit niemand zu sehen, ein weltentrückter Dienstagmittag. Der jüngst vom Regen reingewaschene Spielplatz schillerte bunt. Eine laue Brise wehte: der Süden. Sie musste dringend duschen. Er auch. Sie betrachtete ihn, während er hinter der Scheibenspiegelung würdevoll dasaß. Die Bäume zeichneten Buchstaben auf seine Stirn.

Sie essen beide im Auto. Er achtet darauf, sich nicht zu bekleckern. »Das ist nicht gut«, sagt er. Der Hamburger? Nein, das Ziel ihrer Fahrt. Wurde allmählich Zeit, dass er sich dazu verhält. »Nur, bis du ausgeheilt bist«, erklärt Rose. Das klargestellt zu haben, erleichtert auch sie. Ein Freund versuchte es von einem Hafen in Spanien aus, den Namen hat er vergessen. Der Freund scheiterte dermaßen oft in Calais, dass er bis hierher gefahren ist *zum Probieren*, Younès deutet auf einen Punkt auf der Karte, es könnte Santander sein. Danach ist er völlig erledigt ins Zeltlager zurückgekehrt. So leicht kommt man nicht rüber, nein, so leicht nicht. Younès schnipst mit den Fingern. Auf ihnen zeichnen sich sternartige Gebilde ab. Vom Stacheldraht, erklärt er. Der dringt durch die Handschuhe.

Er redet mit ihr, aber ohne sie anzusehen. Das ist unangenehm. Würde Gabriel ihr nicht (aber Gabriel ist ihr Sohn), würde ein Freund von Gabriel ihr nicht in die Augen sehen, könnte sie ihm vertrauen? Sie sagt zu Younès: »Sieh mich an.« Sie deutet auf ihre Augen, die Finger zu einem V geformt. Er sieht sie an. Dann senkt er den Blick. Ist das eine Phobie, oder was? Er zuckt mit den Schultern. Religiös bedingt? Nein. Aber sie sei die Maman, und Ältesten blickt man nicht in die Augen. Das beruhigt sie. Wenn's weiter nichts ist. Sieh mich an, wenn du mit mir sprichst. Und nenn mich nicht die Maman. Ich heiße Rose Goyenetche. Und du? Er heißt Younès Aboussa. Na also.

IV

Du musst dein Leben ändern.

Star Wars

Für Menschen in der Provinz gibt es keinerlei Ausrede. Ihre Häuser sind groß genug. Younès hat das Gästezimmer bekommen. Andernfalls hätten sie eben die Garage umgeräumt oder den Dachboden, ein Bett, ein Heizstrahler und hopp. Oder sie hätten Emma zu Gabriel ins Zimmer gesteckt. In ihre Praxis wohl kaum, dort ist alles gerade erst eingerichtet, alles bereit.

Rose strotzt vor Energie. Das Gästezimmer ist im Erdgeschoss und verfügt über eine Dusche. Younès kann sich mit Krücken halbwegs fortbewegen. Sie hat ihm einen Satz Unterwäsche gekauft, T-Shirts, eine Jeans, eine neue Zahnbürste, sein eigenes Shampoo und seine eigene Seife und eine neue SIM-Karte für sein Gabrielsehemaliges-Telefon, außerdem eine neue Hülle. Einfach, damit ihr Sohn das Ding nicht wiedererkennt und Younès einen Dieb schimpft. Der Teufel verbirgt sich im Detail. Rose ist bestens organisiert. In der dörflichen Arztpraxis hat der Allgemeinmediziner, der ihr nach wie vor keinen einzigen Patienten überweist, mag er etwa keine Psychologen, Younès untersucht und die Röntgenaufnahmen studiert, er ist bereit, das mit der Krankenkasse zu deichseln, es wird heißen, Gabriel habe sich die Knöchel ruiniert. Die Behandlungsmethode lautet Ruhenlassen-Komprimieren-Hochlagern plus Kältetherapie: Younès muss stets beide Füße hochlegen, die Knöchel in Eis gepackt. Dafür eignen sich am besten Beutel mit Tiefkühlerbsen, sagt der Arzt. Sobald die Schmerzen erträglich werden, soll die Physiotherapie einsetzen. Viel Vitamine und Kalzium, Obst, frische Milch, Nudeln, Reis und Fleisch. Man muss den Jungen wieder aufpäppeln. Mindestens sechs Wochen lang, ideal wären drei Monate.

Reiß dich zusammen. Sie parkt vor dem Vival, Younès bleibt im Auto sitzen. Wir haben keine Milch mehr, keinen Joghurt, kein Klopapier, keine Orangen, keine Nudeln, nichts. Da fährt sie zwei Tage weg und das Haus zerfällt förmlich. Überall Klamotten, nur nicht in den Schränken, die Handtücher zerknüllt, der Küchenboden klebt, die Spüle ist verstopft, jedes Licht brennt. Sie kauft Tiefkühlerbsen, zwei Beutel, und auch eine überteuerte Flugmango, über die der Junge sich vielleicht freuen wird. An der Kasse wechselt sie ein paar Worte mit Delphine. Delphine blickt durch das Schaufenster auf Younès.

Ein herrliches Wetter. Ob wir dieses Jahr Schwalben sehen, überlegt Delphine, während sie das Netz mit den Orangen einscannt, die Milch kannst du im Korb lassen, ich hab sie schon eingegeben. Wegen den Pestiziden. Man hört keine Mauersegler mehr, räumt Rose ein, aber ich habe unten an der Nive drei Graureiher gesehen. Sie verschlingen die letzten Frösche, sagt Delphine. Die sind überall von einer schrecklichen Hautkrankheit befallen. Also geben diese verreckenden Fröschen ein letztes Festmahl für die Reiher ab. Und die Schmetterlinge, weißt du noch? Sie flatterten über diese Blumen, die wir Mühlenflügel nannten. Wenn wir von der Schule heimkehrten und den Gemeindeacker durchquerten (Delphine dreht sich in Richtung Acker, der inzwischen ein Altersheim ist), streckten wir die Hände aus, und die Schmetterlinge landeten darauf, sie hinterließen eine Art Staub, meine Mutter meinte, der wäre giftig. Das ist keine hundert Jahre her, das war in den 1980ern. Stimmt, sagt Rose, ich hatte sie vergessen, die vielen Schmetterlinge. Sie fehlen und wir erinnern uns nicht mehr, sagt Delphine, das nennt man Artensterben.

Delphine, die früher ganz niedlich aussah, ist jetzt unfassbar dick, vermutlich, weil sie Antidepressiva nimmt. Rose reicht ihr die EC-Karte. Delphine betrachtet Younès, Younès betrachtet seine Röntgenaufnahmen. Er drückt sie, um mehr zu erkennen, sogar an die Scheibe, wie der Arzt es mit seinem Leuchtkasten gemacht hat.

Rose geht mit ihren Einkäufen beladen raus und bleibt sogleich stehen, auf dem Parkplatz des Vivals. Younès, sonst so opak, ist durchsichtig. Unter der Haut die Knochen, sie reichen tief. Sind echt. Sein Skelett und der Tod, der darin steckt. Den er betrachtet. Oder betrachtet er das Leben, das wundersame Puzzle des menschlichen Fußes. Der junge Younès hat noch viele Schritte vor sich, mit seinen bald reparierten Knöcheln.

Delphine lehnt sich so weit vor, dass ihr Schaufenster kreisrund beschlägt, wahrscheinlich fragt sie sich, was Rose mit diesem jungen Schwarzen anstellt, der einfach nicht aus ihrem Auto steigt. Delphine ist mit Kudeshayan Junior verheiratet, dessen Vater den Lebensmittelladen eröffnet hat, und hat zwei bi-ethnische Kinder, franko-pakistanisch oder wie das heißt, so oder so sind sie hier die einzige Familie dieser Art. Sollte Delphine sich also wundern, denkt Rose, weiß ich nicht, worüber eigentlich.

*

Die ganze Familie isst jetzt Erbsen. Tag für Tag tauen zwei Beutel Erbsen auf den Knöcheln von Younès auf, da passt man sich an. Erbsen mit Möhren, mit Zwiebeln, mit Kopfsalat, mit Hühnchen. Younès isst voller Appetit, ein erfreulicher Anblick, sie bringen ihn wieder in Hochform, bringen ihn auf die Beine. Das kann Rose: wiederherstellen, abstützen, zusammenbasteln, damit es hält. Christian weist darauf hin, dass man diese Erbsen jeden Tag in die Tiefkühltruhe zurückstecken könnte, ohne sie zu essen. Dergestalt die Kühlkette zu unterbrechen, ist für Rose aber eine verstörende

Vorstellung, selbst wenn die Erbsen nicht zum Verzehr bestimmt wären.

Bei Tisch schweigt Younès. Vielleicht dürfen bei ihm zu Hause die Jüngeren beim Essen nicht reden. Er reagiert aber, wenn man ihn anspricht. Eine Marotte bringt sie auf die Palme: Wenn er einen Bissen zu Boden fallen lässt, entschuldigt er sich, hebt ihn auf, isst ihn und entschuldigt sich noch einmal. Sie sagt ihm, er soll das lassen. Die Kinder werden nachher fegen. Damit sind Gabriel und Emma gemeint, er nicht, und sei es nur, weil er zurzeit nicht gehen kann. Emma sieht ihn pausenlos an. Gabriel sieht ihn gar nicht an. Emma fragt ihn, ob man den Zug nehmen muss, um in sein Land zu fahren. Rose erklärt Emma, wo Niger liegt, und erkennt zu spät, dass sie Younès keine Gelegenheit gegeben hat, selbst zu antworten. So oder so gehört es sich nicht, Leute nach ihrer Herkunft zu fragen. Mich interessiert, woher Sie stammen, sagt ihr Mann, weil ich wissen will, wer in meinem Haus wohnt, weil ich Sie kennenlernen will und nicht »die Leute«. Younès wirkt etwas verwirrt, Rose legt ihre Hand auf die Hand ihres Mannes, wir stammen alle vom selben Planeten. Herrje, murmelt Gabriel. Wie bitte? Nichts, sagt Gabriel. Schmollt er etwa, ihr Gabriel? Jedenfalls bleibt er am Tisch sitzen, benimmt sich ordentlich, schenkt allen Wasser ein, und es scheint so, als würde die ganze Familie sich dank der Gegenwart eines Fremden gut benehmen, keiner lässt sich gehen, keiner benutzt unflätige Ausdrücke, und diese Magie zieht auf unbestimmte Zeit ein.

Younès isst alles außer Schweinefleisch, mit einer Vorliebe für Reis und Linsen; manche Gemüsesorten betrachtet er mit Sorge (Blumenkohl, Brokkoli, zum Glück nicht die Erbsen). Weil die erste Mango Anklang gefunden hat, kauft Rose ihm immer wieder welche, wenn sie im Vival fündig wird (zum Gemüsegroßmarkt fährt sie nicht mehr). Younès schneidet für die ganze Familie die Mango auf und löst geschickt den Kern heraus. Sie will ihm zeigen, wie man aus der Frucht einen Igel schnitzt, aber das weiß er schon. Bei ihm zu Hause sagt man für Igel *kunu*. Emma lacht schallend und Gabriel prustet los. Um sie abzulenken, fragt Rose: Wie heißt deine Sprache? Zarma, wie, eine Songhaisprache, aha. Eine Erinnerung legt Younès' Gesicht in Falten. Er muss an den Mangoregen denken. Ein Regen, der mitten in der Trockenzeit fällt. Wenn es März wird, ungefähr. Überall liegt Staub und ein großer Wind kommt auf und ein großer Regen fällt. Es dauert nur fünf Minuten. Aber es reicht, um die Mangos reinzuwaschen, und danach reifen sie. Außerdem schlafen nach diesem Regen bekanntlich alle sehr gut.

Ihr gefällt dieser Mangoregen, das Erste, was er von seinem Land erzählt, oder sollte man besser sagen, von seiner Vergangenheit. Sie sieht eine unentschiedene Landschaft, halb Regen, halb Wüste, Wasser, das über die Mangobäume fällt wie ein Vorhang, aber was sind das für Bäume, sie sieht zwei große Eichen hinter dem Panoramafenster ihrer funkelnagelneuen Praxis im Erdgeschoss, mit separatem Eingang und Sozialversicherungsnummer, und den Fluss Niger, dem sie per Satelliten gefolgt ist und der sich wie eine Boa entrollt, ein runder Rücken unter der Sahara. Sie sind in ihre Praxis gegangen, um einen Kaffee zu trinken. Das Plakat der Mondrian-Ausstellung im Centre Pompidou ist noch nicht aufgehängt, Rose zögert, ist es vielleicht zu pariserisch? Der Einfachheit halber hat sie Younès auf der Couch Platz nehmen lassen, beide Füße auf einem Kissen hochgelagert. Aber es ist ganz anders als mit einem Patienten. Außerdem ist Emma dabei, ans Fußende der Couch gekuschelt. Es mutet eher an wie der Anfang einer Erzählung. Er sagt, ja, man kann im Niger schwimmen. Man kann es üben, wenn auch nicht wie im Schwimmbad, aber es reicht, um diese Sportart zu erlernen. Ob es Krokodile gibt? In Niamey habe er nie welche gesehen, dafür oft Nilpferde, die seien sehr gefährlich. Nilpferde!, ruft Emma. Man müsse dicht an den Felsen schwimmen, weil die Tiere sie nicht mögen, sie ritzen sich daran die Haut auf.

Einmal hätten sie einen Schultransport umgeworfen, eine Piroge voller Kinder, alle ertrunken, alle zwanzig. Eine Piroge!, ruft Emma. Selten gebe es auch Manatis, gewaltige, aber völlig harmlose Seekühe, die würde man essen. Jeden Freitag sei er mit seinem Onkel ins Schwimmbad des Hotel Terminus gegangen. Das schönste Schwimmbad von Niamey. Die Erwachsenen setzten sich dort an den Rand, um Konjunktur zu trinken. Um was zu trinken? Ein Bier, dessen Preis starken Schwankungen unterliegt. Rose lacht mit Younès. Emma bleibt ernst. Rose versucht, hinter ihrem Panoramafenster diese Muslime zu visualisieren, die am Rand eines Hotelschwimmbads Bier trinken.

Younès verliert seinen Akzent. Er gibt sich Mühe, sein *r* weniger kehlig auszusprechen. Er ahmt Gabriels Betonungen nach. Sie nimmt ihn mit, wenn sie einkaufen geht oder Emma abholt, so kommt er mal aus dem Haus. So gewöhnt er sich überdies an Europa, meint Rose, eine Übung für das, was ihn erwartet. Sie wird nicht müde, ihm alles zu zeigen, ihm alles zu erklären. Das beunruhigt ihren Mann, aber nie kontrolliert die Polizei diese Straßen, nur früher mal, als es noch baskische Terroristen gab. Außerdem redet er, wenn sie im Auto sitzen. Das ist inzwischen sogar ihre Lieblingsbeschäftigung: sie sitzen beide im Auto, in der trägen Staukarawane, den Blick auf die Straße gerichtet, so spricht es sich leichter. Sie erzählt ihm ebenfalls hier und da etwas aus ihrer Kindheit, da fahren sie an der Schule vorbei, die heute das Rathaus ist, und am Frontón, wo bis heute Pelota gespielt wird. Er hat in Niamey eine Privatschule besucht, die von einem Iraner betrieben wurde. Dafür zahlte sein Onkel. An der Uni gab es aber keinen einzigen funktionstüchtigen Computer. Und nach der Uni gab es überhaupt keine Arbeit. Zu Hause gibt es keinen Strom, vom Generator abgesehen. Kein fließendes Wasser wie hier. Das können Sie sich gar nicht vorstellen, sagt Younès ganz sachlich. Er richtet die Lüftung auf sein Gesicht aus. Sein Onkel hatte ein schönes Haus. Ein berühmter Onkel, ein Sänger, ein bedeutender nigrischer Musiker. Und dann starb er, und das war nicht gut.

Fiel da der Entschluss, die große Reise anzutreten? Dafür zahlte dann seine Tante. Er musste ihr versprechen, kein Schiff zu besteigen. Aber Libyen, das war nicht gut.

Über Libyen will er offensichtlich nicht reden. Er betrachtet die hiesige Landschaft, eine beruhigende Landschaft, denkt sich Rose, mit ihren Straßen, die vom Supermarkt zur Post führen, ihren Grünstreifen, ihren europäischen Verkehrskreiseln, hier wird sicher keiner dieser Libyer auftauchen, die Rose sich mehr schlecht als recht ausmalt, eine Mischung aus Cowboy und Indianer, mit den grünen Hügeln ihrer Kindheit im Hintergrund, unerhört friedlich, mit einer dicken Bodendecke, voll von ihren Wurzeln.

*

Wie geht's?, fragt ihre Mutter, und wie geht's unserem Younès? Younès ruht sich in seinem Zimmer aus, sehr, sehr gut. An diesem Mittwoch empfängt Rose zum ersten Mal kleine Patienten, und ihre Mutter soll mit Emma ans Meer fahren. Rose packt Emmas Pausensnack ein, glutenfreie Sojakekse. Der Mensch hat sich schon immer von Weizen und Milch ernährt, sagt ihre Mutter. Eine Stunde Fahrt, Rose macht sich Sorgen, und was werden sie nur essen, irgendeine Tiefkühlquiche, deren Speckwürfelchen von irgendwelchen armen Schweinen unter ihrer Schwarte ausgeschwitzt wurden. Und die Bonbons! Rose führt sich vor Augen, wie diese Produkte einer menschenverachtenden Industrie gleich unsichtbaren Aliens die Immunschranken ihrer Tochter überwinden. Ihre Mutter sagt, schlimm, das mit den Anschlägen, und überhaupt. Wirklich schlimm, bestätigt Rose. Und du hast einen Moslem im Haus. Was hat das eine mit dem anderen zu tun?, fragt Rose und signalisiert ihrer Mutter, leiser zu sprechen. Ist er etwa kein Moslem?

Wenn wir die Araber nicht so abfällig behandelt hätten, flüstert Rose, übrigens ist er nicht mal Araber, deinetwegen rede ich schon Blödsinn. Ach, richten etwa wir eine AK-47 auf andere? Ihre Mutter sagt *AK-47*, als handelte es sich um einen Alltagsgegenstand, als hätte sie im Auftrag des Geheimdienstes gekämpft, sobald sie Rose in den Kindergarten stecken konnte. Und schon schreien sie sich gegenseitig an. Der Generation ihrer Mutter sei alles vergönnt gewesen, Rente, Sozialversicherung, die Pille ohne Aids, eine Zwischenkriegszeit, die lange genug währte, um sich nach Herzenslust auszutoben, überschaubare Anschläge, Freizeitspaß ohne Ende, und jetzt sei der Planet wegen dieser Ausschweifungen völlig versaut. Sie habe ihr doch eine Kreuzfahrt spendiert! Rose verkneift sich eine Tirade über diesen schwimmenden Kapitalismus, diese Tonnen von Vollgaskacke. Sie kocht Fairtrade-Kaffee und redet über das Wetter, aber selbst das ist ein heißes Thema, weil: Das mit dem Klimawandel sieht ihre Mutter immer noch skeptisch.

*

Es regnet, und so besichtigen die Touristen eben Wohnobjekte. Ihr Mann ist müde. Den lieben langen Tag suchen junge Paare sein Maklerbüro auf, und auch Rentner, Familien und Singles, die ihre Regenschirme, ihre Hunde und sich selbst abtropfen lassen und die Dreizimmerwohnung zu sehen verlangen oder das Apartment mit Meerblick oder die Drei-Millionen-Villa. Besichtigungen sind ein Zeitvertreib, ein lokales Vergnügen. In Paris tun das nur die Irren, man erkennt sie auf Anhieb. Vor Ort grassiert noch eine andere Krankheit, die aberwitzige Überbewertung. Da wohnt man dreißig Jahre in ein und demselben Haus, die Kinder sind flügge geworden, man entschließt sich zum Verkauf und glaubt, das Haus sei dem Markt so teuer wie dem eigenen Herzen; oder man erbt Omas Häuschen und meint, gerade im Hinterland wäre es eine

Stange Geld wert, weil es an der Küste gebrannt hat, und beharrt auf überhöhte Preise für irgendwelche Bruchbuden, die nie einen Abnehmer finden werden, auch in hundert Jahren nicht. Und wem gibt man die Schuld? Dem Immobilienmakler.

Ihr Mann schenkt sich nach. Dabei glaubt er doch an das Maklerbüro seiner Träume, wie an einen Club, in dem Orte und Lebensentwürfe zusammenkommen. Er träumt davon, sein eigenes Büro zu eröffnen, mit einem Einsiedlerkrebs als Logo, weil der im Laufe seines Wachstums immer wieder das Gehäuse wechselt ... Stattdessen soll er zu 100 % liefern und Käufer mobilisieren. Sein Chef hier ist schlimmer als sein Chef in Paris. Heute haben sie eine Übung zur Leistungssteigerung durchgeführt und die Kunden in zwei Kategorien eingeteilt: Don Quichotte oder Sancho Panza, sucht er das Abenteuer oder geht er auf Nummer sicher. Dem Käufer muss man seinen Kauf genauso verkaufen wie dem Verkäufer seinen Verkauf. Wie dem Patienten seine Behandlungsmethode! Ihr Mann trinkt sein Glas aus und bekommt Schluckauf, sie weiß nicht, ob er lacht oder schluchzt. NLP, das neuro-linguistische Programmieren, holt ihn auch hier wieder ein. Manipulation durch Spiegelung. Ihr Kunde schlägt die Beine übereinander, tun Sie es ebenfalls. Dein Kunde wendet sich dir zu, beuge dich zu ihm. Er richtet den Blick zum Fenster, verkauf ihm seinen Traum! Es geht darum, dass er dich erkennt. Du bist der Richtige. Er hat dich ausfindig gemacht. Er wird dir den *Vorzug* geben und das exklusive Verkaufsrecht. Rose stellt sich das fensterlose Büro ihres Mannes vor – ach nein, das war in Paris. Hier hat er immerhin ein Fenster, ein anständiges Büro im Bahnhofsviertel. Auch wenn der Meerblick noch in weiter Ferne liegt.

Sie trinken beide Whiskey auf der Terrasse. Es ist bereits heiß und feucht. Younès schläft vielleicht schon, während Gabriel schreibt (offenbar hat er tatsächlich einen Roman in der Mache), während Emma sich bestimmt kratzt, ihr Ausschlag wird nicht besser, diesem Kind ist nicht zu helfen, trotz magischer Landluft wird er sogar schlimmer, als wäre sie auf der Akropolis gegen eine verschärfte Version ihrer selbst vertauscht worden. Es liegt vielleicht daran, dass wir umgezogen sind, sagt ihr Mann. Oh nein, sagt Rose, wenn man allem nachtrauert, wird man seine Höhle nie mehr verlassen.

*

Nathalies Praxis für Physiotherapie in einem kleinen Wohnhaus unweit des Frontón ist ansprechend, aber der glucksende, buddhaförmige Zimmerspringbrunnen mutet etwas klischiert an. Genau wie die gerahmten Plakate mit Kieselsteinen und Orchideen. Da bevorzugt Rose eindeutig ihren Mondrian. Nathalie reicht Younès die Hand, doch er ergreift sie nicht. Was soll das? Er wirft Rose einen flehentlichen Blick zu.

Aus dem wird, nach einem von dezentem Raumduft und Zenmusik umwehten Moment der Verwirrung, und ja, einem Moment allgemeiner Befangenheit, aus dem wird also ersichtlich, dass Younès sich von Nathalie nicht anfassen lassen will. Hä? Er brauche das nicht. Außerdem kenne er sie nicht. Wie bitte, nicht kennen, nicht brauchen, und das bei einer doppelten Verstauchung? Du, sagt Younès, der Rose auf einmal duzt und sich ausschließlich an sie richtet, bist die heilende Mutter. Rose schüttelt verdutzt den Kopf, das alles lässt sich nicht so einfach erklären. Da gibt es nichts zu debattieren, sagt Nathalie, oder liegt es etwa daran, dass ich eine Frau bin? Das hat er nie gesagt, entgegnet Rose, ich hätte es vorher mit ihm besprechen müssen, lass uns eben jetzt darüber reden. Younès wartet und schweigt, während die beiden Frauen sich ereifern. Sie gehen auf den Balkon, der zur Praxis gehört, Nathalie steckt sich eine Zigarette an, wie kannst du das einfach hinnehmen, sagt Nathalie, du warst doch die Oberfeministin im Dorf, du und deine Mutter – hör auf, alles durcheinander zu bringen, sagt Rose, das tue ich gerade *nicht*, sagt Nathalie, er hat mir nicht mal in die Augen gesehen. Das verstehst du falsch, sagt Rose. Es gibt nun mal Dinge, die uns hierzulande wichtig sind, sagt Nathalie, mit dieser Wischiwaschi-Toleranz kann ich nichts anfangen, aber ich bin ja auch keine Psychologin. Was soll das heißen, sagt Rose, was hat Wischiwaschi-Toleranz mit Psychologie zu tun? So wirst du jedenfalls keine Patienten an Land ziehen, geifert Nathalie. (Eine mustergültige Projektion: Rose vermutet, dass Nathalies Praxis alles andere als einen regen Zulauf hat.)

Dann gehen wir eben. Rose mochte Nathalie ohnehin noch nie so richtig. Als sie Younès hilft, sich ins Auto zu setzen, und der Sicherheitsgurt klemmt und sie die Geduld verliert, klingelt ihr Telefon. Nathalie ist dran. Wenn man vom Teufel spricht. »Du hast die Röntgenaufnahmen bei mir vergessen. Pass auf, Rose: Dieser Kerl ist locker zwanzig bis Mitte zwanzig. Er hat schon lange keine Wachstumsfugen mehr.«

Rose beendet das Gespräch. Sie überlegt angestrengt, fällt ihr ein Physiotherapeut ein, der nicht zu weit weg ist, am besten wirklich ein Mann? Sie sieht Younès an, diesen jungen Erwachsenen, diesen Fremden, der ihr seinerseits direkt in die Augen blickt.

*

Wie herrlich es doch ist, fast ganzjährig Bermudashorts zu tragen und ein *Pala*-Brett in die Baststrandtasche zu stecken. Selbst die Machos scheuen hier nicht vor Rosa oder Hellblau zurück und schlingen sich einen leichten Kaschmirschal über das Polohemd von Lacoste. Wie sympathisch. Hier lässt es sich leben. Die Goyenetches haben ihre Garderobe entsprechend angepasst. Gelegentlich einen Regenmantel, aber nie einen Anorak, oder höchstens, wenn am Fuß der Pyrenäen ganz selten mal ein Hauch von Schnee fällt, von Younès abgesehen, der sich wie eine alte Dame stets in mehrere Wollschichten hüllt.

Noch gut zwei Monate, bestätigt der neue Physiotherapeut im rosa Polohemd, ein Cousin seitens der Villebaroin in B.-Süd, der sich ebenfalls bereit erklärt, alles über Gabriels Krankenversicherung laufen zu lassen, weil er zuvor noch nie Gelegenheit hatte, einem Migranten zu helfen, die sieht man hier nicht so oft, Spanier und Portugiesen zählen eigentlich nicht, wobei wir Basken doch auch viel migriert sind, oder? Was für ein herzensguter Mann. Für die Reha müssen sie dreimal die Woche zu ihm. Eine lange Fahrt, von Clèves bis hierher, oder? Aber nein, das ist für sie überhaupt kein Problem. Aber sie muss mit Engelszungen auf Younès einreden. Na klar behandle ich dich, Younès, aber du brauchst *auch* den Physiotherapeuten. Gut zwei Monate, dann sehen wir weiter, außerdem ist es dann praktisch schon Sommer.

Und dann legt sie ihm beide Hände auf die Knöchel, sie sind in ihrer Praxis unter sich, sie spürt, wie das Ödem unter ihren Handflächen pulsiert, es wird heiß, alles entspannt sich. Von Tag zu Tag wird es besser, und zwar schnell, aber das war ja zu erwarten, oder? Dank Physiotherapeuten und Tiefkühlerbsen? Younès wackelt zufrieden mit den Zehen. Auf ihren Arm gestützt, wagt er ein paar Schritte auf der Terrasse. Im Garten haben sie ein ganz manierliches Fertigschwimmbecken montieren lassen, in dem man längs drei und quer zwei Brustzüge machen kann. Younès lässt sich bereitwillig am Rand nieder, um die Füße im Wasser zu bewegen, das tut ihm sehr gut, aber er schlottert, die südliche Sonne von Clèves reicht nicht, man ist immer nördlich irgendeiner fremden Heimat.

Inzwischen hat sie ein paar Patienten. Es sind vor allem die Kollegen aus Paris, die sie an Rose verweisen. Hier kennt sie nur Leute aus ihrer Kindheit, und das ist offenbar keine Empfehlung. Ihr ist auch bewusst, dass über sie und ihren Migranten geredet wird. Wenn die Patienten weg sind, hört sie die Krücken bis zur Terrasse tappen, und dann setzt er sich hin, auf seinen Lieblingsposten mit Blick auf das Schwimmbecken und die Pyrenäen. Mit Stöpseln in den Ohren bewegt er den Kopf und sogar die Füße im Takt der Musik. Er ist wie ein Passagier beim Landgang. Sie hätte gern sein Leben in die Hand genommen, den Asylantrag für ihn gestellt, seinen Bericht für die Flüchtlingsbehörde verfasst, sie hat sich kundig gemacht, die hiesige Zweigstelle des Katholischen Hilfswerks kontaktiert und die französische Asylorganisation, sie hat die Rechte von unbegleiteten Minderjährigen gepaukt, sie ist voll auf dem Laufenden, Knochenanalysen besagen gar nichts, ein Relikt aus den finsteren Dreißigerjahren, darum hätte sie gern besser für seine Zukunft vorgesorgt als anhand seiner Knöchel, hätte ihm gern geholfen, die Grenzen auf andere Weise zu passieren. Aber du hilfst mir doch, wiederholt er beharrlich. Seine junge Hand wie ein Vogel auf ihrer Schulter. Er macht einen Schritt, zwei, drei, lässt los, geht mit ausgestreckten Händen weiter wie ein Schlafwandler, er steht auf der Erde. Sie würde ihm gern mehr einhauchen als die wiedererlangte Gehfähigkeit. Sie würde ihm gern die Gabe übermitteln, Meridianen seiner Wahl zu folgen.

Es heißt nicht mehr Gästezimmer, sondern Younès' Zimmer. Man muss zuerst anklopfen, und obwohl sie sich vor Augen führt, dass seine Privatsphäre zu achten ist und es sich um seinen Rückzugsort handelt, ärgert es sie, wenn er »Herein« sagt wie ein Nabob, in Niger gibt es keine Nabobs, dann eben ein Sultan oder ein fulanischer Prinz oder was sie sich darunter vorstellt, sie hebt das Handtuch vom Boden auf, bringt ihm saubere Wäsche, weist ihn an, seine Schmutzwäsche zu sortieren und selbst in die Waschmaschine zu stecken, wo kommen wir da hin. Er steht stundenlang unter der Dusche und setzt das ganze Bad unter Wasser, er könnte es doch wenigstens aufwischen, das täte weder seiner Würde Abbruch noch seinen Knöcheln. Tja, nicht anders als bei Gabriel.

Manchmal findet sie ihn in der Waschküche vor, er verfolgt die Umdrehungen der Maschine, und das rührt sie. Er liebt es auch, Milch in der Mikrowelle zu erhitzen. Er sieht den Blasen zu, die sich bilden, und drückt *ding* die Stoptaste erst dann, wenn alles überzukochen droht. Sein Zimmer ist voller Sachen von Gabriel oder Christian, er selbst besitzt fast nichts, aber sie nimmt die Leere wahr, die er hinterlassen wird, unfassbar, das Zimmer wird immer Younès' Zimmer bleiben.

Er zeigt ihr im Internet die Videos seines Onkels Sani, es sind insgesamt zwei. Eine fröhliche Musik, aber ernste Sänger, ein tiefernster Schlagzeuger, lauter Hippiekragen und ein körniges Bild, das Afrika der Unabhängigkeitskämpfe, das einstige Afrika der Zukunft. Der junge Onkel ähnelt ihm, ein hübscher Kerl mit bestickter Kappe, der melancholisch vor sich hin tanzt, sehr stilvoll, man stelle sich Fela Kuti und Ali Farka Touré vor, die sich auf Bob Marley zubewegen. Sie wiegt sich beim Zuhören in den Hüften, wer hätte gedacht, dass es in Niger so heiter zugehen kann, wobei, das ist lange her, damals hörte sie in Clèves Supertramp.

In B.-Süd führt sie ihn nach der Reha-Stunde regelmäßig ans Meer. Oft schmollt er nach der Reha, er meint, sie schade ihm mehr, als dass sie ihm nütze. Rose stellt das Auto auf dem Parkplatz des Kasinos ab, und er legt die fünfzig Meter bis zu Lopez ganz vorsichtig zurück. Younès nimmt immer Schoko-Vanille und will keine der »überkandidelten« Sorten probieren, das Wort gefällt Lopez, der ihm immer eine Kugel mehr gibt oder eine *Cigarette russe*, für ihn ein neues Gebäck, das er sich zum Spaß in den Mund steckt und feixend zu rauchen vorgibt, wie Emma auf der Kreuzfahrt. Mit seinen Zahnlücken sieht er aus wie ein Kind. Er bestaunt die unheimliche Kraft der Wellen, nie wird er darin baden! Rose versetzt es einen Stich, sie würde ihn gern eines Tages als Touristen begrüßen, legal und entspannt. Das Meer hat er zum ersten Mal in Libyen gesehen. Dabei wunderte er sehr sich über den Geschmack, *ache dey*! Nicht salzig wie das Wasser im Kochtopf, stattdessen ein großer Fischauflauf. Er blinzelt, während er sein Eis schleckt. Sagt, er habe sich gezwungen, *die Füße loszulassen*, trotz seiner Angst. Dabei musste er doch üben. Er schüttelt den Kopf. Sie denkt an das stockfinstere Meer in jener Kreuzfahrtnacht zurück. Sie würde ihn gern von diesen Erinnerungen heilen.

Niger sei ein wunderschönes Land. Das schönste Land Afrikas. Sie müsse unbedingt einmal hin. Nur in Niger bekommt man die wahre Sahara zu sehen. Aber die Hitze macht krank. 45 Grad sind keine Seltenheit, man schlüpft bei 37 Grad aus dem Mutterbauch und muss sich noch steigern. Hier ist es kalt, aber man kann frei atmen. Mit den Händen fächelt er sich anmutig Meeresluft zu. In Niger, fügt Younès matt hinzu, als müsste er tatsächlich seine Lage erklären, in Niger gibt es außerdem *nichts*.

Sein Telefon sirrt. *Tssii tssii tssii*. Inzwischen ist ihr dieses Insektengeräusch verhasst. Ende des magischen Augenblicks. Abbruch der Erzählung. Ein anderer Raum tut sich auf und verschlingt den jungen Mann. Er nimmt den Anruf entgegen. Wird entgegengenommen. *Tssii tssii tssii*. Wenn er allein ist, hört sie ihn oft telefonieren. Ob es die Nigerianerin ist?

*

Seit dem frühen Morgen ziehen Wildgänse über das Dorf. Sie kehren aus Marokko zurück. Ihr Ruf ist unverwechselbar, eine Art krächzender Trompetenstoß, und er reißt Rose aus dem Bett. Sie steht im Garten ihrer Kindheit, den Kopf weit im Nacken, und fliegt mit dem Schwarm. Dann vernichten, genau wie in ihrer Kindheit, Schüsse die Harmonie, die Dreieckformationen lösen sich auf, die Gänse geraten in Panik, sie suchen einander, da kommt eine, und noch eine und noch eine, die erneut eine Spitze bilden, und das Dreieck entfaltet sich ein weiteres Mal, strömt dahin wie Kielwasser, bis es auf eine Wand aus Kugeln trifft und alles wieder von vorn beginnt, Jäger gegen Vogel. Den ganzen Tag werden die Gänse sich über diesem nunmehr unüberwindbaren Dorf abmühen. Man müsste die Bullen rufen, aber die Bullen hier sind selbst alle Jäger, und dann malt sie sich das Chaos aus, sie mit ihrem Migranten, die Jäger mit ihren Gewehren.

Emma singt:

In dem Walde steht ein Haus,
Schaut ein Reh zum Fenster raus,
Kommt ein Häslein angerannt,
Klopfet an die Wand:
Hilfe, Hilfe, große Not,
Sonst schießt mich der Jäger tot!
Liebes Häslein, komm herein,
Reich mir deine Hand.

Arnaud ist auf ein Glas vorbeigekommen, das macht er oft, zu oft vielleicht. Er hegt diesen Plan, sich mit ihr zusammenzutun. Angeblich habe ihn damals die bloße Berührung durch ihre Hände davor bewahrt, für immer ein Vollidiot zu bleiben. Sie wirft ihm einen strengen Blick zu: Hör auf. Arnaud zufolge existiert in der Astralwelt keine Zeit. *Pareidolie*, führt er aus, der Hang, in allen möglichen Gebilden Gesichter zu erkennen, scheint bei den Menschen hier besonders ausgeprägt. Die Gegend ist feucht und begünstigt die Entstehung von Flechten und dunklen Flecken: Die Toten kehren durch Wände wieder, die Leute nehmen ihre fehlenden Gesichter wahr.

Anders ausgedrückt, sagt Rose, bringen die Familien, die der Psychologie jeden Nutzen absprechen, am ehesten Individuen hervor, die sich bereitwillig auf Übersinnliches berufen.

Genau, sagt Arnaud. Manchmal kann man einzig und allein über die Toten sprechen, wenn sie sichtbar werden.

Younès, der auf der Terrasse weiter hinten sitzt, blickt von seinem Telefon auf. Er findet sie bestimmt drollig. Arnaud und er blicken sich an, von einem Ende der Brücke, die sie trennt, zum anderen. Rose wird noch wahre Wunder bewirken, ruft Arnaud ihm zu. Younès lächelt milde. Bislang kümmert sich Arnaud um eine Familie in der Nachbarschaft, die von einem Gespenst heimgesucht wird. Knochenklempner, Hellseherinnen, Heiler, Zauberer, Hexen: Sie genießen das Vertrauen vieler Menschen, es sind viel mehr, als Rose es in der Schule, in der Klinik, bei der Arbeit gelernt hat, überall dort, wo es wie am Schnürchen laufen muss.

Ringsum werden wieder Schüsse abgefeuert, hier führt man Krieg gegen Tiere. Sie senken alle drei den Kopf, als ein Hagel von Schrotkugeln die Schirmakazie zerfetzt. »Mörder!«, brüllt Arnaud. Er reckt seine Faust in Richtung der unsichtbaren Angreifer. Als Jugendlicher hat Arnaud sich wie ein Arschloch verhalten, insbesondere gegenüber Solange; aber vielleicht geht in Wahrheit nur dieser eine Riss durch die Welt, zwischen jenen, die bereit sind zu töten, und den anderen. Außerdem begegnet er Younès auf gute Weise. Weder herablassend noch übergriffig, sondern zugewandt, er fragt, wie man seine Knöchel in Niger behandelt hätte (»Genau so wie hier, wenn du das Geld hast!«, sagt Younès und lacht), und will mehr über die Handbewegungen erfahren, die Rose ausführt, über die Methode, die sie entwickelt. »Im Grunde ist Younès auch ein bisschen dein Versuchskaninchen.« Da lacht sie ebenfalls, peinlich berührt.

Younès rückt seinen Stuhl ins Licht. Gleich verschwindet die Sonne hinter den Bergen, sie werden die großen Fenster schließen, vielleicht ein Kaminfeuer anzünden. Sie leben, in diesem bequemen Teil der Welt, in Häusern, die im Sommer gut gelüftet sind und im Winter gut beheizt.

*

Heute ist in Niamey Regen auf die Mangos gefallen, seine Mutter hat ihm ein Video geschickt. Große, knallgrüne Blätter beben heftig, es prasselt auf den roten Sand, und das ist die Hütte, in der ihr Wächter Zuflucht gesucht hat. Sie haben also einen Wächter. Und seine Mutter weiß, wie man Videos teilt. Auch die Hennen werden vor dem Regen geschützt, erklärt Younès, meine Mutter hütet viele Hennen, und wir haben außerdem Ziegen, was die Nachbarn viel fasziniert, weil sie weniger oder gar keine haben. Rose lacht und sagt: »Es heißt nicht viel fasziniert, sondern sehr fasziniert.« Younès streitet das ab. Vielleicht hat er recht. »Fehlt dir deine Mutter?«, fragt Rose, und Younès haucht: »Ja, ich fehle sie sehr«, und Rose nimmt sich vor, sein Französisch ein anderes Mal zu richten.

Wenn sie ihm die Knöchel massiert, nennen wir es einfach so, wobei es sich eher um das handelt, was man üblicherweise als Handauflegen bezeichnet, schon Sankt Ludwig praktizierte das unter seiner Eiche (oder verwechselt sie das mit seiner Rechtsprechung), kurzum, man muss die Hand gewähren lassen, warm, geschmeidig, aufgeladen. Manchmal schläft Younès ein. Manchmal bringt sie ihn dazu, von seiner Mutter zu erzählen, das gehört ein wenig zum Heilprozess dazu, seine Mutter wollte ihn partout nicht ziehen lassen, »warum träumst du immer vom Weggehen?«, und hielt ihn *mit der Tür* auf, aber er ist trotzdem hindurchgegangen. Von einem Vater ist nie die Rede. Er erzählt vom Gari, dass seine Mutter ihm als Reiseproviant mitgegeben hat, mehr Gari, als ein Elefant je vertilgen könnte. Zunächst Niamey-Agadès mit dem regulären Bus, die Fahrkarte für 22000 Franc, morgens um acht geht es los, aber man kommt erst um 21 Uhr an, weil der Asphalt hinter Abalak sehr schadhaft ist, diese Straße wird auch »Jedem sein Loch« genannt. Von Agadès aus war es ein Zehnrad-Lkw von Mercedes-Benz. Nichts als Sand. Für ihn ein Platz in der Kabine, sehr teuer, von seiner Tante bezahlt, während die anderen, 85 an der Zahl, sich an die Ladung klammerten, Zigaretten und Kolanüsse. Das Meer ist furchterregend, aber die Wüste ist auch *riskiert*, vor allem, wenn der Fahrer so ein Dilettant ist, der seine Passagiere verliert; für professionelle Schleuser ist das jedoch ein Massengeschäft.

Rose steckt ganz und gar in ihren Händen. Ihr Atem, ihre Kraft, ihre Stille haben sich dorthin zurückgezogen. Sie stellt fest, dass sie so besser zuhören kann, wenn ihre Hand nicht mit ihrem Kopf verbunden ist, sondern gewissermaßen mit dem von Younès, wobei sein Knöchel lediglich als Kontaktpunkt dient. Bei der Abfahrt in Agadès war der Fahrer Tubu, dann löste ihn am Baum der Ténéré ein anderer ab, dann fand in Dirkou der nächste Wechsel statt und schließlich in Madama. Die Kolanüsse wurden entladen, bittere, sehr gute Nüsse, die einen wachhalten. Jeder Wechsel zog sich ewig hin. In Tourayet warteten sie zwei Tage lang auf Zigaretten. Die Wasservorräte schwanden dahin. Ich hatte einen Kanister mit 20 Liter dabei, einen mit zehn und noch einen kleineren. Wasser verschenkst du nicht, nur an deinen Bruder, es sei denn, du hast selbst fast nichts mehr, und du machst kein Auge zu, damit man es dir nicht stiehlt. In Tumu, kurz hinter der libyschen Grenze, waren sie in einem Nordcruiser-Pick-up unterwegs, ohne zu schlafen, aus Angst, vom Pick-up zu fallen, und dann wurden sie sehr lange in einem Militärlager festgehalten. Dort haben sie mich geschlagen, das Foto meiner Freundin zerrissen und mir den Talisman abgenommen, den meine Mutter genäht hatte, in ihren Augen war der *haram*. Die nigerianischen Prostituierten winkten sie aber durch.

Er hatte also eine Freundin? Und die Nigerianerin, hat er sie etwa dort kennengelernt? Rose versucht, sich alles gut einzuprägen. Wenn er das der Flüchtlingsbehörde berichtet, bekommt er doch sicher Asyl? Von Weitem jagt einem der Baum der Ténéré Angst ein, er sieht aus wie ein Dschinn. Früher war er eine Akazie, der einsamste Baum der Welt, ein betrunkener libyscher Fahrer hat ihn umgestoßen. Jetzt ist er nur eine Metallantenne mit einer Art

Kopf darauf, er steht mitten in der Wüste, als Erinnerung an einen Baum, dort, wo es keine Bäume mehr gibt.

*

Emmas Ausschlag ist zu einem Teil von ihr geworden, und der guten Luft zum Trotz ist ihre Nase ständig verstopft. Die Kinderärztin (zu der sie bis nach B.-Süd fahren muss, wo man das Auto praktisch nirgends abstellen kann) ordnet eine ganze Reihe von Tests an. Als Rose den Laborbrief öffnet, erfährt sie, dass ihre Tochter gegen Schirmakazien allergisch ist, gegen Beifuß, Birken, Kastanien, Eichen, Eschen, Süßgräser, Stechpalmen, Rosenlorbeer, Lilien, Haselsträucher, Zwergpalmen, Rispengräser, Weiden. Man müsste den ganzen Garten abholzen. Rose hat die berühmte kleine Vietnamesin vor Augen, die nackt vor einer napalmverbrannten Landschaft davonläuft.

Younès hat angeboten, auf Emma aufzupassen, wenn sie von der Schule kommt. So kann Rose mehr Patienten aufnehmen. Er bewegt die Kleine sogar dazu, ihre Hausaufgaben zu machen, und er bringt ihr Wörter aus seiner Sprache bei, *ni kani baani*, wie geht's, *ay gono*, ich bin da, *fofo*, Hallo. *Fofo, fofo*! Emma wird nicht müde, ihm alles nachzusprechen. Nach einem langen Arbeitstag findet Rose die beiden eines Abends beim gemeinsamen *E.T.*-Gucken vor, dabei teilen sie sich auf dem Sofa eine Packung Prinzenrolle. Ich sypnotisiere dich, sagt Emma, und Younès fällt auf der Stelle um, man muss ihn wachschütteln, Emma jauchzt vor Freude. Gabriel ist der einzige, der sich in seinem Zimmer einsperrt. Sie rufen ihn, Essen ist fertig, Essen ist fertiiiiig, sie binden Younès in ihre Tischgespräche ein, und Younès redet wie E.T. nur davon, dass er sich auf den Weg machen will. Das ist geradezu eine Kränkung. London hier, London da. So viele Verheißungen. God save the queen. Angeblich gibt es in England nirgends Ausweiskontrollen, und man findet an jeder Straßenecke einen Job. *E.T.* guckt er in der Originalversion, um sein Englisch zu verbessern. Gabriel hingegen denkt nur an Paris. Rose hat das Gefühl, sie sei von Außerirdischen umgeben. Gabriel macht nächstes Jahr Abitur, dann sehen wir weiter, wie weiter? Sie hütet sich, Gabriel mit Younès zu vergleichen, aber alle wissen, was sie denkt. Das süße und das harte Leben. Der Prinz und der Bettelknabe. Auch wenn sie Gabriel niemals, nie und nimmer wünschen würde, dass ihm widerfährt, was Younès durchmachen muss.

Gabriel hat sich wieder einmal geweigert, eine Jeans auszuborgen, also empfängt sie an diesem Samstagmorgen keine Patienten, sondern fährt mit Younès zu H&M in B.-Nord, Younès, den sie aus dem Bett holt wie einen Teenager, der er schließlich noch ist, so sehr, dass er ständig sein Morgengebet versäumt, aber damit scheint er sich abzufinden, jetzt will er das Mittagsgebet verrichten, doch nein, halt, wir fahren hopp hopp zu H&M, andernfalls droht Stau. Die Vierspurige ist bereits stark befahren. Im Decathlon entscheidet er sich für Schuhe mit hohem Schaft, die seinen Knöcheln genug Halt geben, Schuhe, die sich zum *Probieren* eignen, das hat Rose längst begriffen. Er erzählt ihr, dass ein garantierter Grenzübertritt 10000 Euro kostet, der sogenannte Botschaftstarif, Abfahrt mit dem Auto in Paris. 8000 kostet es von Calais aus, mit höherem Risiko, falls es nicht klappt, kann man es aber so oft wie nötig wiederholen. Für 3000 Euro darf man es dreimal im Lkw probieren. Der günstigste Tarif beträgt 500 Euro: Der Schleuser garantiert lediglich die Öffnung des Lastwagens und die Schließung mit dem vorschriftsmäßigen Siegel. Das mutet ja an wie die Kaffeespezialitätenauswahl bei Starbucks. Rose ist fassungslos ob dieses höchst differenzierte Angebot im Schleusergeschäft. Will man die Grenze ganz allein passieren, dauert es lange, im Schnitt ein halbes Jahr in Calais, und wenn man von den Bullen oder Schleusern erwischt wird, muss man sich nach Dunkerque verziehen oder nach Belgien oder sogar die Niederlande. Von Calais aus kann man England aber sogar *mit eigenen Augen sehen*.

Sie fahren wieder auf der Vierspurigen. Und schon entsteht ein Stau. Seine Großmutter lebt in Arlit. Da muss Rose unbedingt hin, sagt Younès, Arlit gilt als das *Zweite Paris*. Ein Lastwagen fädelt sich direkt vor Rose ein, sie bremst, sie hat denselben Reflex wie bei ihren Kindern, sie streckt den Arm aus, als wäre sie stärker als ein Sicherheitsgurt, stärker als der Tod. Mit der ganzen Familie, fährt Younès fort, es gibt einen Direktflug nach Niamey, Arlit, das sind die schönsten Dünen der Sahara, und ihr könnt bei meiner Großmutter bleiben, so lange ihr wollt. Die französischen Geiseln sind drei Jahre geblieben, sagt Rose. Wenn meine Großmutter euch beherbergt, droht nicht die geringste Gefahr. Rose stellt sich eine nigrische Großmutter vor, so gut, wie es eben geht, halb Tuareg, halb Marguerite Duras, am ganzen Leib tätowiert und mit Superkräften gesegnet, die den Dschihadisten der AQMI im Alleingang die Stirn bietet. Und dann denkt sie an die Superkraft ihres Reisepasses und an diesen Jungen, der sie einlädt, während sie sich ziert, dabei wäre sie, hopp, mit nur einem Flug, einem Visastempel binnen weniger Stunden über Wolken, Meer und Wüste dort, und damit würde sie Younès eine Riesenfreude machen, und sie würde seine Mutter, seine Tante und seine Großmutter besuchen und man würde sie empfangen wie eine Königin, beharrt er, jetzt übertreib mal nicht, sagt Rose. Es ist doch nur ein Traum von Sand und Dünen, also der Inbegriff einer Fata Morgana. Sie denkt an ihre einzige gemeinsame Flugreise, nach Los Angeles, Christian, Gabriel, Emma und sie: Solange hatte ihnen vier Air-France-Tickets zukommen lassen, damit sie die Premiere eines Films besuchen, an den Rose sich kein bisschen erinnert. Rose im Flugzeug, mit Beruhigungsmitteln vollgepumpt, wie sie zwölf Stunden lang die Hand ihres Mannes zerquetscht, das hat ihr den Aufenthalt verdorben, diese Vision der zerquetschten Leiber ihrer Kinder unter den Trümmern der Pilotenkanzel, den ganzen kalifornischen Aufenthalt, getrübt vom Grauen, wieder ins Flugzeug steigen zu müssen. Clèves-Paris in fünf Zugstunden, das genügt vollauf.

*

Das Kind, sieben Jahre alt, leidet an einer besonders heftigen Gürtelrose. Die Eltern haben alles versucht, sie sind sogar bereit, sich auf eine psychologische Behandlung einzulassen, und so kommen sie zu ihr, Madame Rose Goyenetche, eigentlich haben sie mit Psychologen nichts am Hut, aber es heißt, Rose sei anders, und ihr baskischer Nachname flößt Vertrauen ein. Das Kind empfindet an der befallenen Stelle einen brennenden Schmerz. Die Bläschen haben entlang des Zwerchfells winzige rote Wunden hinterlassen, sie ziehen sich um seinen ganzen Rumpf herum, und das ist nicht gut, denkt Rose im Stillen. Ein Schmerz, der dem Leben keinen Raum mehr lässt, ein rätselhafter, willkürlicher Schmerz, der für nichts steht, die Urmutter des Wahnsinns. Seine Mutter ist blass und dünn, sein Vater sieht weg, die Familie wird nur noch durch die Schnur einer unerträglichen Gegenwart zusammengehalten. Der Kleine kann weder zeichnen noch Knetmasse modellieren, wo denken Sie hin, schon das Sitzen tut ihm weh. Aus seinem Wimmern schließen wir, dass der Schmerz sich so anfühlt wie fortwährend erfolgende Elektroschocks, bei der geringsten Bewegung fällt es ihm anheim, wenn es so weitergeht, wird daraus bei günstigem Verlauf eine Katatonie. Dem Hausarzt fällt nichts Besseres ein, als ihm Paracetamol zu verschreiben, was soll man dazu sagen, bei einer kindlichen Neuropathie, der nächstgelegene Neurologe ist in Bordeaux, der nächste freie Termin in einem halben Jahr. Rose legt das Kind behutsam auf die Couch. Die Eltern haben auf ihre Bitte hin das Sprechzimmer verlassen. Sie summt ihm auf Baskisch ein Kinderlied vor, es handelt von ihrem geliebten Vogel, der davongeflogen ist, anstelle der Worte, die ihr entfallen sind, ersinnt sie neue, lässt ihrer Intuition freien Lauf wie bei Grichka und Bilal in der guten alten Zeit. Dein Kopf ist schwer, murmelt sie zur eigenen Beruhigung, deine Schultern sind schwer, deine Arme sind schwer, deine Ellbogen, deine Handgelenke, dein Rumpf und dein gesamter Bauch. Der Körper des Kindes sperrt sich, bald verzerrt es das Gesicht, und Rose spürt den Schmerz wie ein kauerndes Tier, hier, in unmittelbarer Nähe, zwischen ihr und dem Kleinen, sprung- und bissbereit, doch Rose geht dazwischen. Sie nimmt die Haltung eines Jedi-Ritters ein, zum Glück sieht außer dem Kleinen niemand zu. Das Tier weicht zurück. Rose verändert ihre Haltung. Sie führt die Bewegung zu Ende, der Blick des Kleinen gibt ihr Kraft. Sie tanzt. Der Kleine lächelt beinahe. Sie schließt ihn in die Arme. Er stöhnt nicht. Er klammert sich an sie, und sie greift zu diesem uralten Mittel: Sie hebt ihn hoch. Sie löst ihn vom Boden. Der Kleine macht sich schwer, aber die Verkrampfung lässt nach, Rose geht neun Schritte vor, bis zur Wand, kehrt um, dieser rein intuitiv entworfene Raum hat genau die richtigen Maße, geht neun Schritte zurück. Der pulsierende Faden, der ihn am Boden festhielt, reißt mit einem Knall, der Rose durch Mark und Bein geht. Es ist, als hätte sie ein Peitschenhieb getroffen. Alles hat sich entknotet. Sie stellt den Jungen auf den Boden, er steht, auf beiden Beinen. Er hebt den Kopf. Der Schmerz hat ihn aus seinen Fängen gelassen. Der Schmerz hat sich wieder in den Bereich der Schatten verkrochen, dort, wo die Nacht haust.

*

Die Frage ist nicht, wie lange, sagt ihr Mann, sondern wie lange können wir ihm hier gerecht werden? Die Frage ist, korrigiert sie ihn, wie lange er überhaupt bleiben möchte. Das stärker lädierte Sprunggelenk ist noch nicht so geschmeidig wie früher, aber er geht jetzt ohne Krücken. Er spielt stundenlang mit der Wii, das ist hervorragend für das Gleichgewicht und für all die kleinen Muskeln und Sehnen, Wadenmuskel, hinterer Schienbeinmuskel, oberes Sprunggelenk und Fersenbein, das mit dem Sprungbein in Berührung steht, aber ja, Rose hat sich inzwischen mit Anatomie befasst.

Und sie wird ihm auch die Zähne richten lassen. In Clèves gibt es keinen Zahnarzt, aber der Physiotherapeut aus B.-Süd, der mit dem rosa Polohemd, empfiehlt ihr einen Kumpel im Bahnhofsviertel. Ihr Mann soll ihn hinführen, die Praxis ist schließlich ganz in der Nähe seines Maklerbüros, es braucht mehr als einen Termin, zwei Schneidezähne und ein Eckzahn, ist Ihnen klar, wie aufwendig das ist, mit dem Stiftaufbau, da gibt es eine Menge zu tun. Younès ist einverstanden. Ein knapper Monat mehr. Das Ganze kostet ein Vermögen, aber Rose bekommt immer mehr Patienten. Sie setzt ihre Hände ebenso stark ein wie ihre Worte, und das spricht sich unter den Patienten herum. Und da sie von ihrem Mann ermutigt wird und Arnaud immer noch auf eine Zusammenarbeit drängt, steigt Rose das alles fast schon zu Kopf. Und so grüßt sie den Hausarzt jetzt auf ziemlich kecke Weise, sie bewirkt nämlich Dinge, die er mit seinem Kugelschreiber und seinem Rezeptblock nicht vollbringen kann, jetzt reiß dich aber zusammen.

Younès lernt Fahrradfahren. Der Physiotherapeut meinte, für die Sprunggelenke gebe es nichts Besseres. Younès schenkt ihm keinen Glauben, möchte aber gern Fahrradfahren, um noch mehr zu trainieren, wie er sagt. Rose seufzt angesichts dieses Möchtegern-Actionhelds, der es wieder *probieren* will. Dabei könnte er, gerade mit dem Fahrrad, eigenständig agieren, zum Beispiel die Rechtsberatung des Katholischen Hilfswerks aufsuchen, beim Bürgeramt vorstellig werden und seinen Bericht bei der Flüchtlingsbehörde hinterlegen. Oder nicht? Younès betrachtet das Rad zunächst als feindseliges Tier. Emma prustet vor Lachen, als er es zu besteigen versucht, so ungelenk, wie man ihn noch nie erlebt hat. Rose fragt sich, ob dieser Junge im Grunde wirklich ungeschickt ist, gar nicht dafür gemacht, den Grenzübertritt nach England zu wagen, wer weiß, aus welchem Grund er vom Lastwagen gefallen ist? Vor ihrem inneren Auge sieht sie Younès im Kofferraum des Hybridautos, zum x-ten Mal unter einer Decke verborgen, nein, auf keinen Fall, das wäre zu gefährlich, zu viele dieser Geschichten im Netz, zu viele Gutmenschen, und das ist bei ihr nicht ironisch gemeint, großherzige Mitbürger, die im Gefängnis landen, wegen des Versuchs, Familien über den Ärmelkanal zusammenzuführen, diesen Meeresarm, der für viele so etwas geworden ist wie das Niemandsland zwischen den beiden Koreas.

»Ist doch nichts dabei, wenn man seine Grenze verteidigt«, erklärt Younès ungefragt. »Es geht um eure Sicherheit. Ich hab ja gesehen, wie das ist, ohne Sicherheit: nicht gut.« Immer häufiger redet er mit ihr wie mit einer Frau, die keinen blassen Schimmer hat. Sie wird ihm schon den Mund stopfen: »Irrsinn regiert die Welt. Die grassierende Armut im Süden, Ausweispapiere nur für Reiche, das Nadelöhr von Calais und diese Massen von Absperrungen, die Erdüberlastung und die Wiederkehr des Faschismus – und du willst, dass die Bullen eine solche Ordnung aufrechterhalten?« – »Ich will mich genauso sicher fühlen können wie du.«

»Aber hast du dort Angehörige, in London?« Allmählich kommt sie zu dem Schluss, dass die Nigerianerin es *geschafft* hat und er zu ihr will. Das nervt Rose, und sie ist genervt davon, dass es sie nervt. Younès antwortet nicht. »Könnte es vielleicht sein, dass dein britisches *magic kingdom* nicht ganz so toll ist, wie alle sagen?« Younès wird nachdenklich und räumt ein, dass Nigrer eher selten auswandern, aber das bringt auch keine Klarheit.

*

»Die Kolanüsse wurden in Al-Qatrun entladen, einer Oase der Tubus. In Sabha, weiter nördlich, gab es einen Flughafen. Ich wollte nach Tripolis: 900 Kilometer, dieselbe Entfernung wie von Niamey nach Agadès. Aber ich hatte kein Geld mehr. Tagelang habe ich Sabha den Flugzeugen beim Abheben zugesehen.«

Rose vergewissert sich, dass ihr Telefon im Aufnahmemodus ist. Sie hält an ihrer Idee fest, seinen Lebensbericht zu verfassen, wegen des Asylantrags.

»Ich wohnte in einem Haus, das von Zarmas und Hausas gemietet wurde. Nur Männer. Sie handelten mit Lebensmitteln und Zigaretten. Zwei Tschader haben mir geholfen, sie gaben mir Bohnen zum Frühstück. Ich spreche ein bisschen Hausa, sie übersetzten für die anderen ins Zaghawa, die antworteten auf Englisch, und das wurde wieder ins Hausa übersetzt.

Ich war wild entschlossen, nach Tripolis zu gehen. Ich war der einzige, der mit Koffern loszog, schon auf dem Lastwagen haben sich alle darüber kaputtgelacht. Ich habe meine Kleider verkauft. Darüber haben die Tschader dann auch gelacht. Für ein Flugticket reichte es immer noch nicht. Meine Tante musste noch einmal 100.000 Francs aufbringen, um mich nach Tripolis schmuggeln zu lassen. In einem Geländewagen von Daewoo. Mich hat man vorne hingesetzt, komplett verhüllt, bis auf ein Auge. Ein ehemaliger Leibwächter von Gaddafi zog die Fäden bei diesem Geschäft. Die Araber haben die *Angewohnung*, das Wochenende im Kreis ihrer Familie zu verbringen, wie die Weißen. Wir haben die Fenster mit Lendentüchern verhängt, um so zu tun, als säßen hinten weitere Frauen. Ich bin vorne so tief wie möglich in meinen Sitz versunken, ich war schon damals so groß. Bis Tripolis gab es drei brandgefährliche Milizposten. Ich betete. Ich hatte Angst. Der erste Posten. Der zweite. Sobald sie Frauen sahen, winkten sie einen durch. Ich spielte die Greisin, zitterte, wackelte mit dem Kopf. Die vier auf der Rückbank drückten gegen die Vordersitze, weil es so eng war. Beim dritten

Grenzposten fängt der Kofferraum an zu klappern. »Aufmachen! Aber schnell!« Ich dachte, wir wären zu sechst, aber wir waren neun; die anderen waren »Gezahlt-wird-bei-Ankunft«. Alle zusammen haben wir 1600 Dinar in die Fahrzeugpapiere gesteckt. Eine Cola kostet etwa ein Dinar, so als Vergleich. Und wir kamen damit durch. Er hat uns nur ein bisschen ausgeschimpft. Er fand uns wahnsinnig komisch. Wir haben ihm auch Kaffee und Haschisch angeboten. »Das hast du nicht gesehen.« Das sagen alle, die ganze Zeit. Er sagte ständig: »Das hast du nicht gesehen.«

In Tripolis wohnten wir im Viertel Suq al-Dschumʿa. Ich musste mich da nicht an Miete und Lebensmitteln beteiligen, der Monat war fast vorbei, außerdem war ich der jüngste. Ich bin zu den Zarmas gegangen, weil ich meinen Cousin Moussa suchte. Er stammt wie ich aus dem Poudrière-Viertel in Niamey. Dort hieß es aber: »Moussa ist nach Hause zurück.« Die Beschreibung passte. Ich war niedergeschlagen. Zwar hatte ich einen Moussa gesehen, ebenfalls aus der Poudrière, aber nicht meinen Cousin Moussa. Also bin ich unter die Autobahnbrücken gegangen, um Arbeit zu finden. Ein Araber zahlt eventuell zwanzig oder dreißig Dinar, wenn du bei ihm putzt. Man verständigt sich mit Gesten. Nach einer Woche hatte ich aber immer noch keine Arbeit gefunden. Dafür sahen wir Araber arbeiten und konnten es nicht fassen, »die Hellhäutigen rackern?«. Das war nicht gut, denn das hieß: keine Arbeit für uns. Tatsächlich waren es Ägypter. Was für eine Erleichterung. Schließlich habe ich was gefunden, Sand herbeischleppen für einen Hausbau. Dreißig Dinar. Endlich verdiente ich Geld. Ich habe auch *malga* gemacht, kleinere Malerarbeiten. Ich lernte die ersten arabischen Wörter. Ich bin zur nigrischen Botschaft gegangen, um als Chauffeur anzuheuern, da war sie noch nicht geschlossen, aber sie haben mich nicht genommen, obwohl sie meinen Onkel kannten. Wir wohnten in halbfertigen Häusern. Es war sehr heiß. Es war Sommer. In einem dieser Häuser hat mir eine Gaunerbande vorgegaukelt, sie hätte Arbeit für mich, und dann hat sie mich entführt. Dieser Moussa, der nicht mein Moussa war, hat das Lösegeld für mich bezahlt. Aber sie hatten mir den Arm gebrochen. Das war richtig scheiße. Ich habe nach Freunden gesucht, ich sagte: »Ich bin Poudrière«, sie haben mich ins Krankenhaus gebracht. Die Ärzte wollten wissen, ob ich Alkohol getrunken hatte, sie führten die Hand zum Mund. Nein, nein. Der Mann, der für die Gipsverbände zuständig war, sagte immer *ghadaan*, morgen. Eine weiße Krankenschwester, aus den Philippinen, hat den Doktor angefleht und ihn an beiden Händen ergriffen, sie sagte, ein Gipsverband, das ist in fünf Minuten erledigt. Das Rezept kostete insgesamt fünfundachtzig Dinar und ich hatte nur fünf. Außerdem hatte ich eine Kopferschütterung. Ich wollte nicht schlafen, die Krankenschwester hatte mich gewarnt: In so einem Fall darf man nicht schlafen. Mein Kumpel Moussa Poudrière hat mir zehn Dinar geliehen, und dann haben wir für fünfzehn Dinar Tramadol und Antiobiotika gekauft. Nach zehn Tagen habe ich meinen Gips abgenommen, weil ich arbeiten wollte. Mein Arm ist bis heute nicht verheilt. Deswegen bin ich in Calais vom Lastwagen gefallen, weil mein Arm so schwach war. Danach habe ich in der Baladia, im Rathaus Arbeit gefunden, ich leerte die Mülleimer, dabei fand ich manchmal brauchbare Kleidung. Ich hatte furchtbare Migräneanfälle. Ich schluckte Efferalgan, aber die Wirkung hielt bei mir nur eine Stunde an. Ich blieb im Bett. Ich aß nicht mehr. So vergingen August und September. Ich war ganz auf mich allein gestellt. Der nigrische Botschafter ließ mir Nifluril zukommen. Im Oktober konnte ich ins Rathaus zurückkehren. Danach hütete ich das Haus eines Italieners. Ich verdiente monatlich zweihundert Dollar. Ich lernte Harbi kennen, einen Algerier, der die Stromleitungen im Haus verlegte. Er sagte mir immer wieder: »Man soll nicht stehlen, man soll nicht lügen, man soll niemandem trauen«, das sagte er ständig. Später habe ich für einen

Iraker das Haus gehütet, bei ihm habe ich gut gegessen. Und dann habe ich in Misrata Arbeit gefunden, dort, wo man die Schwarzen massakriert hatte. Ich machte die Anstriche mit Grafit. Binnen vierzig Tagen hatte ich tausend Dinar verdient, das war gut. Dann bekam ich einen Job in Al-Chums, das war früher ein Badeort. Wir strichen die Häuser des dort ansässigen Klans. Tausend neue Villen, die man nicht fertiggestellt hatte, für die Engländer, wegen der Ölförderung. Der Klan hatte sie alle an sich genommen, sie schafften es nicht, alle zu bewohnen. Danach war ich in Sirte, Gaddafis letzte Bastion. Und dann war ich in Bani Walid, dort gibt es einen einflussreichen Stamm. Die haben mir die Zähne eingeschlagen. Ich kam einfach nicht aus Libyen raus. Ich glaube, ich bin einem Zauber zum Opfer gefallen. Libyen klebte förmlich an mir. Ich träumte von einem Flugzeug, ich wollte davonfliegen, ein Vogel sein. Wir standen in der prallen Sonne hinter Zäunen, und sie verbrannten uns mit Bügeleisen, damit wir zahlten. Sogar die Kinder, sogar die Kleinsten. Das Schlimmste waren die Schreie. Ein Mann hat für mich bezahlt und sagte, ich würde von Tripolis aus starten. Er sagte, er heiße Moussa, schon wieder ein Moussa. Ich bin mit ihm gefahren, im Kofferraum seines Autos, ich erinnere mich nur noch daran, dass wir sehr schnell gefahren sind, weil ich wieder diese fürchterlichen Kopfschmerzen hatte. Und dieser Moussa sagte auch ständig: »Das hast du nicht gesehen.« Irgendwann glaubte ich ihm. Hatte ich das alles wirklich gesehen? Er nahm mir mein letztes Geld ab. Und er hat meine Mutter erpresst, er hat mich gezwungen, ihm die Nummer zu geben. Schlimmer konnte es nicht werden. Am Strand von Tripolis war es schon dunkel, und wir waren sehr viele. Alle schwarz. Es gab lauter kleine Feuer, davor kauerten die Leute. Es war kalt. Ich dachte: das ist wie in grauer Vorzeit. Und das Meer – selbst wenn man schwimmen kann, heißt das nicht, dass sich ein Baumstamm im Wasser jemals zum Krokodil wandelt. Als ich euer Schiff sah, dachte ich, ich wäre tot. Es war dermaßen riesig und hell erleuchtet, wie eine Rakete. Und ich dachte: entweder ist das der Tod oder Science-Fiction.

*

Sie hat alles mitgeschrieben, aber er will unbedingt nach London, der Zukunft nachjagen in Straßen ohne Ausweiskontrollen. Also macht Rose sich an die Arbeit. Die Patienten strömen zu ihr. Den Krebs kann sie zwar nicht heilen, aber die Angst weniger lodern lassen und sogar das Brennen der Chemotherapie etwas lindern. Sie braucht nur eine Sitzung, um Delphine von ihrem Ischias zu befreien. Den Erschöpften flößt sie Energie ein, die Schwankenden ankert sie, und sie wendet auch die klassische Analyse an. Ihre Preise gestaltet sie flexibel, die Reichen zahlen für die Armen, trotzdem übertrifft sie bereits ihr Pariser Gehalt. Wenn sie täglich ein Dutzend Sitzungen abhält, könnten sie dann nicht, selbst nach Abzug der Steuern und Sozialabgaben, ein Schwimmbecken ausheben lassen, ein richtiges Schwimmbecken aus Gussbeton? In den Pausen zwischen zwei Patienten fordert sie im Netz Kostenvoranschläge an. Könnte sie ihm denn nicht diesen vermaleideten Grenzübertritt nach England bezahlen? Zunächst einmal spendet sie dem Katholischen Hilfswerk dreihundert, nein, zweihundertfünfzig Euro, 66 % dieser Summe kann sie von der Steuer absetzen.

Arnaud hat eingesehen, dass es trotz seiner Bemühungen nie zu einer Zusammenarbeit kommen wird. Sie allein mit dem Patienten, das liegt ihr. Die reine Übertragung. Sie behandelt keine Gruppen, sie misstraut der kollektiven Trance. Sie begnügt sich mit dem Versuch, Leid zu lindern. Er behauptet, sie habe Angst vor Gespenstern. Er sieht sich voller Missbilligung in ihrem Sprechzimmer um. Konfrontiert sie mit einem Leitsatz des Feng Shui: »Ist der Beziehungsbereich zu weit gefasst, schwindet die weibliche Energie und werden die Frauen zu dominant, was ihrem Wesen nicht entspricht und der Gesundheit aller schadet.« Im Dorf schwillt die üble Nachrede an. Nathalie, die Physiotherapeutin, redet kein Wort mehr mit ihr. Manchmal sehnt sich Rose nach der Anonymität von Paris zurück. Sie hatte Clèves für einen Zufluchtsort gehalten. Doch das, was die Welt gerade in ihren Grundfesten erschüttert, verfolgt sie bis hierher. In den Pausen zwischen zwei Patienten, wenn niemand sie beobachtet, bewegt sie allein durch Gedankenkraft das Wasser in ihrem Glas.

*

Unterdessen fährt Younès mit dem Rad und das ist hervorragend für seine Sprunggelenke. Rose läuft hinterher und schiebt ihn am Sattel, und hop, schon flitzt er davon. Weil er so groß ist und Gabriels Rad klein, bilden seine dünnen Arme und Beine eine Raute. »*Dia*! Jiminy Grille!«, ruft Raphaël Bidegarray, der nach der Arbeit im Gemüsegroßmarkt joggen geht, sie hat ihn nie zurückgerufen. Wie er sich wohl auf einem Kamel anstellen würde? Und dann feuern ihn sämtliche Sportexperten des Dorfes an, wie im Zirkus. Younès ist aber kein Kind mehr, sondern nur ein Nigrer auf einem Fahrrad. Sie rennt ihm hinterher, wie sie es bei ihrem Sohn nie getan hat, als man ihm die Stützräder abnahm. Der Fluss funkelt, drei Schwalben sprenkeln ihre Augen mit schwarzen Flecken, während weiter vorn das Rad im Zickzack fährt, immer stärker im Zickzack. Sie konzentriert sich, ballt sogar die Fäuste, ihr Körper gespannt wie der einer Stabhochspringerin, ohne irgendein Bild vor Augen, es geht nur darum, ein Gleichgewicht zu finden, eine Haltung, in einen schmalen Durchgang zu schlüpfen, und als sie die Augen wieder aufmacht, fährt Younès wie ein Profi und ist vollkommen selig.

*

Gabriel steigt jeden Morgen um halb sieben in den Schulbus. Wenn er abends um halb sieben nach Hause kommt, sitzen Younès und seine kleine Schwester vor dem Fernseher und gucken Zeichentrickfilme. Und wenn er Mittwochs um eins aus der Schule kommt, ist Younès noch nicht mal aufgestanden. Oder er spielt gemeinsam mit seiner kleinen Schwester mit der Wii, mit seiner, Gabriels Wii. Gabriel zieht sich in sein schönes Feng-Shui-Zimmer zurück. Schmollt er? Schreibt er? Langweilt er sich? Ist er außer sich vor Wut oder versinkt er in Schwermut?

Younès ist bald weg, verspricht Rose. Er will nicht nach den Sommerferien eingeschult werden. Er will keinen Minijob in der Bücherei, obwohl man dort bereit war, ihn ohne Papiere zu nehmen. Er will nichts, nicht einmal Asyl. Also ist er garantiert bald weg. Rose lädt ihren Sohn zum Mittagessen in B.-Süd ein, nur sie beide. Unterwegs blicken sie auf die Straße. Sie würde ihm gern die Hand auflegen, um die Runzeln auf seiner jungen Stirn zu glätten. Sie sagt ihm ein Studium in Paris zu, sie werden das schon irgendwie schaffen, dann braucht er sich nicht mehr mit diesen Provinz*losern* abzugeben. Kein Mensch sagt mehr Loser, Mama, auch nicht in der Provinz. Beide lächeln. Sie nehmen auf der Restaurantterrasse Platz, das Meer ist herrlich, es ist Mai, die ersten Touristen schlecken bei Lopez ihr Eis. Gabriel hat einen Roman angefangen. Er hat ihn dabei, in seinem Telefon. Den Roman. Aber der ist noch längst nicht fertig. »Du schreibst einen Roman?« Gabriel betrachtet das Meer. Man weiß ja, wie das bei Jugendlichen so ist, sie verraten einem nur einen winzigen Bruchteil von den großen Plänen, die sie im Herzen hegen. Rose würde ihn gern in den Arm nehmen, ihren Sohn, ihren wunderbaren Sohn, begnügt sich aber damit, mit der Fingerspitze seine Wange zu berühren, mehr nicht: eine Liebkosung.

*

Rose ruft Solange über Skype an: Gabriel schreibt gerade einen Roman, du kennst doch so viele Leute, bestimmt findest du für ihn einen Verleger, einen Produzenten, einen Drehbuchautor, was weiß ich, du kennst ja sogar George Clooney. Solange will aber über Younès reden: über seine Sprunggelenke, seine Vergangenheit, Gegenwart und Zukunft. Es ist Younès, der ihr leidenschaftliches Interesse weckt. Sie wird ihm Geld schicken.

Das landet am Ende in der Tasche eines Schleusers, wendet Rose ein. Aber natürlich muss er *eingeschleust* werden, dieser junge Mann, mahnt Solange, wir können doch nicht zulassen, dass er wieder zerschellt.

Dieses »wir« ärgert Rose, genau wie der leichtfertige Umgang mit dem Begriff des Schleusens. Schon immer musste Solange, die doch alles hat, Rose ihr kleines Bisschen nehmen. In Beverly Hills ist es Abend, und ihr Haus in Clèves, das doch so hübsch ist, so Feng-Shui-mäßig, kommt ihr schäbig vor angesichts des riesigen Panoramafensters mit Palmenblick. Solange, die sich gern überall gespiegelt sieht, identifiziert sich mit Younès, ja, sie wagt sogar den Vergleich: Auch sie habe sich blutjung auf den Weg gemacht, mit leeren Händen. Solange und ihre Leidensgeschichte, davon hatte Rose die Nase gestrichen voll. So leer waren ihre Hände nicht, sie hatte immerhin einen Pass, zwar nur ein Touristenvisum, und als das abgelaufen war, musste sie eine Weile in den USA untertauchen, aber sie hatte einen französischen Pass, keinen nigrischen. Und die Haut einer Weißen, wollen wir das vielleicht ein wenig vertiefen?

Was Solange ihr nicht wegnehmen kann, ist das, was in den Händen von Rose steckt. Das verschweigt sie ihr lieber, dass ihre Kraft sich hier offenbar verstärkt hat, dass sie gereift ist wie Mangos unter dem Wüstenregen.

Was das Geld angeht – stimmt, Solange hat ihr schon mehrmals unter die Arme gegriffen. Younès hat kein Bankkonto, aber eine Telefonnummer, ja, die hat er. Rose gibt sie widerwillig preis. Ja, die gleiche wie Gabriel. Wie Gabriel davor. Ja. Sie muss es ihr erzählen. Die Kreuzfahrt. Ach ja, du hast eine Kreuzfahrt gemacht. Solange lacht wieder leicht auf, genau wie beim ersten Mal, als Rose diese Reise erwähnte, ein nettes Lachen, gewiss, aber so unglaublich herablassend, dass Rose vor Wut brüllen könnte. Diese Herablassung fühlt sich an wie ein Biss, wie ein Stromstoß – ein Taser. Du hast deinem Sohn das Telefon geklaut, um es Younès zu geben? Jetzt bekommt Solange vom Lachen einen Schluckauf, dort in der Ferne unter Palmen, und ihr schlanker kleiner Körper bewegt sich anmutig in den unzähligen Lichtern der filmreifen Nacht. Ich brauchte mein Telefon aus *beruflichen* Gründen, brüllt Rose. Solange tippt auf ihrem eigenen Telefon herum, vor dem Skypebildschirm und mit Hollywood im Hintergrund: zweitausend Dollar, die morgen auf deinem Konto sein müssten, meine Liebe. Du wirst sie Younès geben, in meinem Namen. Rose traut sich nicht zu sagen, dass das nicht reicht.

*

Mit Emma hat sie sich beim Sommerschlussverkauf in B.-Nord umgesehen, ein heiterer Mädchentag. Emmas Epidermis verträgt nur noch unbehandelte Biobaumwolle, die ist nicht so leicht aufzutreiben, aber Rose regt sich nicht auf, sie ist bereit, entsprechend mehr zu zahlen. Außerdem wirkt die Kleine verträumt, listig, sie hat etwas von einer Hexe an sich, und das lässt eine Zukunft erhoffen, die vielleicht magischer ist als gedacht. Zum Geburtstag wünscht sie sich ein iPhone, ein richtiges, wie alle anderen, selbst Younès hat eins. Dazu eine Hülle mit Einhorn. Jetzt will sie bei McDonald's essen. Das wird wenigstens nicht teuer. Rose nimmt den Salat und die Apfelspalten, während Emma sich mit einem Big Mac abmüht. Davon wird ihr Ausschlag nicht besser werden, aber was für eine hübsche Aussicht, ist das nicht die Filiale mit dem herrlichsten Meerblick? Sie nehmen ihr Mittagessen auf der Terrasse ein, der Adour stürzt sich in den Atlantik, zinkgrauer Fluss auf milchigem Meerblau, eine zweifarbige, flüssige Landschaft, Süßwasser, das sich in Salzwasser ergießt. Emma lacht über die Spatzen, die ihnen Krümel stibitzen. In Paris – weißt du noch, mein Kind? – verschwanden die Spatzen nach und nach. Die ganz alltäglichen kleinen braunen Spatzen, Sinnbilder des Vogels an sich, die man für ewig hielt, tschilp tschilp und Brotkrümel, Schwärme von Spatzen unter den Stühlen der Caféterrassen. Emma plappert vor sich hin, während sie in ihrem Burger herumstochert. Sie weiß nichts vom Verschwinden, obwohl sie am Parthenon doch selbst verschwunden ist. Sie erzählt, dass sie Vögel sypnotisieren kann. Noch fünf Minuten, und sie wird sich beim Verdauen vor Schmerzen winden. Mangelnde Logik, mangelnde Vorausschau, große Fabulierlust: die drei Schätze der Kindheit.

Auf dem Rückweg lässt Rose ihre Tochter mit Magenschmerzen im Auto, um sich schnell beim küstenweit angesagtesten Pilateskurs anzumelden. Von Clèves aus muss sie eine Dreiviertelstunde fahren, aber das ist es ihr wert. Sie zückt ihre EC-Karte und verliert kurz die Fassung, sie hatte zwanzig Euro pro Kurs verstanden, aber es sind zwanzig Euro *pro Monat*, da zahlt sie doch gern. Sie wird einmal die Woche hingehen. Als sie dem radelnden Younès hinterherkeuchte, hat sie begriffen, dass sie nicht jünger wird.

Man kann nicht sagen, dass die Patienten sie ermüden, es ist nicht so wie im Zauberlehrbuch, das Arnaud ihr geliehen hat: Sie verausgabt sich nicht bei der Übertragung ihres Fluidums, gar nicht. Aber sie bekommt eine Muskelverspannung nach der anderen. Als sie noch reine Psychotherapien durchführte, saß sie, mit Ausnahme der körperbetonteren Sitzungen mit Bilal, verträumt da, mit dieser flottierenden Aufmerksamkeit, wie sie Abenden am Kamin eigen ist: Die Worte des Patienten knistern, die Sätze glimmen bläulich, die Zeit brennt herunter ... doch wenn ein Scheit herunterfällt, ein Wort Funken sprüht, ein Satz hell auflodert, ist sie voll und ganz da. Manchmal springt sie sogar auf. Hin und wieder bläst sie in die Glut. Aber hier, in Clèves, setzt sie sich, aus freien Stücken, dem Feuer unmittelbar aus. Sie beugt sich über die Körper, und diese Körper reden oder auch nicht.

Arnaud kann es nicht ertragen, wenn seine Kunden schnattern. An seiner Decke hat er eine rote Reißzwecke angebracht, und er bittet die Leute, sich im Stillen darauf zu konzentrieren, während er sie *handhabt*. Auch wenn sie in Gruppen zusammenkommen, sollen sie die Reißzwecke betrachten. Die Heilige Reißzwecke. Rose sieht das skeptisch. Heutzutage wird Freud allenthalben kritisiert, aber man lässt solche wilden Praktiker gewähren. Und was die klinische Wirksamkeit angeht, kommt Arnaud ihr so zerquält vor, dass sie sich fragt, ob die Dämonen nicht von ihm ausgehen.

Sie wartet, bis Younès sein Gebet zu Ende gesprochen hat, auf dem Teppich am Fußende der Couch. Man kann sagen, dass sie nichts unversucht lassen, damit sein Vorhaben glückt. Dann hilft sie ihm, sich auf der Couch auszustrecken. Sie legt behutsam die Finger an seine Schläfen. Das Blut pulsiert. Sie flüstert ihm die einleitenden Worte zu: Dein Körper ist schwer. Schwer von Kopf bis Fuß, deine Gelenke sind schwer, alle deine Glieder sind schwer. Younès ist äußerst schamhaft, und Rose mustert ihn nicht eingehend, sie betrachtet seinen Körper als schlanke, starke Einheit, die durchkommen wird. Sie beschwört das fließende Wasser herauf, den wehenden Wind, das anschwellende und abebbende Meer, die steigenden Säfte in Bäumen und Gräsern und die unaufhaltsame Zeit: was kommt und geht, alles Flüchtige. Sie wird davon ergriffen wie von einem Lied. Das Lied des Grenzübertritts. Ihr französischer Singsang vermengt sich mit den Echos des Gebets auf Zarma, das hier noch nachhallt. Die Vorhänge halb zugezogen, die Lider halb geschlossen, treiben sie am Rande des Schlafs wie am Ufer des Meeres. Younès, sagt Rose halblaut. *Ay gono*, sagt Younès. Sie bewegt die Hände über seinem Bauch. Selbst die Schamhaftigkeit wandelt sich zwischen ihnen zu einer Art Fluidum. Die Wärme zirkuliert, Oberschenkel, Knie, Knöchel, Füße, Hände, Kopf, Herz, alles, was er benötigen wird, um die Grenze zu überwinden. Betrachten wir das hier als Vorbereitung, als Übung. Der Durchgang besteht für sie aus zwei Zeitwogen, die sich teilen. Sie sieht zwei Luftlagen, sie befindet sich an der Einmündung. Sie erinnert sich an ihre Kindheit, als sie oberhalb von Clèves auf dem Farnenberg stand, mit einem Fuß in Spanien und mit dem anderen in Frankreich, wie sie versuchte, die Grenze zu *erspüren*, ihre verwirrende Unwirklichkeit. Als Kind staunte sie über alles Unsichtbare. Und sie spürt die Kindheit in den Knochen von Younès, spürt seine Kraft, seine Verwundbarkeit und das gewalttätige Ende seiner mangelnden Vorausschau, spürt alles, was Younès so schnell hatte lernen müssen im nassen Griff des Todes.

Sie lässt die Bilder vorbeiziehen. Greift kein einziges heraus. Eine dunkle Gestalt kommt auf sie zu, diese Wesen, die angeblich durch Wände gehen, diese ungreifbaren Kreaturen, die kein Haus aufhalten kann ... Sie hat die Kupferstiche im Zauberlehrbuch gesehen ... Sie würde gern den Stoff verändern, aus dem Younès gemacht ist, ihm die DNA einer Katze übertragen, eines Aals, einer Eidechse, einer Schwalbe. Sie würde ihm gern die Fähigkeiten von schleichenden Tieren verleihen, seine Knochen mit einem wandelbaren Körper umhüllen, ihm Flügel aufpropfen und einen Hautschlauch zum Durchschlängeln. Der Raum ist voller Schallwellen, Gemurmel, Kratzgeräusche, kleiner Schreie. Der Vorhang hebt und senkt sich wieder, das Haus atmet, die Wände schäumen. Die Luft ist wie Wasser und das Wasser ist wie Sand und sie sind zwei Vögel, zwei Fische, gleich sind sie zwei Schlangen.

Jetzt, sagt Rose. Dieses Wort bleibt, verflüchtigt sich nicht. Sie ergreift seine Hände, führt seine Arme über ihre Schultern.

Hauruck. Sie hebt ihn hoch, mit der geballten Kraft in ihren Beinen und in ihrem Bauch. Er geht mit. Macht sich leichter. Er lässt los und nimmt teil. Sie trägt ihn. Trägt ihn auf dem Rücken. Sie löst ihn vom Boden. Es macht *klack*. Beide fangen an zu schweben.

*

Nach der Sitzung trinken sie Kaffee, für ihn wie immer stark gezuckert, dazu gibt es Palmito-Kekse. Sollte Younès jetzt Flügel haben oder sein Körper anders beschaffen sein, ist das jedenfalls nicht erkennbar. Rose ist alles andere als müde, sie fühlt sich topfit. Sie erzählt ihm von Gabriel, von seinem Vorhaben, in Paris zu studieren, von den Romanen, die er schreibt. »Er schreibt, weil er in Sicherheit ist«, stellt Younès schulmeisterlich fest. »Er schreibt, weil er talentiert ist«, entgegnet Rose. Younès zischt: »Ich esse, also schreibe ich.« – »Ach, rutsch mir doch den Buckel runter«, sagt Rose und räumt die Tassen und die Kekse ab.

*

Sie fährt mit dem Auto zum Pilateskurs. Der Raum ist riesig, er befindet sich in einem Hangar auf dem Flughafengelände. Es ist elf Uhr, die Maschine aus Paris dreht über dem Meer ab, die Triebwerke lärmen. Sie üben das, was man in Paris als *downward dog* bezeichnet, hier heißt es ganz schlicht »der Hund«. Dann richten sie sich Wirbel für Wirbel auf, jeweils im eigenen Rhythmus, atme dabei tief durch und breite gaaanz sacht die Arme aus, stell dir vor, dass dein Kopf an einer Schnur von der Decke hängt, behalte die Hände in Sichtweite und dehne dich in Höhe des BH-Verschlusses, die Jungs unterhalb der Schulterblätter, Achtung, bloß nicht die LUFT ANHALTEN. Es ist der gleiche Ablauf wie in Paris mit einer anderen Betonung. Vor ihr heben eine Menge Gesäßmuskeln eine Menge

Wirbel unter einer bunten Mischung von T-Shirts, Rugby oder *64* oder *Quiksilver* oder *Petrol Hahn für kräftiges gesundes Haar* oder *Atlantic Dienstleistungen Lassaga Vater und Sohn Malermeister*. Sie kommt immer leicht verspätet an, die Staus bieten ihr eine gute Ausrede, dabei hat sie einfach nur keine Lust, mit Lætitia zu plaudern, immer noch schlank und schick, vier Kinder (Gorka, Haize, Itsas und Oihan: je weniger man hier verwurzelt ist, desto mehr macht man einen auf baskisch) und ein flacher Bauch; die Schulleiterin will sie auch lieber meiden, was soll sie sonst tun, da zieht man achthundert Kilometer weg, in ein anderes meteorologisches und soziales Klima, und dann kommt Emma trotzdem mit einer Haarsträhne weniger vom Unterricht, mit der Schere abgeschnitten, ausgerechnet von Itsas, sieben Jahre alt und Anführerin einer Bande von fiesen kleinen Nervensägen, die sich über Emmas Aussprache lustig machen, aber sie werden sie doch nicht in die Montessori-Schule stecken oder zu den Nonnen in schlappen dreißig Kilometer Entfernung? In Niamey würde die Kleine ein Tablett auf dem Kopf balancieren und auf der Straße lose Zigaretten verkaufen, und damit hätte es sich. Es liegt aber nicht daran, nicht an der Aussprache, nicht daran, dass Emma neu ist, sondern eher an ihrem, wie soll ich sagen, eigenartigen Wesen – hier weicht die Schulleiterin zurück, weil die Augen unserer werten Psychologin Funken sprühen –, es ist nun mal so, dass Ihre Tochter den anderen Kindern ein klein wenig Angst macht, sie sagen, Emma würde sie sypnotisieren, angeblich beklagten sich einige Eltern darüber, dass ihr Nachwuchs von seltsamen Leiden heimgesucht werde. Nicht zu fassen. Younès ist der einzige, der Emma auf andere Gedanken zu bringen vermag. Die beiden spielen stundenlang Monopoly. Was für ein Anblick: die zwanzig Kilo Juckreiz leichte Siebenjährige und der 60 Kilo Aufbruchsstimmung schwere Zwanzigjährige beim Tausch der Rue de la Paix gegen ein Hotel an der Rue de Vaugirard. Im Grunde sind beide jeweils auf ihre Art nicht so richtig gut fürs Leben gerüstet.

Reiß dich zusammen. Atme. Deine Lendenwirbel ziehen deinen Bauchnabel ein, dein Nacken ist geschmeidig. Die Sonne ergießt sich zusammen mit einem Geruch nach Kerosin. Es ist angenehm warm. 11:20 Uhr, die Maschine aus Stockholm, die nur von Mai bis September in Betrieb ist. Mittags der Flug nach Madrid. Kurz danach der aus Lyon, und es läuft wie ein Uhrwerk, vier, fünf Ziele, die von diesem hintersten Winkel der Biskaya aus angesteuert werden. Orly dagegen, oder Roissy. Klar, sie nimmt nie das Flugzeug. Aber trotzdem. Es geht ums Prinzip. Um die *Möglichkeit* eines Aufbruchs. Als sie in ihr Dorf zurückfährt, verspürt sie einen Hauch von Platzangst, Achtung, bloß nicht die Luft anhalten.

*

Er hat sich im Schneidersitz auf dem Teppich niedergelassen, das macht er gern, seit seine Sprunggelenke wieder beweglich sind. Sie sitzt in ihrem Sessel und klickt sich durchs Internet. Sie gehen noch einmal ihren Schlachtplan durch. Clèves-Calais: Abfahrt am Bahnhof in B.-Nord, dann in Paris-Nord nach Calais-Ville umsteigen, die Bullen meiden, reguläre Fahrkarten, für die Rose aufkommt, er begibt sich unverzüglich zur Total-Tankstelle und hält sich von den Schleusern fern. Er musste ihr versprechen, nicht in den Eurostar zu steigen – nein, das ist der falsche Ausdruck: es nicht mit dem Eurostar zu *probieren*. »Du redest wie meine Mutter«, sagt Younès mit einem Lächeln, »bei ihr war es das Boot, bei dir ist es der Zug. Die Zäune sind viel zu hoch, inzwischen ist es zu *riskiert*, es springt auch niemand mehr von der Brücke.« Über Calais spricht er als Stratege, wie von einem bereits erkundeten, vermessenen, durchdrungenen Manövergebiet, einer allzu mängelbehafteten Zone, einem Land, das es zu verlassen gilt. »Der Tunnel«, sagt Younès, »ist die Höhle des Löwen. Kennst du *Star Wars*? Da gibt es diesen wirklich enorm riesigen Dünenwurm. Man sieht nur sein Maul. Ein großes Loch voller Zähne, das sich an der Sandoberfläche auftut. Daran erinnert mich dieser Tunnel. In *Star Wars* gibt es an anderer Stelle eine Weltraumbar, mit Weltraummonstern. Und es gibt den Jedi, er sucht einen Bösewicht, und es gibt einen Jungen, der Drogen verkauft. Der Junge ist wie eine Mücke, er lässt mit seiner lästigen Art einfach nicht locker und hält den Jedi davon ab, diesen Bösewicht zu suchen. Na ja, so *abhaltend* ist er auch wieder nicht, weil der Jedi sich von nichts und niemanden abhalten lässt, er ist stark wie Saladin, aber der Junge klebt an ihm wie eine Fliege, da fährt ihm der Jedi mit der Hand über die Augen, so, ohne ihn auch nur anzusehen, und sagt: »Du musst dein Leben ändern.«

»Das ist von Rilke«, sagt Rose zutiefst bewegt. Sie hatte Deutsch als erste Fremdsprache, nicht Spanisch wie alle anderen im Dorf, ihre Eltern waren der Meinung, das sei besser für die Orientierung, nicht in räumlicher Hinsicht, sondern im Hinblick auf den sozialen Aufstieg. »Das sagt der Jedi«, beharrt Younès, »und seine Worte bleiben mir für immer verbunden.« Dann wiederholt er sie, mit gesenktem Blick, die Hände auf den Knien, es ist, als bete er. *Du musst dein Leben ändern.*

*

Zehn Jahre später wartet Rose in London unter der Brixton Bridge. Sie ist immer noch mit ihrem Mann verheiratet. Gabriel sitzt in Paris seit Ewigkeiten an einer philologischen Doktorarbeit, die seine Eltern ein Vermögen kostet, dafür hat er seinen ersten Roman fertiggestellt, mal sehen, was daraus wird. Emma bereitet sich in der Klosterschule von C.-West auf ihr Abitur vor und leidet weiterhin an Allergien, die Fragen zur künftigen Bewohnbarkeit dieses Planeten aufwerfen.

Die Welt hätte sich ändern sollen, nicht dein Leben. Das denkt Rose jetzt, die in London unter der Brixton Bridge mit Younès verabredet ist. Diese Brücke, die sie gerade wirklich ausgiebig betrachten kann, führt als Viadukt über die U-Bahnstation Brixton. Sie ist von Pflanzen, Rost und Graffitis überwuchert, aber es ist vorstellbar, dass sie auch in einer posthumanen Stadt weiterbesteht, als überdimensionierte Überführung für die noch verbliebenen Insekten und Krabbeltiere, unter einer Sonne, die ihrer Sternwerdung konsequent entgegenstrebt und dabei den Rest ihres Wasserstoffs verbrennt, bis sie nach Milliarden einst menschlicher Jahre vollkommen enthemmt und verschwenderisch ihre allerletzten Heliumreserven aufzehrt, das Feuerwerk eines Weltalljunkies, ein ultimatives intergalaktisches Ehrengefecht, ohne Subjekt, ohne Zeugen, alles verschlingend, Merkur und Venus und die Erde, ungeheure Flammen werfend, in ihrem selbst angerichteten Starchaos kreisend, die eigene Zerstörung herbeidrehend, erst rote Riesin, dann weiße Zwergin, in sich geschmolzener Kern, der seine Restmaterie kraft eines knallbunten Karnevals verschleudert, für den auf unserer ehemaligen Erde niemand mehr Augen hat. Rose ist zum ersten Mal in London. Sie ist mit dem Eurostar gekommen. Was für ein Fest. Sie hat diesen Tunnel durchquert, der ein Wunderwerk menschlichen Einfallsreichtums darstellt. Sie hat ihren gültigen Pass vorgezeigt. Sie ist mit der U-Bahn gefahren, und jetzt wartet Rose Goyenetche unter der Brixton Bridge etwas bang auf Younès Aboussa, denn er taucht nicht auf, sie wird ihren Tag in London selbst gestalten müssen, das erinnert sie an diesen einen Tag in Calais, tja, immerhin ist sie jetzt in London, wie wäre es mit dem British Museum. Sie hat keine Lust. Sie hat Lust, ihn wiederzusehen.

Da ist er. Sie erkennt ihn auf Anhieb in der schwarzen Menschenmenge von Brixton. Er winkt ihr zu. Die Angst fällt komplett von ihr ab. Er ist kräftiger geworden, trägt dicht über der Kopfhaut geflochtene Zöpfe und ein Hip-Hop-Shirt, das seine muskulösen Schultern zur Geltung bringt. Er reicht ihr die Hand und Rose berührt sie und es ertönt ein leises *Bäng*, das sie beide zum Lachen bringt, und er schließt sie fest in die Arme und hebt sie hoch und sie drehen sich gemeinsam unter der Brixton Bridge.

*

»Jetzt«, hatte Younès ihr zehn Jahre zuvor gesagt oder besser getextet, *dong*, als sie vorsichtshalber bereits seit einer guten Stunde Energie in Richtung Norden strömen ließ. Vorsichtshalber hatte sie ihm auch viertausend Euro in Bar mitgegeben (die zweitausend von Solange plus zweitausend, die sie ihren Honoraren entnommen hatte; mehr hatte er partout nicht gewollt, und das war offen gesagt *uff*). In der Region von Calais geht die Sonne zur Sommersonnenwende eine Stunde später unter als im Baskenland, das liegt an der Erdneigung. Im Winter ist es umgekehrt, da geht sie früher unter. Younès und sie hatten wie zwei Astronomen heftig diskutiert und schließlich die Uhrzeit festgelegt, damit sie ihm ihre Kraftwellen im richtigen Moment senden konnte. Noch nie hatte sie versucht, aus der Ferne tätig zu werden, oder höchstens aus Aberglauben: mal ein Gebet für ihren Mann, dem ein heikler Verkauf bevorstand, auch mal für Bilal, und für Grichka, durch Telepathie, aber das nahm doch nur eine Sekunde in Anspruch, es passierte fast automatisch, das machte wohl jeder. Oder auch für diese Jungs, die vor Jahren in einer thailändischen Höhle festsaßen, oder, und das ist noch länger her, für diese Bergleute, die in Mexiko verschüttet worden waren, und sie hatte dabei das Gefühl, dass es etwas bewirkte, dass es auf keinen Fall schadete – so betete sie auf ihre Weise für jene, die in der Falle saßen.

»Jetzt«, steht in Younès' Textnachricht, und sie schickt ihm alles, was sie aufbieten kann, es verdichtet sich, fließt aus ihr heraus, an jeder Stelle ihres Kopfes und aus der Mitte ihrer Brust, die beiden Fluide verbinden sich zu einem heißen roten Wirbelsturm, sie ist die reinste Wonder Woman. Ihre Hände kommen hinzu, es tritt auch aus ihren Händen aus, ihre Hände, ihre treuesten Verbündeten, die sie nun ausstreckt, über einen sehr langen Zeitraum haben die Menschen mit nur einer Hand geschrieben und jetzt tippen sie mit beiden Händen auf ihrer Tastatur, was die Lateralität des Sapiens Sapiens und das Gleichgewicht seiner Hirnareale verstärkt haben dürfte, sie hat dazu ein paar Theorien. Rose hat Angst um ihn. Der Mann, der durch die Wände gehen konnte, bleibt am Ende in der Wand stecken. Was führt er dort wohl für ein Leben? Um ganz sicher nicht gestört zu werden, teilt sie allen mit, dass sie in ihrer Praxis eine Sprechstunde über Skype abhalten wird. Was sie tut, ähnelt dem durchaus, nur dass der Bildschirm sich in ihrem Kopf befindet, wobei Younès' Bild genauso flackert wie bei Skype, und die Botschaft wird nur einseitig übermittelt, würde man sie aussprechen, bestünde sie nur aus »Los« oder »Geh«. Es ist so weit. Jetzt. Sie verspürt eine ungeheure Entspannung. Die Moleküle, die das Hindernis bilden, zerfallen in Atome, die wiederum zu Neutronen zerstäuben, die sich ihrerseits auflösen und als Materie einen namenlosen Zustand erreichen. Es fließt ungehindert. Es wird zu Staub. Es verteilt sich. Es greift weltweit. Die Grenze hat nachgegeben.

In ihrem Sessel schläft sie, die seltsame Psychologin, schlagartig ein, aber sie bleibt präsent, es ist nur, dass die Art ihres Bewusstseins sich verändert hat. Ja, Rose Goyenetche ist anwesend. Sie sieht Younès vor einer großen, sich nunmehr verflüssigenden Wand, einer Wand, in der er frei von allem schwimmt, er bewegt sich mühelos durch die ganze Wand hindurch, er macht einen glücklichen Eindruck, die Wand löst sich weiter auf, sie wird gasförmig, eine Wolke, Luft, Younès schwimmt, er fliegt, Grichka hat ihm seinen Helm anvertraut, und da ist Gabriel, über sein Telefon gebeugt, und hier ist Emma, geheilt und voller Superkräfte, und eine durch und durch lebendige Veronika L., die mit der völlig entspannten Mieterin plaudert, und ihr Mann, nüchtern und heiter, alle sind sie da, und Younès gibt den Dirigenten, lustig ist das, mit seinen Armbewegungen löst er einen gewaltigen Harmattan aus, der Himmel steckt voller roter, oranger, ockergelber Partikel, sie wirbeln umher, man muss Mund und Augen schließen und die Hände schützend über den Kopf halten, sich in die eigenen Arme vergraben. Es ist ja nur ein Traum.

Ihr Mann trotzt dem Verbot, er klopft an die Tür. »Herein«, sagt Rose und wird wach. Sie ruft Younès an, er geht nicht ran, aber es klingelt in England, es klingt *englisch, bip bip* anstelle des französischen *drring*. Sie macht den Lautsprecher an und lacht, ihr Mann nimmt sie in die Arme, Younès hat es geschafft, er ist aus dem Bauch des Wals hervorgekrochen, er wurde an das ersehnte Ufer gespült.

Sie liegen in ihrem großen Bett. Sie sind in Sicherheit. Das Leben geht weiter. Man spürt den sanften Druck des Südwinds. Rose ist neben ihrem Gatten wieder eingeschlafen. Am nächsten Morgen liegt auf der Terrasse mit Pyrenäenblick ein roter Schleier aus Saharasand.

Dank an

Abdoul Aziz Albadja
Jean-Pierre Ariol
Mauro Armanino
Rita Bandinelli
Rolande Berger
Philippe Brachet
Sandrine Deloche
Martine Devries
Yann Diener
Hasier Etxeberria
Alexandra Galitzine-Loumpet
Anne Florence Garnier
Marc-André Gutscher
Patricia Fiske
Charles Freger
Jessica Jouve
Guillaume Langeon
Nathalie Lelong
Erica Mbiapep Wandjeh
Justyna Mielnikiewicz
Ibrahim Ngouwouo
Idi Nouhou
Alexis Nuselovici
Hania Osta
Philippe Quintin
Merveille Sangalé Guidjelie
Emmanuelle Touati
Benedict Wleh
Tom-Tom, Sylvie, Sylvain, Mariam, Nasrine, Jacob und David, Thomas und Thomas

Secession